ESCOLA DOS GRITOS

HANNA ALKAF

ESCOLA DOS GRITOS

Tradução
João Rodrigues

Rio de Janeiro, 2025

Copyright © 2024 by Hanna Alkaf. Todos os direitos reservados.
Copyright da tradução © 2025 by João Rodrigues por Casa dos Livros Editora
LTDA. Todos os direitos reservados.

Publicado mediante acordo com a Simon & Schuster Books For Young Readers,
um selo da Simon & Schuster Children's Publishing Division.
Título original: *The Hysterical Girls of St. Bernadette's*

Todos os direitos desta publicação são reservados à Casa dos Livros Editora
LTDA. Nenhuma parte desta obra pode ser apropriada e estocada em sistema de banco de dados ou processo similar, em qualquer forma ou meio, seja eletrônico, de fotocópia, gravação etc., sem a permissão dos detentores do copyright.

COPIDESQUE	Gabriela Araujo
REVISÃO	Natália Mori e Isabel Couceiro
DESIGN DE CAPA	Marcus Pallas
DIAGRAMAÇÃO	Abreu's System

Dados Internacionais de Catalogação na Publicação (CIP)
(Câmara Brasileira do Livro, SP, Brasil)

Alkaf, Hanna
    Escola dos gritos / Hanna Alkaf; tradução João Rodrigues. – Rio de
Janeiro: Pitaya, 2025.

    Título original: The hysterical girls of St. Bernadette's.
    ISBN 978-65-83175-47-2

    1. Ficção juvenil I. Título.

25-268814   CDD-028.5

Índice para catálogo sistemático:
1. Ficção : Literatura juvenil   028.5
Bibliotecária responsável: Eliete Marques da Silva – CRB-8/9380

Editora Pitaya é uma marca licenciada à Casa dos Livros Editora LTDA. Todos os direitos reservados à Casa dos Livros Editora LTDA.

Rua da Quitanda, 86, sala 601A – Centro
Rio de Janeiro/RJ – CEP 20091-005
Tel.: (21) 3175-1030
www.harpercollins.com.br

Para as pessoas que gritam, e para as que não dão um pio; para as que mostram os dentes, e para as que os rangem em vez disso; para as que temem, para as que se enraivecem; para as que sobrevivem e em especial, *sobretudo*, para as que perecem.

Para Malik e Maryam.

Para você.

Nota da autora

Esta história é sobre fantasmas e monstros, alguns deles escondidos atrás de rostos humanos. Aqui há discussões e descrições acerca de violência sexual, trauma e transtorno de estresse pós-traumático. Caso esses assuntos sejam demais para você neste momento, por favor, deixe o livro de lado e volte a lê-lo quando sentir que consegue. Não há vergonha alguma em proteger as próprias cicatrizes.

Quando sentir que chegou a hora, a história estará à sua espera.

Com amor,
Hanna

Nota da editora

Esta história se passa toda na Malásia, com muitos dos personagens malaios. Ao longo do livro, e principalmente nos diálogos, Hanna optou por incluir termos e expressões em malaio sem tradução.

Para respeitar o estilo da autora, decidimos não colocar as traduções em sequência ou em notas de rodapé. Fizemos um glossário no final do livro, e marcamos com * a primeira ocorrência de todos os termos presentes no glossário.

Esperamos que você consiga se perder nesta leitura! Mas cuidado com os gritos…

QUINTA-FEIRA

O início

São 12h32, falta pouco mais de meia hora para acabarem as aulas. A sala está mais úmida do que o sovaco de um pecador nas profundezas do inferno.

A St. Bernadette, com as grandiosas portas e janelas arqueadas, as empenas, os azulejos ornamentados e as escadarias de pedras, jaz imponente no topo de uma colina, no meio de Kuala Lumpur, assim como tem feito ao longo do último século — o que, dizem as más-línguas, ajuda na hora de olhar de cima para todas as outras pessoas, e a St. Bernadette tem uma cota de gente assim. Isso faz parte do pacote como a melhor. No entanto, mesmo com as enormes portas duplas de madeira em cada sala de aula escancaradas, simplesmente não há um vestígio de vento. O ventilador de teto gira em círculos preguiçosos, pouco fazendo para fornecer qualquer tipo de alívio, e, uma por uma, como as flores que emprestam os nomes às turmas da escola, as alunas da Kenanga* 3 começam a murchar sob o calor impiedoso. A cabeça das garotas vai pendendo cada vez mais perto das carteiras, os olhos desfocados, e, por mais que a professora dê tudo de si, o sistema de coordenadas geométricas não interessa nadinha uma sala cheia de adolescentes de 14 e 15 anos pós-intervalo, tão letárgicas quanto cobras após uma refeição, que não estão dispostas a prestar atenção (ou não conseguem).

São 12h47, e a sra. Lee está tentando explicar algo a respeito de "calcular a perpendicular" quando o primeiro grito quase faz todas as alunas caírem para trás de susto.

Ao contrário dos gritos de filmes de terror, este não é bonito nem agudo à perfeição. É rouco e baixo, vibra e falha, como se, seja lá o que fosse o causador, estivesse arrancando-o da pessoa à força, de um jeito estrangulado, sacudindo o grito para fora em socos e sobressaltos. Quem o emite é uma garota sentada na terceira fileira, na segunda carteira contando da esquerda. Ela é magra e pálida, com uma cabeleira desgrenhada que sempre joga na frente do rosto, como se tentando se esconder do mundo. Uma garota tão nova e calada que às vezes as outras têm dificuldade em lembrar seu nome, ou até mesmo que está ali, presente.

Agora, porém, não vão mais esquecê-la.

— Fatihah! — exclama a sra. Lee, livrando-se do torpor, e indo até a mesa da garota.

Não se trata de um acontecimento comum para uma quinta-feira, mas a esta altura a sra. Lee já leciona há mais de doze anos, e a amplitude de "comum" em uma escola repleta de garotas adolescentes é tão vasta que pouco a intimida hoje em dia.

— Fatihah! O que está acontecendo? Qual o problema? Aiyo*, garota!

A professora precisa erguer a voz para se fazer ser ouvida, porque a garota conhecida como Fatihah não para de gritar. E as outras alunas, muitas vezes tão sedentas por algum acontecimento, qualquer coisa, para romper a monotonia de um dia de aula, começam a ficar cada vez mais inquietas, temerosas e incertas. Porque os olhos de Fatihah estão arregalados, vidrados, encarando um ponto específico no canto do teto, como se concentrados em algo que apenas ela enxerga, algo que ela deseja muito não ver.

— Senhora Lee, o que a gente faz?

— É melhor ligar para alguém, né?

— Professora, talvez seja bom jogar água no rosto dela.

— Professora, por favor, faz ela parar!

A sala de aula explode em um alvoroço confuso. Garotas tampando os ouvidos, garotas sugerindo soluções, garotas dando o seu melhor para não se desesperarem, garotas entrando em pânico sem titubear.

Lily, sentada perto de Fatihah, pega a menina pelos ombros e a chacoalha com força, de modo que a cabeça da outra balança para a frente e para trás, para a frente e para trás.

— Acorda, Fatihah! — grita ela. — Para com isso!

— Não — repreende a sra. Lee, inquieta no próprio desespero e agitando as mãos no ar inutilmente. — Você pode machucar a garota!

Os olhos de Fatihah reviram para trás e apenas a parte branca fica visível. As mãos estão fechadas com força no canto da carteira, e os nós dos dedos ficam sem cor, fazendo parecer que daqui a pouco a madeira vai ceder. O corpo dela treme, e veias azul-esverdeadas saltam nas têmporas pálidas. As alunas da Kenanga 3 não têm a mínima ideia do que fazer. Algumas observam, atônitas, sem conseguir desviar a atenção; outras mal conseguem assistir à cena, fechando os olhos como se assim pudessem afugentar o pesadelo; algumas choram e outras balbuciam, e muitas apenas ficam paradas, em silêncio, perplexas e desamparadas.

É aí que, sentada próxima às enormes portas abertas, Lavanya para, franze o cenho e anuncia alguma coisa por cima do caos, algo que faz todas se calarem, exceto Fatihah, que continua berrando.

— Tem mais!

As alunas da Kenanga 3 prestam atenção e começam a ouvir: gritos perfurando o calor da tarde; gritos de todos os tipos de tom e timbre; gritos tão brutos e terríveis e profundamente temerosos que causam calafrios em todo mundo.

Agora são 13h05. O sinal toca para registrar o fim da aula, mas ninguém ouve.

Só se ouvem os gritos.

SEGUNDA-FEIRA
QUATRO DIAS DEPOIS
DAS PRIMEIRAS GRITANTES

Khadijah

— Não é uma boa ideia.

Paro a colherada do cereal de chocolate a caminho da boca. O problema dessa frase como uma afirmação é que minha mãe acha que muitas coisas Não São Boas Ideias.

— E então? — pergunta.

Primeiro ela olha para mim, depois para Aishah, e em seguida de novo para mim. Como se eu fosse falar alguma coisa. Mak* é uma pessoa otimista. Quando confere a previsão do tempo e vê que há uma chance de oitenta por cento de chuva, ela diz:

— Ou seja, ainda tem vinte por cento de chance de fazer sol!

E aí ela olha para mim e acredita, acredita mesmo, que agora vou começar a falar. Em uma segunda-feira aleatória. Quando faz três meses que não falo uma mísera palavra.

— O que acha, Khadijah? — indaga ela.

Mesmo se quisesse falar (o que não quero), mak tem o costume de me perguntar coisas que fazem com que eu, sem sombra de dúvida, não queira responder. Então me contento com mais outra boa colherada de cereal e dou de ombros.

Mak franze o cenho. Ainda não vestiu o hijab. A umidade da manhã faz com que alguns fios bagunçados de seu cabelo fiquem espetados. Como uma cientista maluca.

— Só não acha que é cedo demais? A gente ainda nem sabe o que causou aquilo. Aquelas coitadinhas.

Ah. Agora faz sentido. Mak está falando das gritantes.

Todo mundo está falando das gritantes.

Menos eu.

Não quero falar das gritantes. Não quero ouvir a respeito das gritantes. Não quero ter nada a ver com as gritantes. Quero conseguir fechar os olhos e não me lembrar da sensação daquele dia. Não quero pensar em como aqueles berros ecoaram pelas muralhas de pedras antigas da St. Bernadette. Em como foi ver as garotas serem carregadas das salas de aula. Vinte e sete gritantes, todas enrugadas e pálidas, como lenços usados.

Tudo o que quero é que as coisas voltem ao normal. Acho que é isso o que o universo me deve: normalidade.

Por cima da caneca de café fumegante, mak me observa.

— Não tem nada a dizer, Khadijah? — pergunta, com os olhos bastante esperançosos.

Mak ainda acha que consegue atravessar as camadas de proteção que construí a meu redor e me arrancar daqui.

Por um momento, em algum lugar no peito, sinto uma pontada. *Ela está dando tudo de si, Khad. Talvez você também devesse. Talvez tenha chegado a hora.*

Só que aí lembro das vezes que eu de fato tentava. Quando de fato falava. E ela não me dava ouvidos. E isso faz meu coração voltar a enrijecer.

— Então prefere que a gente fique em casa? — questiona Aishah.

Eu a fulmino com os olhos. Não é do feitio de minha irmã-zinha se intrometer. Esse trabalho é meu.

Ou pelo menos era, no passado.

— Só por precaução — insiste mak, com o cenho franzido.

— Precaução do quê? — incita Aishah, quase em desafio. Mak hesita.

— Não sei — murmura, por fim, pegando as coisas para o trabalho. — Não sei do quê. Esse é o problema. Como vou proteger vocês de algo que nem sei muita coisa a respe... — Ela se recompõe. Começa a prender o cabelo desgrenhado e tosse. — Enfim. No mínimo me prometam que vão ficar alertas. Que vão cuidar uma da outra. Que lerão o Ayat Kursi* caso algo pareça... estranho.

— *Uhum* — balbucia Aishah.

Reviro os olhos com tanta força que acho que vejo a parte de trás de meu crânio. Minha mãe trabalha em um jornal. O cargo dela é literalmente lidar com fatos, o dia todinho. E ela acha que a gente precisa se proteger do que exatamente? De jinns*? De fantasmas?

— Eu vi isso. — Mak estica a mão e me dá um tapinha de leve no braço. Dou de ombros, para ela ver que foi intencional. Nunca fui boa em esconder pensamentos. Mesmo sem usar palavras. — Não estou dizendo que é nisso que acredito. Só estou falando que é válido vocês se protegerem. Só porque não acreditam no oculto não significa que eles não acreditam em você.

— De qualquer forma, já chamaram um pessoal para fazer isso — explica Aishah. — Sabe. Para "expurgar" a escola. Foi por isso que não teve aula na sexta. Que foi? — indaga ela quando vê minha sobrancelha arqueada. Eu me tornei uma especialista em dizer muita coisa sem emitir qualquer som.

17

— A Wani que me contou. Você sabe que a mãe dela é professora. Wani ficou uma fera porque precisou ir pra escola no fim de semana. Um ustaz* e, tipo, dois ou três assistentes rodaram cada canto da escola e leram du'as*, ou algo do tipo, em todo lugar. — Ela pausa. — Também teve um padre. E um monge, se não estou enganada.

Ah, que ótimo, penso. *É bom considerar todas as possibilidades. Todas as categorias possíveis de caça-fantasmas.*

— *Hum* — murmura mak. — Bem que falaram mesmo alguma coisa no grupo do WhatsApp dos pais, mas só olhei por cima.

Aishah dá uma tossida.

— O que eu quero dizer é que, se você acredita ou não nisso, já não deveria mais ser um problema. Certo?

— Certo — concorda mak, baixinho, acariciando a mão de Aishah.

Do lado de fora, ouvimos um barulho estrondoso, o anúncio de que o velho ônibus alaranjado está percorrendo a rua. No mesmo instante, Aishah se levanta e leva a louça suja até a pia. Vou logo atrás dela.

— Esperem. — Mak parece preocupada. — Vocês têm certe...

— Até a noite, mak — diz Aishah, que se inclina para baixo para dar salam* e beija a mão de mamãe.

Coloco a mochila nos ombros e sigo para a porta. Não beijo as mãos de mak, e ela não espera que eu o faça. Não gosto de tocar nas pessoas nem gosto de ser tocada, não mais. Saio pela porta e não olho para trás.

Faz bastante tempo que deixei de olhar para trás.

* * *

No ônibus, eu e minha irmã não nos sentamos juntas. Isso nunca acontece. Ao passar apressada pelo motorista, prendo a respiração e percorro o caminho em direção ao canto esquerdo lá no fundo. Frequento a St. Bernadette desde que tinha 7 anos. Conheço quase todo mundo neste ônibus, ao menos pelo nome, mas nem uma única pessoa levanta a cabeça ou diz "oi" quando passo. Nem Maria, que peguei limpando caquinha de nariz na minha saia no primeiro ano do fundamental, no nosso primeiríssimo dia de aula.

— Bom dia, cara de bunda! — grita Sumi, acenando para mim.

Ela e Flo usaram as mochilas para guardar meu lugar, como sempre. Não que precisem fazer isso. Todo mundo sabe que aqueles lugares são nossos.

Aishah se senta em algum banco no meio, com as amigas. Ela está no nono ano e eu, no primeiro do ensino médio. Na St. Bernadette, as alunas mais novas (sétimo e oitavo anos, compostos de alunas de 13 e 14 anos) frequentam o período da tarde. O restante de nós, do nono ao ensino médio, compomos o período matutino. No ano anterior, eu saía pela porta às 6h45 da manhã e, quando chegava em casa, Aishah já tinha ido para a aula. Mal nos víamos, o que nos deixava tristes. Naquela época (no sentido de Antes do Incidente), a ideia de estudar no mesmo horário nos empolgava.

Só que isso era quando a gente ainda se falava. Quando *eu* ainda falava.

— E aí! — exclama Sumi quando me aproximo, tirando a mochila do assento e me cumprimentando com soquinhos.

— Bom dia, otária — diz Flo e pisca para mim ainda meio dormindo, a cabeça encostada na janela.

Ela nunca está acordada de verdade até chegar, no mínimo, à metade da segunda aula.

Solto a mochila e me sento no espaço entre elas, relaxando no mesmo instante. A bunda ossuda de Sumi está à esquerda e a carnuda de Flo, à direita. A regra costumava ser que a última a chegar ficaria na ponta do assento. Só que, desde que Aquilo aconteceu, as duas se certificam de que eu sempre fique no meio. Usam o próprio corpo, a amizade e o amor que têm por mim para fazer um casulo. Aqui fico confortável, protegida e segura.

Ao estudar o ônibus, faço uma careta. Há mais assentos vazios que o normal, tenho certeza. Flo me pega observando.

— Pois é, eu sei — comenta, baixinho. — Algumas eram gritantes.

À menção das gritantes, sinto uma tensão na barriga.

Sumi boceja, abrindo a boca até o limite, e vejo as três obturações dentárias dela.

— E imagino que outras estejam com medo de virarem gritantes — adiciona ela.

— Fecha a boca, lah*, quando for bocejar — repreende Flo, torcendo o nariz. — Como você é porca.

Em resposta, Sumi se inclina por cima de mim, abre a boca na frente de Flo e bafora na cara dela.

Dramaticamente, Flo simula uma ânsia de vômito.

— Eu vou botar tudo pra fora bem aqui.

Sumi solta um gritinho.

— Nem ouse!

Empurro Flo para longe e abro um sorriso ao ouvir sua risada. O lance de ficar em silêncio é que escuto muito mais do que antes. Algumas pessoas têm umas risadinhas tão assustadas, tão nervosas. A de Flo é profunda e carregada. Brota de algum lugar dentro dela. Atravessa o ar como se desejasse atingir a todos. Flo ri de corpo e alma.

— Enfim — murmura Flo, mastigando metade de um karipap*. — Como assim "estão com medo de virarem gritantes"?

— Diz minha mãe que ficou sabendo de um caso parecido com o nosso em algum outro lugar quando era mais nova — comenta Sumi. — Ela acha que às vezes demora alguns dias para passar. Então vai saber, né? Talvez não tenha acabado. Talvez continue rolando.

— Isso já aconteceu antes? — questiona Flo, arregalando os olhos.

— Ya*. Ela disse que não é nenhuma novidade. E falou como se não fosse nada de mais. — Sumi balança a cabeça. — Contou que ela mesma nunca passou pela gritaria, mas que, quando estudava, uma garota qualquer começou a falar num tom de voz rouco e grave. Como se estivesse possuída.

Flo arqueia a sobrancelha.

— O que isso tem a ver com a gritaria?

— Não é? — Sumi dá de ombros. — Eu fiquei, tipo: "mãe, por que você é tão aleatória?", mas aí ela ficou toda misteriosa e falou, tipo: "Sabe de uma coisa, garota? Às vezes, não enxergamos as coisas que vivem escondidas em prédios antigos". — Sumi faz uma pausa para refletir. — Kesimpulannya*: às vezes minha mãe é bem esquisita, lah.

— Para falar a verdade, a minha também ficou bem esquisita por causa do que aconteceu. — Flo meneia a cabeça. — Tentei falar dos gritos com ela, sabe? E ela me cortou na mesma hora. Disse que o que aconteceu já passou e depois me levou pra igreja pra receber uma bênção. — Ela faz uma careta. — Pensei que ela ficaria curiosa, lah, considerando que estudou na St. Bernadette, mas não. E desde quando minha mãe *não* quer conversar?

Sinto o rosto ficando quente; as palmas, pegajosas. Eu as esfrego no baju kurung*, depois repito o movimento. Não sei como parar.

— Khad?

É Flo quem estica a mão e puxa minha manga com gentileza.

Elas são cuidadosas, sempre muito cuidadosas, para não encostar diretamente em mim. Sabem que não suporto pele na pele. É então que me dou conta de que estou segurando a bainha da blusa do uniforme com ambas as mãos. Quando a solto, o tecido virou um amassado só.

— Tudo bem?

Sinto os olhares preocupados que as duas trocam por cima de minha cabeça.

Odeio isso.

— Posso? — pergunta Sumi, a mão pairando incerta no ar, e assinto. Ela acaricia minhas costas em círculos lentos e reconfortantes. Então continua, baixinho:— Não tem motivo para a gritaria continuar. Eles falaram que já resolveram o assunto. Tenho certeza de que vai ficar tudo bem, tá? Tudo vai voltar ao normal.

Normal, penso. *Aham. Normal.* Sumi e Flo seguem conversando, e apenas me recosto e encaro os bancos vazios. Ouço a voz de minha mãe dizendo que não é uma boa ideia. E sinto um aperto no peito, um peso que não consigo explicar e que se aglomera na cavidade atrás de minhas costelas, dificultando a respiração.

Rachel

— Não é uma boa ideia.

Mamãe balança a cabeça de um lado para o outro, depois ajeita uma mecha de cabelo que saiu do lugar. Ela não gosta de baderna. Não quando se trata de cabelo, que deve estar sempre preso no coque. Nem quando se trata de casa, em que tudo é impecável e tem seu devido lugar. E, em especial, não quando se trata de mim.

— Mas, mamãe — começo a dizer e paro em seguida. *Não, Rachel. Carente demais, forçado.* — Senhora. — Tento de novo, livrando-me de todas as emoções para que a entonação saia calma e sensata. *Isso aí, Rachel, esse é o caminho.* — É meu último ano na escola. Participar ajudaria muito com as atividades extracurriculares, não acha? Aí, quando chegar a hora de me candidatar para a faculdade…

— Suas atividades extracurriculares não precisam de ajuda, Rachel — contrapõe mamãe, bebericando o chá escaldante da xícara de porcelana sofisticada, que é branca feito leite com um detalhe em dourado na borda.

Está com a postura ereta feito uma vara, o vestido cheongsam* de seda é imaculado e seu mindinho está erguido com delicadeza. Mamãe sempre diz que a aparência é tudo, mesmo quando somos as únicas por perto para notá-la.

— Você toca tanto violino quanto piano. Faz parte do coral da juventude. É faixa preta no caratê. Dá aula para crianças carentes no tempo livre. É monitora. Não tem necessidade de participar de uma... peça de teatro — diz ela, como se tivesse um gosto deplorável, como se desejasse cuspir as palavras. — Ainda mais com a prova do SPM batendo à porta.

— Ainda faltam alguns meses — resmungo.

Desde que comecei o ensino médio, mamãe anda obcecada em garantir que eu obtenha resultados perfeitos no Sijil Pelajaran Malaysia, ou Certificado de Educação da Malásia. Costumava recortar artigos de jornais acerca de pessoas que se saíram muito bem e os colava na minha parede para "servir de inspiração".

"Está vendo?", dizia, batucando em uma foto granulada de alguma jovem sorrindo entre os pais e professores cheios de orgulho. "Tirou treze notas dez! Já essa aqui tirou onze notas dez, mas tem uma história inspiracional emocionante sobre a irmãzinha. Você não tem nenhuma história emocionante nem irmãzinha, então por isso precisa se dedicar ainda mais."

Ela me encara neste momento, a expressão fria e severa.

— Essa é a prova mais importante da sua vida — afirma, assim como tem feito desde que eu tinha 13 anos. — É o primeiro passo para determinar todo o seu futuro. Você não pode colocar isso em risco para se fantasiar e brincar de faz de conta em um palco.

Um sentimento gélido toma meu peito. Não falo o que quero colocar para fora, que é: *Foi você quem escolheu todas essas atividades, não eu.* Não falo: *Minha vida toda tem sido sua para supervisionar, determinar e cultivar. Me deixa ter apenas isso, só isso.* Não falo: *Eu tenho certeza de que ninguém consegue determinar a vida toda baseado em perguntas respondidas aos 17 anos.* Passei minha infância inteira analisando as palavras de mamãe, seu tom de voz exato, e nada disso vai convencê-la. É um fato. Mas não me impede de tentar de novo.

— Mamã…

— Nem pensar. — Ela pega o jornal. Sua expressão é como uma porta fechada. — A resposta é não.

Sei reconhecer quando uma batalha está perdida.

— Tudo bem, senhora — cedo baixinho. Então me levanto e aliso as dobras da saia do vestido pinafore*. — Tudo bem. Estou indo para a escola agora.

— Pakcik* Zakaria vai buscar você depois da reunião de monitoria e deixar no ensaio da orquestra — avisa ela por detrás do jornal. — Não se atrase.

— Sim, senhora.

— Ah, Rachel — chama ela quando estou prestes a sair.

— Sim, senhora?

— Quero que você se esqueça daquela bobeirinha sem sentido que aconteceu na semana passada.

— Na semana passada?

— Você sabe. — Ela abaixa o jornal pelo tempo necessário para que eu veja seus lábios comprimidos, de novo como se sentisse um gosto amargo. — Aquelas garotas. A… gritaria. Não deixe que isso distraia você do que importa. Estamos entendidas?

Fico sem reação. Nem sequer tinha me passado pela cabeça que eu deveria dar atenção ao ocorrido.

— Sim, senhora.

Não damos um beijo de despedida. Não lembro a última vez que fizemos isso.

Pakcik Zakaria levou o carro para a revisão faz pouco tempo, então parece que o ar-condicionado acabou de sair da fábrica. Está um gelo, mesmo quando ele aumenta a temperatura quando peço. Envolvo as pernas em uma cobertinha azul-bebê que deixo no carro (estou sempre com frio) e olho pela janela enquanto Kuala Lumpur passa do lado de fora. Quando chegamos à base da montanha, inclino-me para a frente e dou um tapinha no ombro dele.

— Saya keluar sini sahaja, pakcik. — *Eu desço aqui, tio.*

Não gosto de ser deixada no portão, porque tenho a sensação de que todas estão olhando para mim, muito embora se trate da St. Bernadette e eu não seja a única aluna com motorista. Afinal de contas, esta é a principal escola exclusiva para garotas em Kuala Lumpur. Todo mundo tenta colocar a filha aqui.

Pego a bolsa e me junto à multidão de garotas caminhando tranquilas até os pesados portões de ferro da escola. No percurso subindo a ladeira, há uma curva em que, de repente, a St. Bernadette fica à vista, exibindo toda a sua glória de 112 anos. Não é um prédio alto, mas tem algo singular nas entradas, janelas arqueadas e portas duplas gigantescas em cada uma das salas de aula antigas. A St. Bernadette é imponente. O centro é o ponto mais elevado, um prédio de três andares com uma torre pontuda e uma cruz no topo. Dali, construções menores se espalham para a esquerda e a direita, como se a St. Bernadette esticasse os braços para englobar o máximo possível: terra, árvores, garotas.

Tem dias que o aperto de mamãe é tão forte que mal consigo respirar. Porém, assim que volto para cá, para dentro do abraço da St. Bernadette, e ando pelos antigos azulejos vermelhos de entalhes elaborados, fica mais fácil encher os pulmões de ar. Estou aqui. Estou em um lugar seguro, um espaço que é meu. Vai ficar tudo bem.

Frequento a St. Bernadette desde o ensino fundamental I (um prédio separado e mais recente que abriga várias centenas de meninas de 7 a 12 anos, um pouco mais abaixo da colina). Tem uma foto minha no primeiro dia do primeiro ano que fica exposta no piano lá de casa em uma moldura dourada, observando-me toda vez que toco o instrumento. Não tinha nem 7 anos na foto, o cabelo preso em duas tranças longas sobre as costas, o rosto solene, a mochila quase do meu tamanho. Os pais das outras crianças as esperavam do lado de fora do corredor ou da sala de aula, segurando lancheiras, prontos para fazerem uma refeição com as filhas e perguntar sobre os professores e as amiguinhas. Eu não tive ninguém. Lembro-me de pakcik Zakaria dirigindo até a escola, eu e minha mãe sentadas atrás, a mantinha azul me envolvendo. Àquela altura já fazia muito tempo que meu pai tinha ido embora, ocupado construindo uma nova família no Canadá. Às vezes eu me levantava da cama no meio da noite só para abrir o atlas e ver onde ele estava, traçando uma linha invisível de Kuala Lumpur até um lugar chamado Vancouver. Vancouver tinha neve. Tentei imaginar meu pai usando uma jaqueta enorme e acolchoada, brincando na neve com uma menininha que não era eu.

Desde o comecinho, mamãe já tinha deixado claro o que esperava de mim, que a St. Bernadette era uma ótima escola e que eu deveria estudar muito, ouvir meus professores e não ser uma vergonha para ela e sua criação. Ninguém chegou a me explicar o que era uma assembleia. Caminhei pelos corredores admirando os padrões dos pisos vermelhos e ignorando o ressoar barulhento do sinal, até que uma professora se aproximou e gritou comigo por não entrar na fila. Quando perguntei à mamãe por que ela não me acompanhou como as outras mães fizeram, por que ela não tinha me explicado, por que ninguém nunca me disse nada, ela apenas me encarou e respondeu:

— Oras, porque você consegue lidar com tudo isso por conta própria. Você não é um bebezinho, Rachel.

Eu até podia estar completando 7 anos naquele ano letivo, mas já começava a compreender o que mamãe de fato estava dizendo, os verdadeiros significados que se espreitavam nos espaços entre as palavras. Não se tratava apenas do primeiro ano, mas de tudo. Ela queria que eu aprendesse a lidar com tudo sozinha, assim como ela fizera.

E pode até ter funcionado. Talvez mamãe tivesse razão. Não sei dizer. Às vezes eu sentia inveja das outras crianças, cujos pais sempre pareciam muito felizes e empolgados ao vê-las.

Só que também nunca senti medo como elas, nem dos professores nem da St. Bernadette em si. Nem mesmo quando concluí o ensino fundamental e passei a trilhar a estrada do ensino médio com o restante das garotas de 13 a 17 anos. Sekolah Menengah Kebangsaan St. Bernadette — a Escola Secundária Nacional de St. Bernadette — manteve a construção gótica original de quando foi fundada como escola missionária por um grupo de freiras francesas bem lá no início dos anos 1900, com salas adicionadas ao longo dos anos à medida que o número de pupilas foi crescendo. Nada me amedrontava nos cantos escuros e escadarias ecoantes; nem os morcegos que se penduravam dos tetos nem nas pilhas de cocô deles de que todas precisávamos nos esquivar pelos corredores; nem mesmo os macacos que nos observavam das árvores além da cerca.

Outras crianças sussurravam sobre fantasmas que perambulavam pela St. Bernadette ou espreitavam nas sombras dos banheiros para nos assustar, contavam histórias sobre freiras lamuriosas e soldados japoneses decapitados, todos com mortes sangrentas no terreno da escola durante a ocupação. Outras saíam à caça de entradas para o labirinto de túneis que supostamente os soldados cavaram debaixo da escola para ocultar munição e cadáveres. Eu nem me dava ao trabalho de ouvir. Aquilo não mudava nada para mim. Posso até não ter me enturmado com as outras meninas. Posso até não ter entendido suas piadas, seus assuntos ou seus comportamentos. Mas nada disso importava. Em meio às paredes da St. Bernadette, eu estava feliz, tranquila e segura.

Agora aqui estou eu, com quase 17 anos e no último ano. Todo mundo está ocupado traçando planos (faculdade, matrícula, educação continuada, pública ou privada, no exterior ou na Malásia, paga com o próprio dinheiro ou com bolsas de estudo). E é isso o que minha mãe também espera de mim. Boas notas, um bom trabalho, um bom carro, uma boa casa, uma boa vida. Para mostrar para as amigas, assim como faz com as bolsas de marca chique. *Estão vendo que trabalho esplêndido fiz criando esta criança perfeita? E sem marido para ajudar. Estão vendo como dei conta de tudo sozinha? Estão vendo o modo que ela honra a mim e aos meus sacrifícios? Estão vendo esta vida que construí, na qual não me falta nada?* Ela não menciona o fato de que nunca ao menos precisou trabalhar, que meu avô morreu quando eu era pequena e deixou ela, a única filha, com mais dinheiro do que poderia gastar em toda uma vida.

À frente, três garotas saem do ônibus escolar juntas. É alaranjado, da exata cor de tangerinas. Elas riem, fazem piadas e ocupam mais espaço do que precisam na calçada.

— Vamos! — gritam uma com a outra, alto. — Temos que ir antes que seja tarde demais!

Antes que seja tarde demais. Começo a acelerar os passos, como se fosse comigo que falassem, como se estivessem me esperando chegar até elas. Por apenas um segundo considero correr até o trio, passar um dos braços sobre o ombro de uma delas, rir e as provocar como se eu fizesse parte daquela amizade. Parte do grupo. O que elas diriam? Como reagiriam?

Confiro as horas no relógio. O primeiro sinal está prestes a tocar. Acelero o passo, mas não muito para que eu possa acompanhar o ritmo das garotas à frente. Minha cabeça ecoa um mantra ritmado com meus passos: *Antes que seja tarde demais, antes que seja tarde demais, antes que seja tarde demais.*

Khadijah

— Terra chamando Khadijah — cantarola Sumi bem em meu ouvido, fazendo-me sobressaltar. Ergo o olhar e reparo nas outras garotas aos poucos saindo do ônibus. — Chegamos. Que tal deixar os devaneios pra depois, hein?

Mostro a língua como se tivesse 5 anos e pego a mochila. Viro e dou um encontrão com a massa macia que é o tio Gan, o motorista do ônibus. Ele está de pé olhando para nós. Os braços cruzados, uma expressão amargurada no rosto. Sinto o aroma de roupa recém-lavada de sua camisa listrada amarrotada e uma nota de algo mais. Algo que no mesmo instante faz meu coração acelerar sem qualquer controle em meu peito. Algo que dispara os alarmes ressoando por todo meu corpo.

Cigarros.

Ele também fumava cigarro. O cheiro preencheu minhas narinas até que parecesse fazer parte de minha corrente sanguínea. Não tinha como evitá-lo, não com o peso dele fazendo pressão em cima de mim. Depois do ocorrido, jurei que ainda o sentia mesmo quando os lençóis tinham sido lavados. Mesmo depois de termos jogado a roupa de cama fora. Mesmo depois de eu ter queimado o colchão.

Três meses de terapia e eu ainda dormia no sofá da sala de estar. Meus pesadelos são todos sobre cheiro de cigarro e mãos úmidas tateando à procura.

PERIGO!, grita a voz em minha cabeça. *PERIGO, PE-RIGO, PERIGO!* E, de repente, estou de volta à escuridão, afogando-me nela, afogando-me debaixo do intenso peso que me prende e não me solta, afogando-me em meu próprio silêncio. Quero sair correndo e gritar e chorar e vomitar, tudo de uma vez, e, e, e...

E a mão cuidadosa de alguém toca meu cotovelo. Uma presença reconfortante às minhas costas. Deve ser Sumi. Ou Flo. Então respiro fundo e tento me concentrar.

Você está no ônibus. Está aqui, na St. Bernadette. Está segura.

— Está tudo bem — sussurra Flo. — A gente está aqui.

— Será que podem andar mais rápido ou é pedir demais? — reclama o tio Gan, como faz toda manhã.

— Relaxa, tio — retruca Sumi, com um sorriso radiante. Tomando cuidado, ela me ajuda a passar por ele (*Prende a respiração, Khad. Tenta não sentir o cheiro dele*) e me guia até a porta. — A gente já está indo.

— Sua amiga está bem? Parece que vai vomitar — comenta ele com uma careta intrigada.

Em sua voz, ouço o medo saudável de um homem que não quer passar a manhã limpando gorfo de assentos de couro descascando.

— Ela está bem, lah, tio. Não esquenta. — Sumi se volta para mim e pergunta baixinho: — Você está bem, né?

Confirmo com a cabeça, embora sinta que minhas pernas estão prestes a ceder. Aishah já foi. Todas já foram. Somos as últimas a sair. Bem à frente, mais acima na colina, os portões de ferro forjado da St. Bernadette estão abertos, como braços à espera de um abraço. Sinto uma pontada no peito. *Como sempre*, digo a mim mesma, prendendo-me a isso como se fosse um mantra. *Como sempre.*

O *triiiiiiiii* agudo do sinal da escola soa assim que pisamos na calçada. Sumi xinga baixinho.

— Vamos — diz ela, já correndo. — A gente vai precisar dar uma acelerada para chegar antes do segundo sinal. Não posso receber outra advertência por atraso. Da última vez minha mãe ameaçou me dar uma coça com o espanador.

— Será que podemos levar em conta — grita Flo para ela, que avança sem problemas enquanto nós temos dificuldade para acompanhar o ritmo — que nem todas nós somos da equipe de corrida da escola como você, srta. Sumitra?

Só que a esta altura Sumi já está bem afastada, saltitando para longe de nós com aquelas pernas longas. Seus cachos curtos esvoaçam no vento. É como se Flo estivesse falando com as sombras, ou com os macacos guinchando nas árvores.

— Bem a cara dela mesmo — murmura Flo ao erguer as mãos para prender o cabelo mais uma vez.

Abro um sorriso que ainda é um pouco fraco nos cantos. Engancho o braço no dela. *Como sempre*, penso. *Tudo como sempre é.*

— Vem — chama Flo. — Vamos nessa.

Não acontece nada de mais na assembleia até que a diretora, a sra. Beatrice, levanta-se e vai até o púlpito. A rigidez da saia lápis faz com que os passos dela sejam curtos e delicados. O *ploc, ploc, ploc* dos saltos pretos ecoa pelo auditório silencioso. Ela pigarreia e o microfone geme em protesto, o que faz todas nós nos encolhermos.

— Bom dia, senhoritas.

— Bom dia, sra. Beatrice — murmura todo o auditório em resposta.

A mulher estala a língua.

— Ainda não acordaram? Façam de novo, agora com um pouco de energia, por favor.

— Bom dia, sra. Beatrice — diz todo mundo ao redor.

Soa minimamente mais alto, e a diretora abre um sorriso satisfeito de lábios finos.

— Maravilha — elogia ela. — Vocês todas com certeza se lembram do incidente que aconteceu na escola nesta última semana.

Incidente. Que palavrinha mais inocente, como se alguém tivesse perdido o sapato ou escorregado no corredor.

— Estou certa de que foi muito angustiante para várias de vocês ver as amigas afligidas de tal forma.

A sra. Beatrice passa os olhos pelo papel nas mãos.

Alguém sem dúvida listou todos os tópicos que ela deve abordar. Afligidas. Fecho os olhos, só por um instante. Lembro dos gritos. Do pavor que cobriu minha pele. Dos arrepios que deixou em seu rastro.

— Como sabem, os professores e funcionários da St. Bernadette estão sempre aqui para o que precisarem. Nós tomamos as medidas apropriadas para garantir que todas as partes da escola fossem, *hum*, propriamente expurgadas...

Alguém faz um som de deboche, e uma risada baixa se espalha pelo auditório.

A sra. Beatrice batuca o púlpito.

— Façam silêncio, por favor. Silêncio. Como falei, cuidamos da situação e estamos certos de que um acontecimento desse tipo não vai se repetir.

— Fico imaginando o que ela pensa ter sido o verdadeiro motivo — sussurra Sumi.

Consigo fazer um leve movimento de dar de ombros. Não quero imaginar.

— *Shiu.* — Uma monitora chamada Jane de algum jeito se materializou ao lado do cotovelo de Sumi. Jane é o tipo de pessoa que gosta de apontar os erros de uma professora. O tipo que sente um prazer especial em dizer às pessoas o que fazer. — Parem de falar. Prestem atenção.

Maldita Jane.

— Entendo que possa ser difícil — continua a sra. Beatrice no palco —, considerando tudo pelo que passaram, por isso nosso orientador educacional, o sr. Bakri... — O sr. B meio que se levanta e dá um aceno constrangido. Seu sorriso é um pouco arreganhado demais, um pouco amigável demais. — O sr. Bakri ficará à disposição caso precisem de alguém com quem conversar, mas, claro, sintam-se livres para abordar qualquer professor da escola. Fora isso, confiamos na resiliência e na força de nossas meninas e esperamos que vocês sigam a rotina como sempre, o tempo todo se lembrando do papel como representantes e embaixadoras de nossa prestigiosa Escola St. Bernadette.

Flo se curva para perto de mim.

— Caso esteja se perguntando, o que ela quer dizer é: "Não nos façam passar vergonha nem nos pintem como monstros, porque o mundo todo pensa que somos amaldiçoados".

— Fica quieta! — censura Jane, sibilando.

— Tá bem. Relaxa aí, lah.

Uma vez que o discurso termina, os professores concluem o que restou da assembleia e nos mandam para as aulas. A sala da turma Cempaka* 4 fica no andar de cima, espremida entre as salas da Anggerik* 4 e da Melati* 4, todas do segundo ano do ensino médio. Os blocos mais recentes, como a biblioteca e a sala do terceiro ano, têm janelas basculantes que deixam o ar entrar. Contudo, como em todas as salas de aula mais antigas da St. Bernadette, não há nenhuma janela aqui. Em vez disso, cada um dos cômodos no bloco do segundo ano ostenta dois conjuntos de enormes portas duplas de madeira que dão em corredores estreitos. Se olhamos para a direita, vemos as colinas verdejantes; para a esquerda, a cantina e as quadras de tênis.

Meu trio se separa e cada uma vai para sua carteira. Há muito tempo os professores aprenderam a nos manter distantes. Para ser sincera, fico surpresa por nos permitirem frequentar as mesmas aulas.

Deslizo no assento entre Ranjeetha e Balqis. Ranjeetha é sem sal e inofensiva, como um mingau de arroz que mães fazem quando os filhos estão doentes. Balqis respira pela boca ruidosamente e tem a tendência de contar histórias meio pessoais demais.

— Bom dia, Khad — cumprimenta Ranjeetha, com um sorriso brilhante.

Sorrio de volta sem muito entusiasmo. Sei que Ranjeetha não espera resposta, o que me faz gostar um pouco mais dela. A essa altura a maioria das minhas colegas de turma já se acostumou com todo esse lance de eu não falar. A questão é que algumas são mais legais a respeito disso que outras.

— Estou tão cansada — queixa-se Balqis. — Não tenho a menor ideia do que comi ontem, mas passei a noite no trono, tal qual uma rainha. Nossa, e o cheiro…

Assinto com educação e mantenho a boca fechada com ainda mais firmeza que antes. Não vai adiantar. Balqis não precisa de incentivo para dar detalhes exagerados. A verdade é que ela só precisa de um público, e nem um muito atento. Só estar perto dela já basta.

Para minha sorte, puan* Ramlah marcha sala adentro. Ela é nossa professora de inglês e também a coordenadora de nosso ano letivo. Nós sempre podemos contar com três coisas quando se trata dela: clichês motivacionais, um cheiro intenso de perfume de rosas e uma série de xingamentos em malaio cada vez mais criativos quando fica irritada. Sendo assim, é função solene da Cempaka 4 que a gente a irrite sempre que possível.

Hoje, no entanto, parece que não vai precisar. O peito volumoso arfa por baixo do cetim brilhante do baju kurung. Ela dispensa o coro de "Bom dia, puan Ramlah" com um aceno, como se não importasse.

— Bom dia, turma — diz, sentando-se com um baque na cadeira diante da sala. — Como estão? Como todo mundo está se sentindo?

— Bem — responde a turma em uníssono.

— *Nananinanão*. Nada disso. — Puan Ramlah se recosta na cadeira e se abana. Enxergo as gotículas de suor se formando na testa dela. — Sei que algumas de vocês provavelmente ainda estão digerindo o que aconteceu na semana passada. Pensei em a gente tirar um tempinho para falar desse assunto. Sabem como é. Colocar os pingos nos is.

Sinto calafrios. *Não quero falar disso*, penso, rangendo os dentes com força. Minha mandíbula começa a doer. Não quero. Não quero. Não quero.

Balqis morde a isca. E é claro que seria a Balqis.

— Eu estou bem triste com o que aconteceu — responde ela, voluntariando-se. — Por todas aquelas garotas, sabe? Uma delas, da Anggerik 5, eu conheço. Ela morava perto da minha casa em Ampang. De noite o irmão dela jogava badminton com o meu. Foi estranho ver a menina sendo levada para fora da sala daquele jeito, toda suada e tals. Parecia que ela nem sabia o que tinha acontecido. Meio atordoada, macam tu*...

Fecho os olhos. Por um único momento lembro como foi. Como estava no banheiro lavando as mãos quando os gritos começaram. Como o barulho reverberou pelos azulejos. Como saí correndo, olhando ao redor freneticamente, à procura da fonte do grito, só para me dar conta de que vinha de toda parte, de toda parte mesmo, de todos os cantos.

— Khadijah? — chama puan Ramlah.

Ela está falando com você, Khad. Controle-se. Olho para a professora em dúvida.

— Parece que você tem algo a dizer. — Puan Ramlah se inclina para a frente. E, como uma espécie de vilã de cinema, ela une os dedos uns aos outros. — Algo de que queira falar.

Ah, não. Você também não. Vamos apenas esclarecer que alguns professores não andam muito dispostos a acolher esta nova Khadijah.

Duas fileiras à frente, vejo Flo se voltar para mim. Todo o rosto dela grita preocupação. Fica óbvio que quer intervir. E me salvar. Odeio o quanto desejo que ela faça isso. Olho para puan Ramlah e balanço a cabeça depressa. *Por favor, me deixa ficar na minha.*

Balqis se inclina para fitar meu rosto. Está tão perto que sinto o cheiro do achocolatado Milo que ela tomou de manhã cedo.

— Tem certeza? — questiona ela para mim. — Você está com uma expressão esquisita.

Eu me afasto no mesmo instante, o que faz minha cadeira raspar pelo chão de concreto e emitir um barulho alto. Começo a suar frio.

— Khadijah... — começa puan Ramlah.

— Cikgu*, eu aposto que ela está bem — afirma alguém.

Sumi, imagino. Só que é difícil ter certeza com o zumbido nos ouvidos.

Por que estão me pressionando desse jeito? Lá está ele mais uma vez: o sentimento de queda livre. O sentimento de perda de controle.

E odeio perder o controle.

Puan Ramlah se irrita como se a gente tivesse ferido seus sentimentos.

— Eu só ia dizer a você, e a todas as demais aqui, que se um dia quiserem vir falar comigo em particular...

De repente, escuto um suave gorgolejar à esquerda. Quando me viro para olhar, Ranjeetha se balança para a frente e para trás, para a frente e para trás. Está pálida e encara o canto do teto como se não houvesse nada capaz de fazê-la desgrudar os olhos de lá. Ela gorgoleja de novo. É um som fraco e estranho que vem do fundo da garganta. Como se tentasse soltar algo alojado lá dentro.

Sinto um medo muito frio percorrendo todo o corpo.

Ah, não. Ah, não. Ah, não. *Diz alguma coisa, Khad. Ela está com algum problema, e você precisa dizer algo.*

As palavras ficam presas em minha garganta, quase me sufocando.

Ao fundo, puan Ramlah continua falando em tons afetados:

— E, além disso, realmente não há necessidade alguma de você se intrometer, Sumitra. A pergunta que fiz foi dirigida a você? Não, não foi. Vocês, garotas, às vezes, de fato, ah, tak fikir... *não pensam.* A Khadijah aqui, por exemplo...

Só que não estou prestando atenção. Nem mesmo olho para ela. Só consigo observar o rosto de Ranjeetha. E, por um segundo (apenas por um breve segundo), a garota me encara de volta. A expressão que vejo nos olhos dela é uma que reconheço. Um olhar de puro pavor, um olhar que clama: *Me salva. Por favor, me salva. Eu imploro. Algo vai acontecer e eu não vou conseguir evitar. Por favor, Khad. Por favor…*

Aí ela volta para o teto e arregala os olhos, vidrada. E não há absolutamente nada que eu possa fazer além de observar Ranjeetha abrir a boca e gritar.

— Não foi culpa sua. — Sumi e Flo se revezam para me dizer. — Não tinha como você ajudar a menina. Nem você nem ninguém.

Quero dizer às duas que sei disso, e que eu estava lá, também quero pedir para pararem de criar caso, mas não falo. Ou talvez eu não consiga. Tem alguma diferença? Já não tenho mais certeza, sinceramente.

Tudo em que penso é no rosto de Ranjeetha enquanto ela gritava. No desespero nos olhos. Na boca tão aberta que juro que dava para enxergar o fundo de sua garganta.

Não lembro se gritei quando aconteceu. Lembro dos gritos, de como ecoaram em meus ouvidos, de como dilaceraram o silêncio até que minha mãe abriu a porta do quarto e viu o monstro em minha cama. Só não lembro se os gritos foram dele ou meus. Talvez de nós dois.

Mas o desespero… isso eu reconheço.

Do lado de fora da secretaria se formou uma longa fila. Todo mundo está esperando para usar o telefone e ligar para casa. *Estou com medo. Por favor, vem me pegar. Não quero mais ficar aqui.* Doze gritantes hoje para serem somadas às vinte e sete da semana anterior. Ao todo são trinta e nove, e ninguém quer ser a sortuda a ocupar a posição de número quarenta.

Sinto a mão de Flo na minha e faço uma careta. É mais forte do que eu. No mesmo instante ela solta, pedindo desculpa com o olhar.

— Foi mal — sussurra. — Quer que a gente ligue para sua mãe por você? Podemos fazer isso. Se quiser.

Considero a possibilidade. Imagino minha mãe saindo às pressas para buscar a mim e Aishah na escola. A preocupação tirânica, o orgulho de a gente voltar a precisar dela de novo, de a gente pedir ajuda. Nego com a cabeça. De jeito nenhum.

— Você quem sabe — diz Sumi. — A gente vai ficar aqui o dia todo, do jeitinho de sempre.

Deve ter soado convincente para todo mundo, menos para nós. Infelizmente, conheço Sumi desde quando ela ainda assistia a *Didi & Friends*. Sei reconhecer suas mentiras. Ela fica olhando toda hora para a fila, abrindo e fechando os punhos. Não importa o que está dizendo, pois até ela, que não se abala com nada, quer cair fora daqui. Contudo, passou boa parte dos últimos três meses seguindo a minha deixa. Cuidando de mim. Não vai ser agora que vai me deixar na mão.

— É isso aí — concorda Flo, enganchando os braços nos nossos. — Do jeitinho de sempre. Como se hoje fosse só mais um dia qualquer. Vamos esquecer o que aconteceu.

E assim a gente continua fazendo as mesmas coisas de sempre e fingindo que está tudo uma maravilha.

Algo que faço muito bem.

Rachel

A questão é: se alguém chegasse e me perguntasse na lata: "Por quê? Por que você quer fazer parte dessa peça? Por que quer tanto atuar?", eu não tenho certeza de que teria uma resposta para dar. Não sei se a atuação é algo em que serei boa. Geralmente, eu nem tento quando não tenho certeza de que serei boa em alguma coisa, porque, quando se está acostumada a ser a melhor, ser apenas mediana fica próximo do fracasso.

Mas a peça... é diferente. Vi o cartaz no teatro em que estávamos ensaiando para o coral e não conseguia tirar os olhos dele. A NOVIÇA REBELDE, DE RODGERS E HAMMERSTEIN, dizia em grandes letras azuis contra um fundo de colinas verdes e céu claro. "Audições para as crianças Von Trapp abertas agora." Já assisti ao filme *A noviça rebelde* (estava na lista de filmes aprovados pela mamãe) e conheço a história. Eu me imaginei no papel de Liesl, usando um vestido branco transparente, flutuando lindamente pelo palco. Pouco importa que eu nunca tenha dançado na vida. "Eu só tenho 16 anos e só sei que nada sei..."

Então minhas amigas de coral passaram por mim e me levaram de volta à realidade.

"Até semana que vem, Rachel", disse uma garota, educada.

"Tenha um bom fim de semana."

"Mandou bem hoje."

Assenti e sorri, mas não respondi. Pela primeira vez o que havia em minha cabeça era: *E se eu fizer algo só por mim? Só porque eu quero?*

Então pakcik Zakaria buzinou e voltei a mim. Afinal, em que universo mamãe me deixaria fazer algo tão inútil quanto uma peça de teatro? Cada passo que dei na vida foi em direção ao destino que ela escolheu para mim.

Por isso era tão ingênuo de minha parte sequer tentar. Ela jamais permitiria.

Quando chego à sala de aula após cumprir com os deveres de monitora, não encontro nenhuma professora, embora puan Latifah devesse estar aqui, explicando-nos a história da constituição da Malásia. E puan Latifah nunca se atrasa.

As alunas estão ocupadas jogando conversa fora e rindo, e ninguém olha em minha direção quando ocupo meu lugar. Com uma batidinha no ombro, chamo a garota que se senta à frente, Dahlia, e seu cabelo na altura dos ombros me atinge no rosto quando ela se vira.

— Que foi?

Mas que grosseria, diz a voz de mamãe em minha cabeça.

— Cadê a professora? — pergunto.

— Está falando sério? — rebate Dahlia, encarando-me.

— Como assim?

— Não ficou sabendo?

Tento não estalar a língua como mamãe faz quando está irritada.

— Não. Do contrário não estaria perguntando o que aconteceu.

Dahlia suspira como se estivesse me fazendo um grande favor.

— Agorinha mesmo tiveram novas gritantes — informa. — Não sei dizer quantas, mas acho que a maioria foi no bloco do segundo ano.

— Ah. — Parando para pensar, todo mundo parecia um pouco mais inquieto que o normal hoje de manhã. — Acho que eu não estava prestando atenção.

— Deu pra notar.

Dahlia solta um suspiro debochado e se vira, como se tentando me dizer que a conversa terminou.

Eu a cutuco no ombro de novo.

— Mas cadê todo mundo?

— Como assim? — pergunta ela, franzindo a testa.

Gesticulo para os assentos vazios em volta.

— Muitas pessoas faltaram hoje, né? Tipo, mais que o normal?

— Bom. É. — Ela me olha como se cabeças estivessem brotando das minhas axilas. — É por causa da gritaria.

— Mas nossa turma não tem nenhuma gritante.

— Por enquanto. — Dahlia fita as unhas, reluzentes e de pontas redondinhas. — Acho que a galera só não queria arriscar. Daí ficaram em casa. Sortudas! Queria que minha mãe também me deixasse faltar assim, dar uma de ponteng*. — Ela olha para mim. — Você não está com nem um pouco de medo?

Fico sem reação.

— Do quê?

— Do quê? — Ela chega mais perto. — Não acha um *tiquiiiiinho* assustador toda essa gritaria, o fato de ninguém saber a causa, não saber quem vai ser a próxima? — Ela sorri. Para mim, também não parece muito assustada, não. — É como algo saído de *Goosebumps: Monstros e Arrepios* ou, tipo, *Histórias Reais de Fantasmas: versão Singapura*, ou alguma coisa assim.

— É só um caso de histeria em massa — explico, dando de ombros. — Não é nada novo. Existem casos como esse desde 1500. Em 1962, as escolas foram fechadas em algum lugar em Tanganica porque aconteceu uma epidemia de riso que afetou quase mil crianças, com sintomas que duraram entre duas horas e dezesseis dias.

Dahlia fica me encarando.

— Não brinca, Wikipédia Ambulante.

Desconfortável, mudo de posição na cadeira. Não sei por que as pessoas me olham assim quando ofereço a informação que elas andaram procurando. Como se eu fosse estranha ou errada por fazer pesquisas e saber coisas.

— Que foi? Eu olhei na internet. Sabe. Quando tudo começou. Mas, enfim, a questão é que nunca durou mais do que dezesseis dias. Se isso não acabar hoje, então em tipo duas semanas vai ter acabado.

— Se você diz. — Ela mordisca uma das unhas perfeitas. — Mas então o que causa uma histeria em massa?

— Ninguém sabe de fato.

Elas só querem chamar a atenção. O que mais?, debocha a voz de mamãe em minha cabeça.

— Então a causa poderia ser um fantasma, né? — indaga Dahlia, sorrindo.

Estou prestes a responder quando puan Latifah entra na sala toda esbaforida, como se tivesse subido a escada correndo.

— Desculpe, meninas — diz ela, posicionando os pertences na mesa à frente da sala. — Por favor, abram os livros e copiem essas anotações. Vamos debater depois.

Ela passa a escrever na lousa e pego o caderno, obediente, para anotar tudo.

Mesmo com as mãos ocupadas, no entanto, minha cabeça está distraída com todos esses lugares vazios ao redor. As pessoas estão mesmo com todo esse medo? Será que somos tão supersticiosas assim, essas mentes brilhantes da St. Bernadette, umas das melhores escolas em Kuala Lumpur? Eu me pergunto o que mamãe diria se eu pedisse para ficar em casa como uma dessas garotas que não queriam ser a próxima vítima. *Ficar em casa? Para quê? Está com medo do quê, afinal?*

Eu me pergunto do que essas garotas têm medo.

— Rachel.

Eu me sobressalto. Bem de leve.

— Sim, puan Latifah?

— Você ainda está com a gente, ou partiu desse plano existencial para um mais empolgante?

Essa é puan Latifah: sarcástica, irônica e muitíssimo irritante. Todas olham para mim, e sinto as orelhas ficando quentes. A voz de mamãe em minha cabeça diz: *Viu só? Está vendo o que acontece quando você fica pensando na morte da bezerra? Concentre--se, Rachel.*

— Estou aqui, cikgu. — Meu tom é perfeitamente educado, mas a irritação borbulha logo abaixo.

Por que ela me faz de saco de pancada? Nenhum professor já precisou se preocupar comigo e minha sequência de notas dez. Nunca falhei em nada na vida, só talvez em ter amigas. E em peitar minha mãe.

O sinal toca. Nossa aula seguinte está para começar, e a professora de matemática batuca o pé com impaciência do lado de fora, esperando para entrar. Puan Latifah pega os pertences e sai sem falar mais nenhuma palavra. Eu me safo.

Contudo, é difícil para mim olhar para os assentos nos quais minhas colegas de turma deveriam estar sem me perguntar o que as assustou.

TERÇA-FEIRA
CINCO DIAS DEPOIS

Khadijah

— Sua mãe reclamou quando você disse que queria ir pra escola hoje? — pergunta Sumi na terça de manhã. — Porque escuta essa: penei pra caramba convencendo a minha. Achei que ela fosse me amarrar e me impedir de sair de casa.

Solto um som de deboche. Hoje de manhã mak tinha várias coisas para dizer sobre a escola e tudo o que está acontecendo.

"Por que você iria para um lugar onde não é seguro?!", gritou ela. "Por que se enfiaria em uma situação que pode ser perigosa, de novo? Por quê, Khadijah?"

Não que eu tenha respondido alguma coisa. Mas, se tivesse, se tivesse sentido a vontade de abrir a boca, poderia ter dito que a St. Bernadette é o único lugar em que me sinto segura de verdade, apesar dos pesares. Poderia ter dito que aqui parece ser o único lugar em que de fato preciso estar. Só que não abri a boca, o que a deixou ainda mais irritada.

Mak balançou a cabeça, o cabelo voando para todos os lados.

"Não entendo", murmurou. "Não entendo nem um pouco."

Presumi que Aishah não viesse. Ela obedece, é o jeitinho dela. Só que ela simplesmente pendurou a mochila nos ombros e me seguiu para fora de casa sem dar um pio. E ali está, logo à nossa frente, de braços dados com a melhor amiga, Sarah.

Às vezes minha irmã me surpreende.

Flo ri.

— Sério mesmo? Porque minha mama ficou, tipo: "Por favor, querida, não deixe que algumas garotas histéricas atrapalhem seus estudos. Você precisa deles". — Ela funga. — Poderia ter deixado o coice de fora, mas vocês sabem como minha mãe é.

Sumi bufa.

— Sortuda. Minha mãe não parava de falar dessa suposta coleira que a St. Bernie colocou na gente. "Vocês, garotas, tão possuídas, hein? Por que precisam ir a aula mesmo com todas essas coisas tão assustadoras acontecendo? Por que não podem só ficar em casa? Tá vendo essa menina, appa*? Teimosa demais!" Mais tarde ela quer me levar no templo pra orar.

A imitação de Sumi da tia Nirmala melhorou muito. Estou impressionada.

Apalpo o bolso do baju kurung, no qual minha mãe me fez esconder uma lista de surahs* e du'as de manhã. Como se fosse um colete salva-vidas ou um extintor de incêndio. *Em caso de maldições, quebre o vidro.*

— Vocês viram? — pergunta Flo. — Agora tem uma hashtag. #GritantesDaStBernies. A gente ficou nos assuntos mais falados a noite toda. Numa posição mais alta que o último episódio de *Gegar Vaganza*. Mais alto que o Jimin.

— Você não deveria dar bola pra essas coisas — opina Sumi, retorcendo o nariz.

— Como você consegue não ligar? — indaga Flo, dando de ombros. — As menções estão em todo lugar. Só se fala da gente. Dá pra saber que viralizou quando todos os influenciadores têm algo a dizer sobre o assunto. Até os blogueiros que avaliam restaurante. Até as blogueiras de maternidade.

De canto de olho, vejo Sumi lançar um olhar à Flo e balançar a cabeça de um lado para o outro.

— Então é mais do que motivo pra gente falar de outra coisa — declara Sumi. Não sei se fico grata ou irritada. Amo as duas me protegendo, mas ao mesmo tempo fico ressentida por precisar disso. — Voltar ao normal.

— Beleza, beleza — cede Flo. — Sabe o que mais está hitando?

Só que não chego a descobrir. A estrada faz uma curva para a esquerda e a St. Bernadette aparece. Por algum motivo, congelo.

Hoje, a escola não parece segura, o lugar receptivo que sempre foi. Nem com todas as luzes acesas para afastar a penumbra da chuva iminente.

Hoje, com qualquer rastro de luz do sol ofuscado pelas nuvens escuras se aglomerando, o lugar parece agourento.

Parece raivoso.

Enquanto observo, todas as luzes se apagam e logo em seguida voltam a se acender por um breve momento. Como um piscar de olhos. Ou um aviso.

Fico sem reação.

Ao longe o segundo sinal toca, e Flo solta um grunhido.

— De novo, não. Vamos, hora de correr.

São precisos alguns passos para elas perceberem que não as acompanho, e Sumi se vira confusa.

— Khad? Anda logo!

Só que parece que meus pés estão tentando andar em meio à gelatina. Eu me sinto frágil, como se com o mais leve dos toques pudesse virar pó e ser levada pela brisa.

Balanço a cabeça em negativa e gesticulo para que elas sigam na frente.

Só que não adianta, óbvio. Afinal de contas, elas nunca me dão ouvidos. As duas voltam e, uma de cada lado, entrelaçam os braços aos meus. Como se estivessem sustentando meu peso. Como se a energia delas fosse transferível.

— Até parece — murmura Flo, remexendo a cabeça de modo que as tranças voam para a direita e a esquerda. — Se você se ferra, todas nós nos ferramos. Juntas.

Não é esse o meu medo. Pelo menos acho que não. Não estou tão certa de por que estou assustada. Apenas sinto que estamos à beira de um precipício. O que nos aguarda lá embaixo depois da queda, não tenho como saber.

— Concordo — diz Sumi, diminuindo as passadas para nos acompanhar e entrando no ritmo, esquerda, direita, esquerda, direita. — E tudo o que vai te custar é comprar ayam goreng* pra gente na cantina em todos os almoços pelo resto da semana. Kan*, Flo?

— Isso aí.

Eu forço uma risada. Soa patética até para mim.

— Assim — continua Flo, assentindo —, vai entupir nossas artérias em, tipo, dois dias, mas a gente vai morrer com dedos gordurosos e um sorriso no rosto.

Quando consigo me obrigar a atravessar os portões, nosso atraso é descomunal, o que significa que, depois da assembleia, somos forçadas a passar tempo varrendo o auditório e coletando lixo espalhado pelo terreno da escola. A pior parte nisso é ter que aguentar o sorrisinho contente de Jane.

— Meninas, na próxima vez tentem chegar no horário — debocha ela enquanto fica nos dando ordens para lá e para cá.

Flo e Sumi fazem caretas às costas dela. As luzes permanecem bem acesas.

Como sempre, tento me reconfortar. Está tudo como sempre.

Só que não funciona.

Rachel

Durante a aula de Bahasa Melayu*, nossa professora é chamada para uma reunião e nos orienta a irmos para a biblioteca para nos mantermos ocupadas. Eu me pergunto se mais uma vez tem algo a ver com as gritantes e sinto uma onda de irritação. Sei que não é culpa delas, ou sei lá, mas será que o mundo precisa girar em torno dessas garotas?

Coloco as coisas em uma mesa enorme perto da janela, bem no canto, fora do caminho do ar-condicionado jurássico que expele lufadas de ar frio. (Mamãe diria: *Vai saber quando foi a última vez que limparam isso? Tem tanto pó. Tantos germes.*) Aproveitando-se da liberdade inesperada, as outras alunas formaram grupinhos, conversando e fofocando. Porém, chego à conclusão de que é um momento tão bom quanto qualquer outro para terminar as tarefas de física.

Clare, a bibliotecária, passa por perto e sorri.

— Você está sempre se esforçando tanto! — comenta.

Dou um sorriso educado em resposta, embora o que eu queira mesmo dizer seja: *Por favor, para com isso. Por favor, não conta para as pessoas a quantidade de tempo que passo aqui, sozinha, fazendo lição de casa.*

— Sabe, está tudo bem ficar com suas amigas de vez em quando! — continua Clare, que não parece se dar conta do sofrimento que está me causando. — Dizem para vocês que ir mal nas provas é o fim do mundo, mas não é mesmo, lah! A vida é muito mais do que se sair bem em algumas provas, ok? Você é mais do que suas conquistas!

A voz de mamãe em minha cabeça dá uma risada sem graça e sussurra: *E o que ela sabe de conquistas?*

Engulo em seco. Sei que as intenções de Clare são boas, mas ela não sabe de nada. Nada mesmo.

— Está tudo bem — murmuro. — Só tenho mais algumas coisinhas para terminar.

— Mas por que você pelo menos não estuda com suas amigas?

— Porque eu não tenho nenhuma. — Não é minha intenção fazê-la se sentir mal por mim. Só estou falando a verdade, mas dá para perceber que mesmo assim a bibliotecária fica triste. Então logo acrescento: — Não é nada de mais. Estou acostumada a fazer as coisas sozinha. Não me importo. Dou conta de boa.

Há uma pausa.

— Eu sei que dá conta, Rachel — responde Clare, por fim. — Sei que consegue. Mas só se tem sua idade uma vez e logo, logo você vai sair da escola. Não quer construir umas lembranças aqui? Para chamar de suas? Antes que seja tarde?

Ela não espera uma resposta, apenas acaricia minha cabeça antes de sair andando.

Por um tempo, tudo o que consigo fazer é encarar as costas dela se afastando.

Antes que seja tarde.

Mas e se já for?

As anotações feitas no caderno ficam borradas por um segundo e meu coração começa a martelar como uma dança do leão. Isso é tudo que me espera? Somente uma necessidade constante de atender às expectativas de mamãe a meu respeito pelo restante da vida? O resultado perfeito do Certificado de Educação da Malásia, a universidade perfeita, a formação perfeita, o emprego perfeito, o parceiro perfeito, a vida perfeita? De repente fica difícil respirar. Pego uma caneta e afasto a cadeira com um rangido barulhento que, por um breve momento, faz a biblioteca ficar em silêncio. Em seguida, vou até o quadro de avisos perto da porta. Eu o vi mais cedo e tentei não pensar em como me fazia sentir, no quanto queria fazer aquilo. LISTA DE INSCRIÇÕES, diz o papel em letras pretas e grossas. TORNEIO FORENSE[1]. Sei tudo o que há para saber sobre a competição. A escola inscreve várias de nós todos os anos. Acontece em um colégio internacional chique em Kuala Lumpur, a meia hora de distância. Nunca participei, nunca nem me deixei sonhar com me inscrever.

Até este momento.

Passo o dedo pela lista de categorias: ORATÓRIA ORIGINAL, COMUNICAÇÃO IMPROVISADA, ATUAÇÃO EM DUPLA... Paro o dedo.

ATUAÇÃO SOLO.

Neste momento, a voz de mamãe em minha cabeça está gritando, zumbindo nos meus ouvidos. *Rachel, não seja estúpida*, diz ela. *Isso aí é um desperdício de tempo*, diz ela. *Vai mesmo desobedecer à sua mãe desse jeito?*, diz ela. *Vai mesmo me decepcionar?*

---

1 Espécie de show de talentos/competição focada em habilidades relacionadas a oratória, debate e declamações. [N.E.]

Eu me pergunto: *Mas o que você diria, Rachel? O que você quer dizer?*

Antes que seja tarde.

Depressa, antes que eu mude de ideia, solto a tampa da caneta e escrevo o nome com todo cuidado, grande e ousado, na linha abaixo de "atuação solo". Rachel Lian.

Depois, volto para o lugar. São apenas duas palavras, um único passo. Um bem pequeno. Só que minha respiração já ficou mais fácil.

Khadijah

Por um tempo o dia na escola procede dentro dos conformes. Na Cempaka 4, estudamos matemática, arte e biologia. Não há nenhum grito. Bom, exceto por uma garota. Ela comprou um pacote de donuts açucarados para comer antes de a aula da tarde começar. Um macaco entrou sem chamar atenção e saltou do teto da cantina para roubar o pacote direto da mesa. Esse tipo de grito acontece com bastante frequência. Só mais uma nota na sinfonia diária da escola.

Só que desta vez toda a St. Bernadette cai em silêncio.

Dá para notar o exato momento em que nós ficamos tensas. O modo que todas prendemos a respiração, seguramos a mesa com um pouco mais de força. Apreensivas enquanto esperamos pelo grito seguinte. Quando não acontece, nós nos permitimos respirar. Contudo, a ansiedade corre por todos os nervos e qualquer barulho alto ainda nos faz saltar de susto.

No meio da aula de inglês, sou chamada para a diretoria. Ninguém me diz por quê. Meus passos ecoam de um jeito estranho enquanto sigo pelos longos corredores da escola. A cada sombra que vejo, alargo o passo e tento fingir que não é porque estou com medo.

A sra. Beatrice está à minha espera acompanhada por puan Ani, a chefe do departamento de inglês. O orientador da escola, o sr. Bakri, paira com um ar constrangido no canto. ("Me chame de sr. B!", ele sempre pede, sorrindo como o apresentador de um programa de auditório. Ele é todo dentes brancos e bondade fingida. Nunca na vida senti menos vontade de chamar alguém pelo apelido.)

— Sente-se — ordena a sra. Beatrice.

Encosto o mínimo possível da bunda na cadeira diante da escrivaninha da diretora. Estou pronta para uma fuga imediata. Todos os três olham para mim e sorriem como se eu fosse uma das participantes de algum tipo de *American Idol*, só que na versão de um pesadelo.

— Khadijah — começa a sra. Beatrice, então faz uma pausa. Quando não retribuo o olhar, ela batuca a caneta na mesa, fazendo barulho. — Olhe para mim, por favor. Obrigada. Khadijah, nós queríamos falar com você a respeito do grande debate que se aproxima. Como bem sabe, por muitos anos a St. Bernadette tem liderado o debate competitivo, e nosso desejo é que nas finais nacionais consigamos escalar nossa melhor equipe.

Em algum lugar da escola, alguém grita bem alto. Meu coração vai parar na garganta enquanto faço uma contagem regressiva dos segundos, à espera de outro grito. *Por que a gente está falando disso bem agora?*, penso. *Não temos coisas mais importantes com que nos preocupar? Garotas gritantes, por exemplo?*

O segundo grito nunca vem, e aos poucos me permito desfazer a tensão na mandíbula, tentando ouvir o que a sra. Beatrice está dizendo.

— Você deveria saber, Khadijah, que a reputação da St. Bernadette é algo que gostaríamos de manter, em especial neste momento de... provação.

Ela olha para puan Ani, que pigarreia.

Desconfortável, remexo-me na cadeira. Eles estão agindo como se ainda não tivesse acabado. Como se esperassem mais gritos.

— Sim, Khadijah — diz puan Ani —, nós sentimos muitíssimo sua ausência na etapa regional e, embora tenhamos conseguido passar, de fato não queremos correr nenhum risco na etapa nacional.

Ela sorri para mim. Acho que retribuo o sorriso. Não tenho certeza. Puan Ani sempre foi legal comigo, mas pressinto o que eles estão prestes a pedir e fico com vontade de vomitar.

— Acha que conseguiria participar? — O sorriso de puan Ani vacila um pouco. — Khadijah? Você ainda está listada como reserva, como bem sabe, então na teoria continua sendo parte da equipe.

Baixo o olhar. Tem um buraco se abrindo no tecido de meu tênis esquerdo. Bem ali, logo acima do mindinho. Se me concentrar nisso, talvez eles parem de esperar uma resposta.

Vejo um par de calçados se aproximando dos meus. Couro marrom lustrado com um padrão de entalhes nos dedos. É o sr. B.

— Olha, Khad... Posso te chamar assim? Já ouvi suas amigas te chamarem de "Khad" em vez de "Khadijah".

Não pode, não.

— Eu sei do seu... incidente... alguns meses atrás.

Meu coração dispara. Tento não demonstrar. *Cala a boca. Cala a boca, cala a boca, cala a boca.*

— E sei como deve ter sido difícil para você desde então, mas nós... todos os professores e eu... nós estamos muito preocupados com a maneira como você tem se comportado desde que isso aconteceu.

Ele tem cheiro de colônia barata e cigarro. O sr. B está perto demais. Perto demais. Seguro os braços da cadeira com força e me concentro no couro marrom lustroso. *Eu vou vomitar bem nos sapatos dele.*

— Já falei isso antes, mas minha porta está sempre aberta caso queira falar de... qualquer coisa.

Eu preferiria comer ovos podres. *Concentre-se nos sapatos, Khad. Concentre-se no buraco do tênis. Prende a respiração e não pensa no cheiro de cigarro nem no peso no seu peito nem no suor que não é seu na sua pele.*

— Não acha que já passou bastante tempo? Não acha que está na hora de retomar a vida? — pergunta ele baixinho. — Você não sente saudade da pessoa que era?

Empurro a cadeira com tamanha rapidez que quase despenco para trás. Depois empurro o sr. B e saio em disparada, percorrendo todo o caminho até o banheiro, e lá coloco para fora as maçarocas do cereal que comi no café da manhã.

O debate, minha mãe sempre dizia, era a atividade perfeita para mim.

"Você saiu da minha barriga batendo boca com a médica e todas as enfermeiras!", ela gostava de contar.

Minha mãe se delicia descrevendo meu rostinho vermelho enrugado. O jeito que urrei como se estivesse brava com o mundo por me forçar a sair de meu refúgio. E é verdade. Eu não participava de debates porque amava falar, mas, sim, porque amava brigar.

Talvez os professores também soubessem disso. Eu tinha sido designada para a equipe antes mesmo de entrar no nono ano. A integrante mais nova não apenas na St. Bernadette, como também em qualquer time de debates. A maioria das integrantes estava no ensino médio. Adolescentes de 16 e 17 anos pretenciosas e arrogantes. E eu amava acabar com a raça delas. Amava elaborar estratégias. Amava tentar entender o que diriam, como poderíamos achar brechas nos argumentos, como elas poderiam nos refutar, como contra-atacaríamos. Eu transformava as palavras em punhos e, nos oito minutos de tempo de fala, golpeava como Mike Tyson. Trucidava a argumentação delas com uma ou duas frases bem cronometradas. Governo ou oposição (afinal, simulávamos o estilo parlamentar britânico), ganhei o destaque de Melhor Oradora mais vezes do que perdi.

Eu não era popular do mesmo jeito que Flo, mas todo mundo, todo mundo na St. Bernadette, me conhecia como "a oradora".

Até que me tornei outra coisa. Alguém diferente. A garota que parou de falar. O que era ligeiramente melhor do que as outras opções: a garota cujo padrasto fez *aquilo* com ela. A garota que foi abusada. A garota com quem *aquilo* aconteceu.

Pelo menos "a garota que parou de falar" é dinâmico. O resultado de uma coisa que fiz, e não do que foi feito comigo.

Ainda sinto a bile na língua. Jogo um pouco de água gelada no rosto. A voz do sr. B ecoa em minha cabeça. "Você não sente saudade da pessoa que era?"

Encaro os contornos de meu rosto no espelho lascado acima da pia. *Ele não sabe*, digo a mim mesma. Ele não sabe que é essa a exata pergunta que tenho evitado encarar.

Há um clarão de relâmpago do lado de fora. Segundos depois, um trovão responde com um estrondo.

No banheiro, uma a uma as luzes começam a se apagar.

De repente, fico gelada.

Minha pele é um mapa de arrepios. Minha respiração sai alta e irregular. Meus batimentos soam atroantes nos ouvidos. Fecho os olhos e tento recuperar o controle do corpo. "Você não sente saudade da pessoa que era?" Antes eu não era o tipo de pessoa que tem medo do escuro. Antes eu não era assim.

Uma lufada de vento repentina atravessa o banheiro. Todas as portas das cabines se fecham com um baque, uma a uma.

Algo pousa em meu rosto, os cantos afiados atingindo minha pele. Com os dedos trêmulos, eu o pego.

É uma folha, aninhada na palma de minha mão, marrom e seca, curvando-se para dentro.

Do lado de fora, a chuva continua a cair.

Naquela noite, depois de um jantar em família silencioso e das orações Isyak*, deito-me no sofá e fico revirando a folha nas mãos. À espera de um sono que não virá.

Não durmo mais no quarto. Alguns dias após o ocorrido, mak voltou para casa e me encontrou tentando queimar o colchão no quintal. Eu já o tinha esfaqueado algumas vezes. Cortado o tecido e exposto as entranhas. Para mim, não estava tão destruído quanto gostaria. No dia seguinte, mak chegou com fluido para isqueiro e um maçarico novinho em folha. Ela descobriu como usar os dois e nos levou até um lugar seguro e afastado, dirigindo uma caminhonete que pegou emprestada, e nada disse a respeito da fumaça preta nem das cinzas que deixamos em nosso rastro. Nunca compramos um colchão novo.

Algo na folha — na sensação dela contra a pele — me deixa ansiosa. E o pior de tudo é que não consigo explicar o porquê.

Dou uma olhada no celular. O brilho da tela quase ofusca minha vista. São 2h57. Desisto de dormir, do mesmo jeito que o sono desistiu de mim, e me sento.

"Você não sente saudade da pessoa que era?"

Quem eu era? Tento me lembrar dessa pessoa, e tenho apenas vislumbres. Teias de lembranças. Disparar pelos corredores da St. Bernadette com Sumi e Flo, rindo tanto que minha barriga doía. Fazer biscoitos com minha mãe. Pedir conselhos a ela, ansiosa para contar minhas histórias e rir com ela. Ajudar Aishah (primeiro com os cadarços, depois com a tarefa de matemática, e aí com as garotas que foram malvadas com ela e com os professores que foram injustos, então com nosso padrasto e o olhar desconcertante que nunca vacilava). Levantar a mão durante o debate, esticando-a lá em cima para que fosse notada, desesperada para provar meu argumento. Desesperada para contra-atacar. Para ser ouvida.

Agora são 3h45. Esmago a folha na mão até que não seja nada além de pó. Em seguida guardo o celular debaixo do travesseiro e durmo.

Sonho com sombras escuras e o farfalhar de folhas secas, muito secas.

QUARTA-FEIRA
SEIS DIAS DEPOIS

Rachel

ATUAÇÃO SOLO
Rachel Lian

Estou praticamente vibrando no auditório, esperando nos passarem as instruções. O anúncio foi feito ao fim da assembleia.

— Todas as alunas que se candidataram para participar do torneio forense deste ano, por favor, continuem no auditório.

Eu, penso. *Sou uma dessas pessoas, sou eu, euzinha.* Pela primeira vez, a voz de mamãe em minha cabeça está calada. Ou talvez eu esteja eufórica o suficiente para suprimir as advertências. Fico me lembrando da sensação de ter escrito meu nome, de vê-lo naquela folha, marcado em tinta preta, impossível de apagar. Claro, eu não poderia fazer parte de *A noviça rebelde*. A peça era uma grande produção, com um monte de gente envolvida e autorizações necessárias para fazer todos os tipos de coisa. Só que isso? Um solo? Sem companheiros de cena? Isso significa que não preciso trabalhar com mais ninguém. É algo possível para mim. Algo que posso esconder de mamãe.

Somos algumas aqui, esperando a professora. Todas as outras estão em duplas, ou em grupinhos, estabelecendo uma familiaridade natural que me diz que elas se conhecem, que já fizeram isso antes. Sem jeito, pairo ao lado do piano, meio me escondendo atrás do instrumento, tentando ao máximo parecer indiferente, como se meu lugar fosse aqui.

Uma professora se aproxima de nós, e a reconheço como puan Ani, que me deu aula de inglês no nono ano.

— Bom dia, meninas — cumprimenta ela, e juntas cantarolamos o bom-dia em resposta. — Um, dois, três... — Ela conta baixinho, depois faz uma anotação no caderno. — Ótimo. Vocês estão todas aqui porque se inscreveram para o torneio forense deste ano. Agora, algumas já podem ter participado antes e vão saber as regras e o andar da carruagem, et cetera et cetera. — Ela acena a mão no ar de maneira vaga. — Mas outras de vocês nunca participaram e, enfim, faz bem para todo mundo refrescar a memória. — Ela pigarreia. — Todos os anos nós somos uma das poucas escolas governamentais que são convidadas para integrar o que é considerada uma competição de elite e tanto, com a maioria dos participantes vindo de escolas internacionais não apenas da Malásia, como também de todos os cantos do sudeste asiático. — Ela olha para todas nós, certificando-se de nos fitar direto nos olhos. — Participar é uma honra e nós não devemos desonrar o nome da St. Bernadette. Ainda mais neste momento, quando... tanta coisa tem acontecido. — Ela tosse com delicadeza. — Estou certa de que não preciso dizer a vocês como seria importante nós irmos para este torneio e nos sairmos muito bem. Quem sabe até ganhamos. Certo?

Todo mundo murmura um sim como resposta, e a professora assente em aprovação.

— Muito bem. Próximos passos. Vocês devem selecionar as peças que desejam apresentar, ou escrevê-las, caso seja requisito da categoria, como é o caso da oratória original. Se em algum momento perceberem que precisam de ajuda, eu e qualquer um dos outros professores de inglês ficaríamos felizes em...

Uma peça, penso. *Preciso apresentar uma peça.* Minha mente está zunindo de tanta felicidade. Estou quase tonta, como uma garotinha abrindo presentes no dia do aniversário. Ou como algumas garotinhas, imagino, do tipo que ganham a casa de bonecas dos sonhos da Barbie e festas de aniversário no McDonald's. As minhas eram apenas para minha mãe e eu. Não havia mais ninguém para convidar. E mamãe sempre dava presentes pragmáticos: livros sobre grandes invenções, ou biografias de líderes mundiais, ou ingressos para sinfonias ou recitais, esperando que eu estudasse os movimentos do violinista principal ou do pianista.

Por um momento, a voz de mamãe em minha cabeça se agita, inquieta. *Você é uma filha ruim*, acusa, sibilando. *Uma filha muito, muito ruim.* Nem ela consegue minguar minha empolgação.

— Vocês serão informadas assim que decidirmos a data do ensaio — finaliza puan Ani, com um floreio. — Alguma dúvida?

Uma das garotas levanta a mão.

— Como assim, este ano vai ter ensaio? — questiona ela. — No ano passado não teve.

Puan Ani assente, compreensiva.

— Sim, mas este ano achamos que viria a calhar assistirmos às peças de vocês antes da competição. Porque aí podemos fornecer apontamentos para melhorias, caso seja necessário.

— Ah. — A garota dá de ombros. — Então tá.

— Mais alguma dúvida?

Todas continuam em silêncio, e puan Ani sorri para nós.

— Tudo bem, então! Estou ansiosa para ver todas vocês em cima daquele palco!

Eu também, penso. *Eu também.*

A euforia me faz flutuar pelos corredores da escola, me impulsionando gentilmente ao longo de minhas obrigações, envolvendo-me como uma agradável névoa rosada. Eu me perco em devaneios envolvendo luzes de palco e teatros abarrotados. Quem quero ser? O que desejo que a plateia sinta? Serei espalhafatosa e engraçada, dramática e encantadora, contida e emocionante? Quero levá-los às lágrimas ou fazê-los gargalhar? São tantas as possibilidades, tantas novas identidades a desbravar, tantos jeitos de destruir este casulo antigo que me aprisiona e surgir com asas novas, uma Rachel Lian renascida.

Permito-me vagar pela aula, pelo intervalo, pela escola, os pensamentos da minha carreira no palco me acalentando como um abraço. Quando vou ao banheiro, penso em trechos de diálogos. Quando lavo as mãos, imagino a mim mesma banhada pela luz intensa de um holofote. Nos lugares vazios da sala de aula, agora que minhas colegas de turma foram para o laboratório de biologia sem mim, enxergo fileiras de espectadores me observando fascinados e, quando reúno os livros, imagino o aplauso estrondoso deles. Penso na nova Rachel Lian ao cruzar outras salas de aula, cheias de cabeças curvadas e o arranhar suave de canetas no papel, e também ao fazer a curva para subir a escada, e ao avistar a garota.

Ela está parada na base da escada, o pé direito posicionado quase que com perfeição no centro do primeiro degrau, as mãos em punhos ao lado do corpo, a cabeça baixa. Ela se balança, indo bem devagar para a frente e para trás, de modo que o cabelo liso, que termina logo acima dos ombros, acompanha o movimento. É como se ela se preparasse para se mexer, para dar o primeiro passo.

A névoa ao meu redor oscila de leve e, diante dessa perturbação de meus planos e devaneios, franzo o cenho.

— Ei — chamo-a. — Está tudo bem?

A garota não responde. Apenas continua se balançando.

Tento ignorar o fio de ressentimento que serpenteia por entre a fresta de meus devaneios, uma pontadazinha de frustração que desabrocha em meu interior. *Ela pode estar ferida*, digo a mim mesma, *ou doente, ou tendo uma crise, e, sabe, quem sou eu para julgá-la por isso?*

— Ei — repito. — Precisa de ajuda? Quer que eu chame uma professora ou te leve pra enfermaria, ou algo assim?

Ainda não há resposta, mas, no silêncio que se estende após minhas palavras, ouço a respiração irregular dela. Está ofegando como se tivesse acabado de disputar uma maratona.

Não é problema seu, funga mamãe em minha cabeça. *Passe reto e vá para a aula. Um ato de irresponsabilidade já não foi o suficiente para você hoje?*

Faço o possível para ignorar a voz. Hesitante, estico uma das mãos (sei que algumas pessoas não gostam de ser tocadas) e seguro a garota pelo ombro.

— Desculpa, mas você…

Em um movimento repentino e veloz, a garota gira a cabeça e olha para mim. Então, de súbito, há um rugido em meus ouvidos e sinto o coração começar a martelar como um tambor.

Porque os olhos dela estão arregalados e vidrados; nas têmporas pálidas e suadas há veias azul-esverdeadas salientes; os lábios estão curvados em um rosnado. Ela joga a cabeça para trás e, com os olhos vidrados, foca no teto logo acima de mim.

Logo depois, ela começa a gritar, e gritar, e gritar, como se nunca mais fosse parar.

Khadijah

É quarta-feira. Toda hora me esqueço. Olho por cima da apostila de exercícios de Balqis para me certificar de novo e de novo, à procura das letras esferográficas arredondadas soletradas com destreza no canto superior esquerdo. Em algum momento, até Balqis acaba perdendo a paciência. Ela escreve para mim em letras desenhadas pretas e grandes, em uma nota adesiva rosa-claro. Em seguida a bate no canto de minha carteira. *QUARTA-FEIRA*. O papel tem cheirinho de morango.

As ausências na sala de aula parecem buracos negros. Para tentar esconder os espaços nos quais faltam garotas, os professores estão nos fazendo trocar de assentos para que todas fiquemos juntas. Agem como se fosse uma ideia que só passou pela cabeça deles.

— Assim não fica melhor? — perguntam os professores. — Agora vocês estão bem mais juntinhas!

Eles ensinam, chamam a atenção e puxam nossa orelha por trabalhos não feitos, e minhas colegas de turma conversam e dão risada. Tudo parece tão normal. Todo mundo parece tão normal.

Em algum momento, alguém levanta a mão para perguntar sobre alguma gritante, só para ser silenciada pela professora.

— Não vamos mais falar delas — diz a professora, toda radiante. — Acho que está na hora de todas nós seguirmos em frente, não concordam?

Apenas a encaro. Não entendo como seguir em frente, como ninguém parece ter medo, como elas não sentem este mesmo ar dentro da St. Bernadette fazendo pressão contra a pele como se quisesse nos manter paradas, imóveis.

Em algum momento durante o dia, o sr. B enfia a cabeça dentro da sala e pigarreia.

— Caso alguém queira conversar, estou sempre aqui.

Dou tudo de mim para não retribuir o olhar dele. Para parecer invisível. Ninguém responde. Meus dedos ainda tremem, por isso me sento em cima deles para fazê-los parar. Sumi e Flo lançam olhares preocupados em minha direção e finjo não notar. Mesmo se perguntassem, o que elas não fariam, não consigo explicar o que está me deixando tão ansiosa.

Talvez seja porque conheço a sensação de estar sentada à sombra de um monstro e torcer para que ele não apareça. Torcer para que ele não a note. Torcer para que não esteja com fome.

Parou de chover, mas as nuvens perduram, pintando tudo de tons de cinza. Entre as aulas, as garotas falam de coisas bestas e inconsequentes. Do clipe mais recente do grupo IVE, de um sapato que Flo está implorando para a mãe a deixar comprar, da nova namorada de Asha, da Orkid* 5. Não sei dizer se sou a única que olha para o lado de fora e nota a cena. Só que os macacos nas árvores não estão emitindo som algum. Estão apenas sentados nos galhos e nos observam de longe. Como se soubessem de algo que desconhecemos. Como se estivessem esperando.

Também espero, o corpo tenso e tão encolhido como uma mola.

No entanto, quando acontece, ainda me choca.

É como se aquele grito acordasse todo mundo. Saindo de devaneios e adentrando o pesadelo compartilhado. Colunas eretas, cabeças em posição de sentido, alertas e temerosas. O grito é demorado, baixo, do tipo que é tão rouco que parece deixar a garganta da pessoa em carne viva.

— Quantas acham que vão ser hoje? — sussurra May Ling.

— Não faço ideia — responde Jacintha baixinho. — Talvez cinco. Talvez cinquenta. Não dá pra saber.

Puan Aminah, que continua tentando com muita bravura nos ensinar a história da Malásia, estala a língua.

— Vamos apenas ficar aqui, juntas, e torcer para o melhor — orienta ela com gentileza. — E talvez… talvez devêssemos fechar as portas. — Ela faz uma pausa. — E trancá-las.

O que estamos tentando manter do lado de fora?, eu me pergunto. E aí, no mesmo segundo: *Ou o que estamos prendendo aqui dentro?* Lembro o significado de portas fechadas. Para o bem ou para o mal, significam segredos.

Não importa. Todas estamos desesperadas para nos ocupar. Fazer algo que não seja esperar até os gritos pararem. Sendo assim, fechamos as portas, deslizamos as travas no lugar e nos agrupamos em uma tentativa de encontrar algum conforto na presença familiar uma da outra. Em um canto, Zulaikha começa a recitar o Ayat Kursi em voz baixa. Proteção. Eu me pego acompanhando-a, embora meus lábios estejam rachados e secos. *Mak ficaria orgulhosa*, é o pensamento absurdo que me ocorre. Ela ficaria orgulhosa por eu enfim fazer o que me pediu.

— Tem outra — aponta Flo.

Este grito é mais agudo e gaguejado. Como se a gritante precisasse de tempo para respirar, para se preparar antes de cada seção.

— Queria saber de quem é — comenta Jacintha.

Ninguém responde. Sinto os batimentos do coração no corpo todo. Nas têmporas. Na ponta dos dedos. Na sola dos pés. Estou suando. Aqui está quente. Muito quente.

Mais uma. Este é menos um grito e mais um soluço. Do tipo que assola o corpo inteiro, faz o peito doer. Agora os gritos estão começando a se empilhar, entrecruzando-se, revirando-se e se entrelaçando. Eu me pergunto quanto tempo vamos ficar sentadas aqui. Contando cada um deles como se estivéssemos em algum tipo de episódio degenerado de *Vila Sésamo*. Um grito! Dois gritos! Ha-ha-ha! Eu me pergunto se uma de nós será a próxima. Eu me pergunto se serei eu. Eu me pergunto qual deve ser a sensação. Eu me pergunto se me sentiria apavorada ou livre. Já gritei no passado. Quando Aquilo aconteceu. De início ficou preso em minha garganta e me sufocou tanto quanto as mãos dele ao redor de meu pescoço. Foi tão, mas tão difícil colocá-lo para fora. E me fazer ser ouvida. De repente me dou conta de uma dor em meu antebraço direito. Quando olho para baixo, percebo que enfiei as unhas na pele com tanta força que arranquei sangue. Manchas vermelhas surgem no tecido branco da minha manga. *Mak vai me matar*, penso.

Já estamos no sexto grito (cortante, estridente) quando ouvimos um retinir no corredor do lado de fora. Então uma batida à porta faz todas nós pularmos de susto e faz Zulaikha soltar um gritinho.

— Abre aí! — grita uma voz, carregada pelas lágrimas e desesperada. — Por favor, abre! Por favor!

Puan Aminah abre a porta com tudo. A luz do sol vaza para dentro da sala e nos faz piscar. Levo um minuto até identificar a figura parada e contornada pelo batente. O peito dela arfa e lágrimas escorrem pelas bochechas.

Conheço essa garota. É Sarah. Já a vi pela escola, de braços dados com minha irmã. Já a vi sem o hijab depois da aula, rindo com Aishah no sofá de casa por causa de vídeos aleatórios do TikTok. Ela já comeu dos nossos pratos, dormiu em nossa casa, participou de nossa maratona anual de *O senhor dos anéis*.

O que ela está fazendo aqui?

Sinto o coração na boca. Fico de pé.

Assim que me vê, o rosto de Sarah murcha.

— Kak* Khad — chama ela, soluçando. — Kak Khad, eu estava lá. Bem do lado dela. Eu a vi gritar. Não conseguia fazê--la parar. Eu… eu…

A esta altura já estou toda me tremendo. Quem? Em silêncio, eu a incentivo a me contar. Quem?

E por mais que em meu coração e em meus ossos eu saiba a quem ela está se referindo, que só poderia haver uma pessoa a quem ela estaria se referindo, ainda assim parece uma faca se revirando em minha barriga quando ela revela:

— Aishah.

Rachel

Não acredito no sobrenatural. Não mesmo. Eu me recuso a ser uma vítima da mesma insensatez que assola tantas meninas da escola.

Só que há algo na lembrança daquele rosto gritando, no modo que a saliva da garota esguichou em minha pele, que me deixa inquieta.

Os gritos fizeram uma professora vir correndo e, em silêncio, observei enquanto ela fazia o que podia para a garota voltar ao normal, conversar, parar de gritar. Mais do que tudo, era isso o que eu queria: que aquilo acabasse. Mas pareceu levar horas (*Isso não faz sentido. É provável que só tenha durado alguns minutos, Rachel. Não seja tola*, diz a voz de mamãe em minha cabeça) até a garota enfim fechar a boca e cair estatelada no chão, como se a bateria tivesse acabado.

"Rachel." A professora olhou para mim como se só então notasse minha presença. Era cik* Diana, jovem, nova na escola e linda, muito popular entre o corpo estudantil por conta de todos esses fatores. Ela também aparentava estar um pouco enjoada e sem saber o que fazer. "Me ajude a levá-la à enfermaria."

Nós andamos juntas, carregando o corpo inerte entre nós, enquanto mais gritos ecoavam pelas vigas da St. Bernadette. Nem mesmo conseguimos entrar na enfermaria, um quartinho bolorento com duas cadeiras de plástico duras e uma cama de solteiro coberta com lençóis de limpeza questionável, uma vez que todos os lugares estavam ocupados. Os professores enfileiravam mais cadeiras do lado de fora e, tomando cuidado, sentamos a garota em uma delas. Só hoje foram onze novas gritantes.

Quando voltei para casa, ainda tremia. Ainda estou tremendo, e a colher tilinta alto vezes e mais vezes contra a lateral da cumbuca enquanto tento colocar carne e brócolis no prato.

Depois de mais outro retinir, mamãe arqueia a sobrancelha.

— Desculpa — murmuro.

Em seguida repito o pedido, mais alto desta vez. A mamãe odeia quando as pessoas falam murmurando. *Patético, Rachel. É muito patético deixar uma garota exageradamente emotiva te abalar desse jeito.*

Passo o restante da refeição fazendo o mínimo de barulho possível, o que, para dizer a verdade, não é tão difícil quanto soa. Estou acostumada a não falar nada perto de mamãe, então não é nenhuma novidade assentir, grunhir em concordância educada e não dizer nada que seja real ou verdadeiro durante uma refeição que mal belisco.

— Qual é seu problema? — pergunta ela de repente.

Surpresa, ergo o olhar.

— *Hum*?

Meus pensamentos estavam muito, muito longe dos brócolis com molho de ostra que remexo no prato. Pensava no rosto da garota, em como ela abriu tanto a boca que consegui enxergar o fundo da garganta. Pensava em como os gritos dela perfuraram meus tímpanos, obstruindo minha audição por um momento. Não pensei que mamãe fosse notar.

Só que lógico que notou. Mamãe sempre nota tudo.

Você é uma atriz e tanto, Rachel Lian.

— Você está estranha hoje — acusa mamãe, o semblante franzido. — O que aconteceu?

— Nada — respondo no automático, condicionada a não contar nada para ela.

Mamãe me observa com atenção, e é bem nítida a sensação de que está enxergando tudo, desde a sujeira em meus poros até minhas emoções mais profundas.

— Não é verdade — enuncia ela depois que já me analisou. — Você está escondendo alguma coisa. O que é que está ocupando tanto seus pensamentos?

— Não estou pensando em nada, mamãe — rebato, fazendo o possível para manter o contato visual, a expressão transparente e sincera.

Pense nisso como um ensaio, Rachel. Tipo interpretar um papel.

— É mesmo? — Mais uma vez ela arqueia a sobrancelha para mim, sua marca registrada. — *Hum.* Tem certeza de que… essas garotas gritantes não estão te distraindo?

Tento afastar a lembrança do olhar da garota, de como os cabelinhos dela descolaram do rosto suado em zigue-zagues desvairados.

— Não estou distraída — minto.

Ainda não descobri o nome da garota e, por algum motivo, isso me incomoda. Compartilhamos um momento tão íntimo, e eu não faço ideia de quem ela é.

— Então qual é seu problema? — Mamãe se curva para a frente e toca a mão fria em minha testa. Trata-se de um momento raro.

Ela não é uma pessoa de contato físico. — Está doente? Será que precisamos fazer uma visitinha à dra. Priya?

— Está tudo bem, mãe. De verdade. Estou muito bem.

Espeto o brócolis com o garfo, dou uma mordida e abaixo o talher, só para provar o quanto estou bem.

Mamãe abaixa o garfo e a colher, depois suspira.

— Rachel. Você acabou de botar um pedaço de brócolis na água.

— *Hã?* — Olho para baixo e lá está: uma bolota verde descansando no fundo do copo. — Ah.

— Por isso, vou perguntar de novo. — Ela pega um pedaço de carne com o garfo e o coloca com delicadeza na base de arroz sobre sua colher. — Tem alguma coisa que queira me contar ou não?

Ranjo os dentes. *Dá uma segurada, Rachel. É sua última chance, a última oportunidade de partir para a ação e ser algo além da filha perfeitinha. Você não pode deixar que algumas garotas histéricas te impeçam disso.*

Luz. Câmera. Ação.

— Na verdade, tem.

Abaixo os talheres. *Tudo bem, Rachel. Você consegue. Não está mentindo para sua mãe. Só atuando.*

Continuo, com cuidado:

— Durante as próximas semanas vão rolar várias aulas adicionais, sabe? Considerando que o SPM está chegando. As aulas são opcionais, mas achei que participar pudesse ser bom. De qualquer modo, são gratuitas. E os professores sempre abordam perguntas de provas anteriores. Pode ser bom ter um tempinho a sós com os professores. Principalmente por causa das cartas de referência para a faculdade. — *Está justificando demais, Rachel. Você está justificando demais.* Dou uma espiada no rosto de mamãe, mas, como sempre, não sei dizer no que ela está pensando. — Tem problema? — pergunto, então me dou um chute mental como repreensão.

Pessoas como Jane não pedem permissão. Só dizem o que querem fazer e esperam os outros a seguirem.

— *Hum* — murmura mamãe. O que não é uma resposta. Não sei ao certo o que é ou o que significa, e parecem se passar anos até que ela faz a pergunta seguinte: — Essas aulas vão afetar suas atividades?

Quase prendo a respiração. O fato de ela perguntar isso significa que existe uma chance. Que está pensando a respeito.

— Não vai afetar minhas aulas de violino — respondo, com cuidado. — Ou as de piano. Meu treinador de caratê vai voltar para Taiwan por um tempinho. Tem a apresentação de Natal do coral…

Mamãe dispensa a resposta com um aceno, como se espantando um mosquito.

— O Natal não é tão importante quanto a faculdade.

— Tem o voluntariado.

— Eu posso trocar uma palavrinha com eles — comenta ela. — Aquelas pobres crianças precisam de ajuda, sei disso, mas é você quem tem alguma chance de entrar em Harvard ou Cambridge. É preciso pensar nas próprias necessidades.

Mordo o lábio. Sempre odeio quando ela fala como se as outras pessoas não tivessem importância.

— Que foi? Não me olhe desse jeito. É verdade. — Ela limpa a boca com um dos guardanapos de pano que são dispostos para nós a cada refeição, que ela faz kak Tini lavar e passar antes de cada uso. — Enfim, mantenha a mim e pakcik Zakaria o tempo todo informados de sua agenda. E estude muito. O Certifica-do de Educação da Malásia é apenas o primeiro passo, você sabe disso. Há muitos e muitos outros passos a serem dados. E é muito importante que você construa esses bons hábitos de estudo agora. Vai ser mais fácil lidar com a faculdade depois se conseguir isso.

— Sim, mamãe.

Não estou ouvindo de verdade. Todas as minhas ansiedades, todas as lembranças de garotas gritantes se foram. No lugar delas há espanto, maravilhamento e felicidade. Não dá para acreditar que consegui. Não estou acostumada com esse sentimento, com este mundo em que sei algo que mamãe desconhece, em que possuo algo que ela não pode arrancar de mim. O gosto é bem parecido com o de vitória.

Khadijah

Eles ligam para mak.

Antes mesmo de vê-la, eu a ouço. Estou sentada de pernas cruzadas no chão gelado, e Aishah está recostada em mim na enfermaria. Esse é todo o espaço que temos. Já há três garotas sentadas lado a lado na cama. Outras duas em cadeiras de plástico arranhadas. O restante está do lado de fora. O suor de Aishah deixa meu ombro ensopado. Não a afasto. Parece ser o mínimo que posso fazer. E fiz tão, mas tão pouco para protegê--la. Os gritos a deixaram gasta como um pano velho. Ela não fala. Eu me pergunto se vai ficar igual a mim e decidir que o silêncio é a melhor opção.

Do lado de fora da porta, minha mãe não faz silêncio.

— Cadê minha filha? — Escuto-a dizer. Sua voz está aguda, desesperada. — Cadê ela? O que aconteceu?

— Não sabemos — respondem as mulheres da secretaria com rosto gentil, arrasadas. — Nós sentimos muito, puan. Não sabemos mesmo.

O trajeto até nossa casa é estranho e silencioso. De jeitos dolorosos, lembra-me da época após Aquilo acontecer. Aishah está desempenhando o papel anteriormente interpretado por mim mesma. Ela é a vítima, estirada no banco traseiro do carro, pálida e abatida. Os olhos fechados como a Bela Adormecida à espera de alguém para acordá-la do pesadelo.

Também mantenho os meus fechados.

A culpa é uma pedra na boca de meu estômago. É uma prensa ao redor de meu pescoço, sufocando-me. Correntes de ferro em torno de meu peito, a cada minuto mais apertadas. Irmãs caçulas devem ser protegidas. É o nosso dever. A meu lado, minha mãe dirige o carro como se estivesse possuída. Os olhos concentrados na estrada à frente. A raiva que emana é tão palpável, como gasolina brilhando em todo o ar que a cerca.

— Eu sabia — murmura ela. — Eu devia ter feito vocês duas ficarem em casa. Devia ter feito vocês me ouvirem.

Também compreendo isso, a busca por controle em um mundo que continua a desmoronar ao redor. Eu até poderia falar para ela que não funciona. Que, independentemente de qualquer coisa, o mundo segue desmoronando.

Só que não falo. Nunca falo. A chuva começa a cair e minha mãe liga os para-brisas. Em minha cabeça, acompanho o ritmo deles entoando: *Eu falhei. Eu falhei. Eu falhei.*

Mak tenta, sem sucesso, fazer com que nós duas comamos alguma coisa no almoço. A ansiedade dela, a inquietação… tudo isso toma conta do ar e dificulta ainda mais minha respiração. É um alívio quando ela enfim manda Aishah para a cama e anuncia que vai voltar para o escritório.

— Cuide de sua irmã — manda ao se dirigir para a porta.

Como se eu precisasse da ordem. Como se eu não estivesse fazendo isso a vida toda. Como se não fosse mais um lembrete de como deixei minha irmã na mão.

Em seu rastro, minha mãe deixa quietude, mas nenhuma tranquilidade.

A culpa me inquieta. Já não é uma pedra nem uma prensa, muito menos correntes de ferro. São formigas em minhas veias. A sensação me faz ficar em pé, andando em círculos pelo quarto. Nem mesmo as orações me acalmam.

Por que isso está acontecendo? Por que logo com Aishah?

Nós duas temos celulares (modelos surrados que mak comprou usados na Carousell). Contanto que a lição de casa seja feita, temos autorização para usá-los depois da escola. Não fiz o dever de casa, mas mak não está em casa, então como ficaria sabendo?

Pego o celular e abro o navegador. Digito "estudantes gritantes" na barra de pesquisa. Os primeiros resultados são todos sobre a St. Bernadette. E são todos iguais: relatos cuidadosos de pessoas que nos observam de longe. Como animais em um zoológico.

Conforme rolo a página, encontro as matérias que já não são a nosso respeito. Elas datam de anos e anos antes. Clico em uma. "O mistério das alunas gritantes na Malásia", diz a manchete. Um especialista britânico chama a Malásia de "capital mundial da histeria em massa". Eu me pergunto o que faz dele um especialista. Descubro que, em abril de 2016, os gritos se espalharam de escola em escola, aparentemente sem nenhum motivo. Descubro que, em 2019, a histeria irrompeu entre as garotas de uma escola em Kelantan. E aí leio isto, de um relato de uma das gritantes de 2019:

> Estava na mesa, sonolenta, quando senti uma cutucada brusca no ombro.

Quando me virei pra ver quem era, tudo virou breu.

De repente, eu encarava o além-mundo. Cenas de sangue, brutalidade e violência.

A coisa mais assustadora que vi foi um rosto de pura maldade.

A coisa me assombrava e eu não conseguia escapar.

A única coisa que não descubro é o porquê... O que está causando os episódios de histeria coletiva em lugares sem nenhuma conexão óbvia uns com os outros?

E preciso saber o porquê. Preciso saber o que posso fazer para impedir que volte a acontecer. Para que possa manter Aishah em segurança.

Clico e rolo a página, clico e rolo a página, e, de algum modo, encontro uma página do Facebook. COROAS DA ST. BERNIE, diz a capa da conta na parte superior. O texto está em negrito, sobre uma foto granulada da escola. Bem no estilo "Design gráfico é minha paixão". Como acontece com a maioria dos grupos do Facebook, este parece ter tido um início promissor. Só que agora é o mesmo punhado de gente comentando em tudo. Tem os que postam bons-dias diários implacavelmente otimistas. Tem os que promovem esquemas de pirâmide.

E tem um outro.

Alguém postou o link de um artigo falando das gritantes da St. Bernadette. Eu a encontro na seção de comentários. Abaixo de vários "Ai, meu Deus" e mensagens de orações, a resposta dela é breve e direto ao ponto:

Então a St. Bernadette está gritando de novo.

De novo?

A culpa continua aqui, mas está ofuscada por algo mais. Um novo sentimento. É como me sinto quando estou destroçando um argumento. Quando estou sistematicamente destrinchando as afirmações muitíssimo bem interligadas de um oponente. Aqui está a ponta da linha e, se eu a puxar direito, vou desvendar tudo. A adrenalina corre por minhas veias. Clico no nome de usuário dela, que é "Sasha A". A imagem do perfil não diz muita coisa. Uma mulher de hijab, de costas para a câmera, de frente para o sol poente. Não há detalhe algum da vida dela. Nem nome completo, nem idade, nem cidade. Nada de crianças angelicais sorrindo, nenhum pet adorado. Nada de fotos com amigos nem família. Nenhum comentário desnecessário sobre o tópico fresquinho do dia. Nenhuma pista.

Abro a caixa de mensagens. Meus dedões pairam acima do teclado. Estou hesitante, ansiosa, mas dura apenas um segundo.

> O que aconteceu na St. Bernadette
> quando você estudava lá?

Aperto o botão de enviar. Aí espero. E espero. E espero um pouco mais. Até cair no sono aguardando.

Quando acordo, ainda não há nem sinal de resposta.

Rachel

Mais tarde naquela noite, mamãe está sentada, a coluna ereta, zapeando para o canal de notícias, como sempre faz. Peço licença e digo que vou para o quarto estudar. Lógico que não vou estudar de verdade. Estou procurando pela tal peça, aquela peça mágica que me permitirá libertar tudo o que há dentro de mim, mostrar-me por completo naquele palco para que todo mundo me enxergue pela primeira vez na vida. Já esqueci do desconforto causado pelos gritos. Meu cérebro está a toda.

Ainda não acredito que deu certo. Meu truquezinho deu certo. Leio páginas e mais páginas de monólogos, balbuciando as palavras, imaginando-me no palco, um holofote focado bem em mim. Atuação solo, Rachel Lian.

Então eu encontro. A peça perfeita, a que sinto na alma estar predestinada para mim. Ter sido feita para mim.

Passo os olhos pelas palavras e minha empolgação, maravilhamento e adrenalina crescem a cada segundo. É esta. É esta mesmo. Conheço esta garota, reconheço a voz dela e todas as camadas e nuances de suas emoções, sinto o coração dela bater. Consigo interpretá-la.

Consigo me transformar nela.

Com as mãos tremendo, pego algumas folhas avulsas de papel pautado e uma caneta. Não posso usar a impressora para isso. A mamãe vai ouvir e entrar com tudo no quarto e começar a fazer um interrogatório, perguntas como: *O que está imprimindo a esta hora da noite?* e também *Para quê?* e *Me mostra.* Eu é que não vou correr o risco.

E assim começo a escrever, copiando com todo o cuidado a coisa inteira à mão, usando a letra mais impecável, verificando cada palavrinha duas ou três vezes para me certificar de que escrevi cada uma certo.

Então escuto:

— *Esta é a capital mundial da histeria em massa.*

— *A St. Bernadette fica no coração de Kuala Lumpur...*

St. Bernadette?

Abaixo a caneta e saio do quarto.

— O que você está assistindo?

— Ah. — A mamãe dá de ombros. — Um programa de entrevistas. Estão falando desse negócio que não para de acontecer na sua escola. — Sua expressão é de completo desprezo. — Como se fosse importante. Como se fosse digno de virar notícia.

Eu me sento na ponta do sofá. A apresentadora sem graça usou tanto laquê para assentar o penteado que o cabelo não se mexe nem um pouquinho, além de ostentar um batom vermelho perfeito. Entusiasmada, ela gesticula enquanto fala com um painel onde se vê um homem com o bigode mais exuberante que já vi, uma moça usando hijab cor de lavanda e um estadunidense que fala mais alto que todos e transpira um pouco no paletó xadrez.

— Não sei como me sinto a respeito — comenta a moça de hijab, e o estadunidense balança a cabeça de um lado para o outro.

O paletó estampado foi um erro. Faz parecer que a imagem está falhada toda vez que ele se mexe.

— Só não dá para negar — afirma ele. Ao som de sua voz, tenho a impressão de ver os outros dois comentaristas estremecerem. — Podem falar o que quiserem, só não venham querer negar que se trata de um fenômeno majoritariamente feminino. A maioria dos casos de histeria em massa nos tempos modernos se dão entre mulheres e meninas.

— Calma lá — diz o bigodudo, brincando. — Sabe, você vai nos colocar em uma enrascada com nossas telespectadoras. Todas as feministas vão querer nossas cabeças. Melhor tomar cuidado.

— Pois são bem-vindas a revisar a literatura elas mesmas — rebate o estadunidense, rígido. — Só estou mostrando a vocês o que os dados noz dizem.

— De fato. — O bigodudo assente e acaricia o lábio superior. — Enfim. Até porque as mulheres são o sexo mais frágil, *ha-ha*, e talvez o mais inclinado à aflição espiritual…

Os olhos do estadunidense parecem que vão saltar para fora das órbitas.

— Aflição espiritual? — repete.

No mesmo instante, a moça de hijab se irrita enquanto indaga:

— Sexo mais frágil?

— Mas o que acha ser a causa de tudo isso? — pergunta a apresentadora, interrompendo suavemente a discussão. — Mal dá para dizer que a St. Bernadette é a primeira. — À menção da escola, de nós, sinto a barriga embrulhar. — A esta altura, há anos e anos todos nós ouvimos falar desse fenômeno, em especial nas escolas. Com certeza, Kelantan, em 2019, foi o último grande caso que chamou a atenção internacional, mas desde então já vimos relatos de incidentes menores. O que pode ser a causa dessas ondas de histeria?

— Um bocado de garotas histéricas querendo chamar a atenção — debocha mamãe ao bebericar o chá, que é sempre servido em uma sofisticada xícara de porcelana com florzinhas delicadas pintadas a mão.

Volto a pensar na boca aberta da garota, no vazio estranho em seus olhos que foi substituído por pavor assim que ela voltou a si. *Você não diria uma coisa dessas se tivesse visto o que eu vi*, penso. Não verbalizo. Ela não gosta de ser contrariada.

— Bom, a ciência... — começa o estadunidense, antes de ser interrompido pela moça de hijab.

— É questão de estresse — opina ela, assentindo com firmeza. — Pura e simplesmente. Nos dias de hoje, colocamos muita pressão nas crianças para que se saiam bem, para que tirem notas boas nas provas. Dizemos que o Certificado de Educação da Malásia é o ponto-chave na vida delas. E os efeitos disso...

A TV desliga, e fico sem reação. Não me dei conta de que estava de punhos cerrados esse tempo todo. *Quem eles pensam que são?*, eu me pergunto. O que dá a eles essa confiança, a esse painel de "especialistas", para falar de nós e nossas experiências, sem nem perguntarem o que achamos ou sentimos?

— Que baboseira — diz mamãe, pegando o livro de sudoku e uma caneta. — Não falam nada com nada. Discutir tudo isso é uma perda de tempo. É só ignorar e seguir em frente. — Ela vira a cabeça em minha direção, os olhos semicerrados, e balança um dedo. — Sei que, infelizmente, você está enfiada no meio disso tudo. — Ela acena a mão no ar em um gesto vago. — E sei que ajudou aquela garota motivada pela bondade de seu coração, mas não tem nenhuma necessidade de você se envolver. Fique longe daquelas garotas problemáticas.

Ser alguém problemático é um dos atributos de que a mamãe menos gosta. É assim que ela descreve crianças que não se comportam em restaurantes, motoqueiros e uma boa gama de políticos. É provável que tenha me tachado assim quando telefonei para ela da escola. Cik Diana me orientou a ligar. "Talvez ela queira te levar para casa", sugeriu a professora, toda carinhosa e empática. Eu já sabia como mamãe responderia, mas fiz a ligação porque a professora estava lá, a meu lado, "para apoio moral". E, de algum jeito, a sensação foi a de que não ligar significaria decepcionar cik Diana. A professora ouviu, assentindo em encorajamento, enquanto eu contava para mamãe o que tinha acontecido. Fiquei feliz por ela não ter ouvido a resposta que recebi: "E daí?".

E daí que fiquei na escola até o dia letivo terminar e pakcik Zakaria ir me buscar para me trazer para casa.

Pessoas problemáticas. Aos olhos dela, não existe qualquer redenção para as gritantes. Tem alguma coisa em como ela diz a palavra, no contorcer descontente da boca, no rápido expelir de ar pelo nariz.

— Não acho que isso seja justo — argumento.

Ela olha para mim, com as sobrancelhas arqueadas.

— Ah, é mesmo?

Tentando ao máximo ser discreta, seco as mãos suadas em um guardanapo. De repente estou com a boca seca.

— Não acho que aquelas garotas escolheram ser gritantes — continuo. É difícil encará-la nos olhos, então me concentro em algumas partezinhas dela, qualquer coisa para evitar seu olhar. Focando em seu queixo, completo: — Não acho que seja justo culpá-las por algo que foge do controle delas.

— Não me diga. — Por que ela não para de me encarar? Sinto o rosto ficando ainda mais quente. — E o que te faz dizer isso, Rachel? O que tem nessas garotas que de repente te faz sair correndo em defesa delas, hein?

— *Hum*. — Concentro-me no brinco de pérola no lóbulo direito dela. — Eu... eu acho... Quer dizer, eu pensei...

Estou tentando confrontá-la, dizer o que penso, mas tudo está se desdobrando com tanta rapidez, e não sei por que meu coração está martelando, mas de repente não tenho certeza do que fazer.

— Você pensou? — Ela expira pelo nariz. — Porque para mim parece que você não tem usado a cabeça, nem mesmo um pouquinho. Não concorda?

Quando enfim ergo o rosto e a fito nos olhos, reconheço o brilho duro que há neles. Meu coração fica apertado. *Agora você conseguiu estragar tudo, Rachel*. Não digo nada. Apenas assinto.

— Que bom. — Ela volta a atenção para o livro. — Aquele homem disse que garotas são frágeis, mas você sabe a verdade. Você é forte. E não deixa nenhuma dessas bobagens te distrair. Está me ouvindo?

Eu me levanto.

— Sim, mamãe.

— Vá para o quarto.

Quando fecho a porta, o rompante de euforia que senti ao decidir minha peça desaparece. Até olhar para os papéis enfiados no livro e escondidos em meio a fileiras e fileiras de linhas escritas a mão com esmero não me traz nenhuma felicidade. Em vez disso, reluto contra tantos pensamentos que nem sequer tenho certeza de como interpretá-los: pensamentos de gritos e histeria e um fenômeno feminino inimaginável; pensamentos de estresse e provas e expectativas; pensamentos do palco e pensamentos da mamãe e pensamentos da St. Bernadette, parada imponente na colina no meio da cidade. Um lugar em que sempre me senti segura. Em que sempre estarei segura.

Não é?

Minha cabeça começa a doer. Não tem a menor chance de eu conseguir fazer algo hoje. Saio do quarto com o objetivo de ir ao banheiro e escovar os dentes.

Do sofá, mamãe olha para mim e arqueia uma única sobrancelha perfeitamente modelada.

— O que a senhorita pensa que está fazendo? — indaga.

— Estou me preparando para dormir — respondo, mas a sensação de incerteza piniquenta já está voltando.

— *Hum.* — Ela batuca a caneta no livro. — Tem certeza de que é uma boa ideia?

Hesito. Sei o que mamãe quer, o que espera de mim.

— Talvez… *hum*. Talvez eu possa estudar mais uns quinze minutinhos antes?

Ela concorda com a cabeça, aprovando.

— Que ótimo — responde, e odeio como essas duas palavras fazem eu me sentir como se tivesse ganhado algum tipo de prêmio. — Mais quinze minutos de revisão e aí você pode dormir.

— Tudo bem — digo, assentindo. — Beleza. Vou fazer isso agora mesmo.

— E, Rachel…

Dou meia-volta para encará-la.

— Sim, mamãe?

— Nunca mais fale comigo daquele jeito de novo.

Eu me sento à escrivaninha e tiro o livro de física da estante. À medida que começo a estudar, a voz de mamãe em minha cabeça cantarola com ar de aprovação.

QUINTA-FEIRA
SETE DIAS DEPOIS

Khadijah

Passo o dia seguinte em casa, com Aishah.

Não dá para dizer que foi planejado. Ela só não sai da cama. Nem quando os despertadores tocam (primeiro o de mak, depois o meu e, por fim, o dela). Nem quando nossa mãe entra no quarto para acordá-la para as orações Subuh. Mak tem uma reunião importante a que não pode faltar. E não existe a mínima chance de ela deixar Aishah ficar em casa sozinha. Ou seja, sobra para mim, a cuidadora mais medíocre do mundo, ficar com ela. Contudo, considerando que cuidar de Aishah significa apenas virar a cabeça de vez em quando para garantir que ela ainda está respirando e fazer uma tigela de macarrão instantâneo para o almoço do qual minha irmã nem vai chegar perto, dá tudo certo.

O que também me dá tempo para descobrir como amenizar a culpa.

Não dormi na noite anterior. Em vez disso, fiquei com os olhos cravados no teto e a cabeça a mil por hora. Pensando em como sempre fomos nós duas. Em como mak sempre estava ocupada com o trabalho, desde que o baba* morreu quando éramos pequenas. Em como eu amarrava os cadarços de Aishah.

Em como aprendi a trançar o cabelo dela assistindo a vídeos no YouTube. Em como fazia sanduíches quando ela ficava com fome. Em como fazia os monstros irem embora, fossem eles reais ou imaginários. "Cuida da sua irmã, tá?", dizia mak antes de sair para o trabalho. E sempre cuidei. Até agora.

Preciso descobrir o que está acontecendo. Preciso entender. Preciso garantir que não se repita.

A falta de resposta de Sasha A me causa comichões. O fio que ela escreveu repousa no site, e as possibilidades tiram uma com minha cara.

"Então a St. Bernadette está gritando de novo."

Quando aconteceu antes? Por que está acontecendo agora?

Abro o laptop. Procuro todas as combinações possíveis de "St. Bernadette" e "gritando" e "histeria em massa". Digito as palavras em uma enciclopédia e procuro todos os sinônimos que existem. Passo por páginas cheias de inutilidades. Tenho quase certeza de que quase passei um vírus para o laptop algumas vezes.

Só que não encontro nada que me ajudará a desvendar a situação.

Sem muito alarde, entro no quarto de Aishah. As cortinas estão fechadas até onde dá. A única claridade vem da luminária de gato dorminhoco na mesa de cabeceira. O felino brilha na escuridão, gordo e contente. Aishah está deitada de costas, de olhos bem abertos. Eu me sento na ponta da cama e pego a mão dela. Quero me inclinar e sussurrar no ouvido de minha irmã: *O que aconteceu? Como foi passar por aquilo?* Quero lhe dizer que tudo vai ficar bem. Que vou cuidar disso. Quero conseguir fazer isso por ela.

Porém, não consigo. E o que ela faz é afastar a mão.

Levanto-me e vou até a porta. Antes de sair, hesito. Tento encontrar as palavras. Tento me forçar a dizê-las.

No fim das contas, apenas fecho a porta.

Jogo-me no sofá e fecho os olhos. Estou tão, mas tão cansada. Minha irmã está na cama dela, calada e imóvel. Não sei que sombras ela enxerga quando fecha os olhos. Não sei como ajudá-la.

Meu celular emite um barulho alto ao vibrar na mesinha de centro. Uma nova mensagem. Mak, provavelmente. Querendo saber como estamos. Querendo saber o que Aishah está fazendo, pela vigésima vez só hoje. Querendo saber se a gente comeu.

Só que não é mak. Não desta vez.

Khadijah Rahmat
O que aconteceu na St. Bernadette
quando você estudava lá?

Sasha A
As garotas gritaram. Assim como estão
gritando agora.

No mesmo instante, começo a tremer toda. Tento digitar, mas me atrapalho com os dedos. Cada palavra sai errada. Eu me forço a respirar fundo. *Calma, Khad. Calma.*

Khadijah Rahmat
Por que não consigo achar nada em
lugar nenhum?

Sasha A
Imagino que a escola tenha abafado tudo
Ficaram preocupados com a reputação
O grandioso nome da St. Bernadette
Não podemos ficar conhecidas como a escola
dos gritos

Penso na sra. Beatrice e em "manter a reputação estelar da St. Bernadette".

Khadijah Rahmat
Eles ainda se preocupam com isso
hoje em dia

Sasha A
Nada muda tanto quanto se pensa

Khadijah Rahmat
Pode me contar o que aconteceu?

Sasha A
Exatamente o que você está pensando. Um
dia as garotas começaram a gritar como se
estivessem morrendo, uma seguida da outra.
Mas não tantas quanto vocês, provavelmente
tipo... vinte, trinta no máximo? Durou três dias.
E aí só parou. Chegaram à conclusão de que o
bomoh* que chamaram pra abençoar a escola
devia ter funcionado.

Khadijah Rahmat
Quando foi isso?

Sasha A
Eu estava no segundo ano. Então, tipo... nove
anos atrás?
Por Deus, tô velha.

Khadijah Rahmat

Chegaram a descobrir por que elas gritaram?

Sasha A

As garotas não se lembravam de nada. Os adultos falaram que ou era um jinn ou uma doença. Eu me lembro de achar muito esquisito a gente poder pegar um grito como se pega uma gripe

Khadijah Rahmat

Como as garotas ficaram, quando voltaram? As que gritaram. Elas se lembravam de algo?

Sasha A

Você é repórter ou algo do tipo? Tá fazendo muuuuitas perguntas Na época apareceu um monte de repórteres e eles eram desse jeitinho Igual você

Paro um pouco. Eu me pergunto o quanto deveria contar para ela.

Khadijah Rahmat

Só estou querendo respostas. Minha irmã foi uma das gritantes.

Faz-se uma longa pausa.

Sasha A

Sinto muito por isso

Mas você real deveria tomar cuidado

Para de ficar cavando essa história

E fica de olho na sua irmã

Não a deixe ir pra lugar nenhum sozinha

É importante, confia em mim

Agora estou tremendo de novo. Não sei dizer por quê.

Khadijah Rahmat

Por quê?

A pausa de agora é ainda mais demorada.

Sasha A

Eles nunca confirmaram que estava conectado

Mas na época...

Era coisa demais pra ser coincidência

Khadijah Rahmat

Do que está falando?

Três pontinhos aparecem, depois somem. Aparecem, depois somem. Seja lá o que está tentando dizer, Sasha A não está com pressa.

Outra notificação. Mensagem recebida.

Sasha A

Da garota que desapareceu.

Rachel

Não estudo por apenas quinze minutos, mas por horas a fio, até tarde da noite. Toda vez que tento parar, toda vez que sequer penso em atuar, ou nas gritantes, a voz de mamãe em minha cabeça cantarola: *Péssima filha, péssima filha, péssima filha*, até que eu volte às páginas diante de mim e todos os outros pensamentos desapareçam. Quando a manhã chega, acordo e me arrumo como sempre. Mamãe está sentada à mesa de café da manhã e assente em aprovação quando digo a que horas fui para a cama afinal.

— Que bom — declara ela. — A conquista é construída no altar do sacrifício.

Assinto, sorrio e finjo que não estou prestes a cair de cara e dormir na omelete.

Sacrifício, Rachel, digo a mim mesma. *É isso o que é necessário. Esqueça as gritantes. Essa é sua chance, lembra? A Rachel renascida. E o único jeito de fazer isso, o único jeito de não ser descoberta, é garantir que não haverá deslize algum. Nem nas notas, nem em nenhuma das suas outras atividades. Em nada. Só vai ser preciso que você se esforce mais.*

Então ranjo os dentes e me submeto ao dia na escola, concentrando-me com tanta dedicação nas aulas que minha cabeça lateja. Respondo às perguntas, entrego lições de casa feitas à perfeição e ignoro os comentários engraçadinhos de Dahlia. *Sacrifício*, penso. *Isto é sacrifício*.

Quando o último sinal toca e me dou conta de que é hora de partir para ação, partir de fato para ação, de começar a atuar, tenho a sensação de que fiz por merecer.

Espero na cantina e lá fico sentada a uma mesa do fundo, bebericando água e fingindo ler o livro de história enquanto todas as outras aos poucos vão embora. Hoje não é um dia de atividades extracurriculares. A maioria das alunas do período matutino vai para casa, ou seja lá para onde todo mundo vai quando as aulas chegam ao fim. Já as mais novas, do período vespertino, estão se encaminhando para as salas. Há menos barulho que o normal (as gritantes acabaram com o ânimo de todas, que parecem mais caladas, mais controladas). As garotas, no entanto, não podem ser de todo contidas e, por isso, ainda há risadas, provocações e conversas. Às vezes olho para elas e me pergunto o que tanto têm para contar umas às outras, como deve ser falar com tanta liberdade com outras pessoas.

Por fim, a cantina fica vazia, exceto por algumas alunas fazendo lição de casa, ou sentadas ao redor das mesas, jogando conversa fora. No palco do auditório, um grupo de garotas pratica algum tipo de dança tradicional malaia. ("Cinco, seis, sete, oito, e *viiiiiira*", grita uma voz.) No campo, outro grupo está fazendo movimentos de líderes de torcida ("Você *não pode* ser tão descuidada, ou a gente vai *perder*", diz uma voz firme). Mesmo entre um acontecimento e outro, mesmo depois de tudo, a St. Bernadette pulsa com calor e vida.

Percorro o trajeto escada acima até o terceiro andar, o bloco do segundo ano, e dou uma bisbilhotada nas salas de aula vazias até que enfim escolho uma bem no final, próxima do banheiro dos professores, onde não temos autorização para entrar, e de uma escadaria lateral menor. É um laboratório de ciência, com fileiras e fileiras de provetas, superfícies arranhadas e bancos de madeira bambos. Eu me sento em um e espero um tempinho, mas nem uma alma viva passa por ali, nem professoras nem alunas. E por que passariam? Durante a tarde, as turmas do sétimo e oitavo ano ocupam os blocos do nono ano e ensino médio. Ouço as risadas e o falatório, mas vêm de um lugar bem longe. Como se de um outro mundo.

Sorrio. É perfeito.

Da bolsa, tiro a pasta com as páginas do monólogo. Posiciono as folhas na mesa, alisando quaisquer amassados. Devo ter passado os olhos em uma centena de peças diferentes antes de encontrar esta, tentando uma a uma e as descartando como camisetas que não servem direito. Ao ver cada palavrinha, cada linha, mais uma vez me lembro da sensação de encontrá-la, a sensação de vestir uma fantasia que serve com perfeição e me tornar a pessoa que desejo ser. Passando de Bruce Wayne para Batman. De Rachel Lian para… para… não sei. Alguém melhor.

Leio mais uma vez, e outra e, então, mais outra. É a mesma coisa que faço com anotações de história ou fórmulas matemáticas. De novo e de novo e de novo, até que as palavras fiquem gravadas. Trata-se de uma cena, uma garota sendo mestre de cerimônias do casamento de arromba da irmã. De início não passa de um bico como mestre de cerimônias (ela está meio constrangida, faz algumas piadas de dar dó e cumprimenta alguns dos convidados). Contudo, à medida que o tempo passa, ela aos poucos revela mais e mais das dinâmicas familiares em jogo, aquelas que os outros não enxergam. O tio que dá as caras só para pegar dinheiro emprestado. A mãe inflexível e autoritária que usa das lágrimas para manipular a todos que a cercam. O pai ausente que tenta consertar as coisas. E, ao longo desses fatores, há a conexão entre as irmãs. No início é engraçado, mas de repente estamos chorando porque tudo parece real demais, todos esses sentimentos. Real demais, coisa demais. Pelos menos essa vai ser a sensação se eu fizer direito.

— Então, senhoras e senhores, eu os convido a levantar suas taças — digo em voz alta, erguendo a própria taça, imaginando-
-a. É tão real que enxergo o leve brilho da borda, sinto a suavidade gelada do vidro, escuto o remexer da bebida contida ali (só Coca, claro). É minha obrigação ter responsabilidade. Afinal de contas, é o grande dia da minha irmã. — E celebrem meu novo cunhado e minha irmã. E a mim. Porque a gente conseguiu. Toda a jornada até aqui, até a porra do felizes para sempre.

Levo a taça imaginária aos lábios e bebo todo o líquido em uma golada só. Em seguida passo as costas da mão na boca. Imagino o borrão de batom na mão, uma mancha de rosa vibrante se espalhando dos lábios até a bochecha. *Eu deveria comprar um batom rosa*, penso. É o que a personagem está usando. Batom cor-de-rosa.

A voz de mamãe em minha cabeça diz alguma coisa, mas não a escuto. Do lado de fora, a vida continua. Só que aqui, neste pequeno casulo no meio da escola, estou no controle. Cabe a mim decidir o que quero ser.

E vou fazer com que a plateia me ame. Espere só para ver.

Quando já estou em casa à noite, mamãe abre a porta de meu quarto e logo soco as páginas do roteiro debaixo do trabalho de inglês que pelo jeito não consigo terminar.

— Como foi? — pergunta, e quase me engasgo. Ela contorce o lábio superior um pouco enquanto tusso e respingo baba nos livros todos. — Você está bem?

Tomo um gole da água na garrafa.

— Estou bem. — Minha voz sai esganiçada. — Foi mal.

Ela assente.

— Como foram as aulas adicionais?

É disso que ela está te perguntando, Rachel. Sou tomada pelo alívio.

— Para dizer a verdade, foram ótimas — respondo.

— E você as achou úteis?

Penso no batom rosa manchando minha pele clara. *É atuação*, digo a mim mesma. *É só atuação.*

— Achei, sim — confirmo. — É, foram bem úteis.

Naquela noite durmo com as páginas do diálogo debaixo do travesseiro e sonho com holofotes e uma chuva interminável de aplausos.

Khadijah

Julianna Chin.

Ela se chamava Julianna Chin. E, quando desapareceu, tinha 16 anos. A mesma idade que tenho agora.

Sasha A me manda uma foto de um artigo de jornal. Eu guardei, diz. Não sei por que, mas aqui vai. A mão dela treme tanto que a foto só dá certo depois de algumas tentativas. Quando recebo uma cópia até que decente, foco ela como se fosse um mapa do tesouro. A imagem está granulada. É difícil distinguir detalhes. Julianna tem cabelo escuro comprido e veste uma camiseta clara. Um coraçãozinho (dourado ou prateado, não dá para ter certeza no preto e branco) está pendurado em uma corrente ao redor do pescoço.

Julianna Chin foi para a escola como sempre e precisou ficar depois das aulas para praticar para uma apresentação da qual participaria naquele mês. A mãe dirigiu até a St. Bernadette para buscá-la às quatro da tarde, como sempre fazia quando a filha tinha atividades extracurriculares. Só que, daquela vez, embora a mãe tenha esperado e esperado por mais de meia hora, Julianna não apareceu.

Nunca deu as caras. Ela foi para a St. Bernadette de manhã. E nunca mais saiu de lá. Como se tivesse desaparecido. Como se tivesse sido engolida por inteiro.

Khadijah Rahmat
O que rolou com ela?

Sasha A
Ninguém sabe
Os pais dela fizeram de tudo pra tentar
encontrá-la
Pôsteres, aparições na mídia. Prometeram
recompensa e tudo
Algumas pessoas acham que um cara aleatório
entrou na escola e levou a menina
Outras acham que ela fugiu
Já eu... eu sinto que ela foi sugada pra dentro
das paredes

Khadijah Rahmat
Pra dentro das paredes???

Sasha A
Você não sente?
Aquela escola passa uma >ENERGIA<
Quando isso aconteceu, quase fiz meu pai me
mudar de escola, mas faltava só um ano para eu
me formar

Hesito, os dedões pairando no teclado do celular. *Khadijah, você está mesmo pegando informação com alguém que acredita que a St. Bernadette engoliu uma das alunas? É sério isso?*

Khadijah Rahmat

Isso é bem, hum, triste, e também meio bizarro

Mas o que tem a ver com as gritantes?

Sasha A

Você não leu o artigo?

Desce a página

Faço uma careta intrigada enquanto rolo a página, estreitando os olhos para a tela. Alguns trechos leio em voz alta.

— Uma aluna do segundo ano da prestigiosa Escola St. Bernadette... foi a faísca para reacender o debate a respeito do problema dos errantes de Kuala Lumpur... A escola está cooperando com as investigações...

E aí empaco.

"A sra. Chin confirmou que, embora Julianna ainda se recuperasse da sensação de mal-estar de uma ou duas semanas antes, ela parecia bastante animada quando foi para a escola naquela manhã."

Sasha A

Agora você entende?

Sabe o que "sensação de mal-estar" significa, né?

Primeiro a Julianna era uma gritante

E aí ela sumiu do mapa

Julianna Chin pode ter desaparecido havia muito tempo, mas não consigo parar de pensar nela. Meu cérebro clama por respostas.

Para onde você foi, Julianna?

Por que você gritou?

Minha irmã gritou. Será que ela também vai desaparecer?

As perguntas se reviram em minha mente. Quando a hora do jantar chega, ainda penso nelas. Até que um arquejo de mamãe me arranca dos devaneios. Ergo o olhar. Aishah está parada à porta do quarto. Apenas nos encarando.

— Sayang*! — Mak se levanta, as mãos unidas. Ela parece esperançosa. Encantada. — Está se sentindo um pouco melhor? Quer comer alguma coisa? Eu posso...

— Não — corta Aishah. Minha irmãzinha sempre sabe como chegar aonde quer. — Só estou te avisando. Amanhã vou voltar pra escola.

Mak faz uma cara confusa.

— Mas, Aishah, sayang, não quer descansar por mais alguns dias? A médica disse que...

— Eu estou bem — interrompe Aishah. — Só quero ir pra escola. Participar do ensaio da banda. Voltar ao normal.

Debaixo da mesa, aperto os joelhos com tanta força que acho que vou quebrar a patela. E se Aishah desaparecer? Como é que vou protegê-la? Como vou aceitar a possibilidade de eu fracassar, se esse fracasso pode significar que nunca mais verei minha irmã? E aí surge uma outra voz, sussurrando: *Como assim, ela pode voltar ao normal e você, não?*

Minha mãe suspira.

— Está bem, mas amanhã é sexta. Não dá para você pelo menos emendar o fim de semana? Descansar de verdade antes de voltar?

— Acho que dá — responde Aishah, dando de ombros.

— E eu vou levar e buscar vocês. — Mak foca o olhar em mim. — As duas.

— Mas a senhora trabalha.

— Eu vou conversar com meu chefe.

Mak leva o prato de comida mal tocada até o balcão. Então começa a revirar o armário em busca de potes. Cada vez que não consegue encontrar a tampa certa, xinga baixinho. Aishah se vira e volta para o quarto. Ao passar pela porta, fecha-a com firmeza.

Fico sentada à mesa e me pergunto: *Que merda eu faço agora?*

SEXTA-FEIRA
OITO DIAS DEPOIS

Rachel

Tudo vai acontecer conforme eu desejo, conforme eu planejo, conforme eu sonho. Vou chegar ao fim do dia completando meus deveres com perfeição, fazendo anotações na aula, levantando a mão para responder a perguntas, assim como os professores esperam que eu faça. Depois das aulas, a St. Bernadette vai me mostrar os enclaves escondidos, e me transformarei *nela*, impetuosa e bela e incandescente de emoção. Já à noite, serei a filhinha perfeita da mamãe, dando corda para uma conversa educada à mesa de jantar, finalizando a lição de casa e estudando até tarde sem a necessidade de uma ordem. Vou mesmo. Vou fazer isso acontecer. *É o que atletas fazem*, digo a mim mesma. Os ídolos do K-pop, superestrelas hollywoodianas, astronautas prestes a serem lançados no espaço, cientistas à beira de uma descoberta. A conquista é construída no altar do sacrifício. *Esse é o preço, e você fará tudo o que for preciso, Rachel. Qualquer coisa.*

E é verdade. Estou voando, estou concentrada, inalcançável. Descendo a rua, na farmácia Watsons, compro um batom cor-de-rosa brilhante e ousado. É o rosa dela. Guardo-o no bolso e sinto o peso reconfortante ali, a suavidade acetinada da embalagem de plástico contra a ponta dos dedos. Nunca na vida tive um batom, não um como este (não tem nada a ver com os *balms* e *glosses* clarinhos que mamãe me deixa usar em ocasiões especiais). *Que vulgar*, sibila a voz de mamãe em minha cabeça. *Vulgar e inapropriada. Uma garota ruim, ruim, ruim.*

Passo o dedo pelo aro dourado do batom e a ignoro. *Agora você pode ser ela sempre que quiser*, falo para mim mesma. *Agora pode se transformar a qualquer momento.* Então rio bem alto, tomada pelo puro deleite do pensamento.

— Que é isso? — pergunta Dahlia, arqueando a sobrancelha.

— Nada, não — respondo. — Nada, não.

No entanto, estou inebriada com todas as possibilidades dispostas diante de mim. A garota de batom cor-de-rosa lutaria pelo que queria. A garota de batom cor-de-rosa saberia como fazer mamãe entender. Ao redor, alunas focam o exercício, os valores de a e b, de x e y. Em minha mão, a embalagem do batom é suave e acolhedora. *Eu poderia ser ela*, penso. *Eu poderia ser ela.*

Depois das aulas, a St. Bernadette me presenteia com um novo local de ensaio, um vão entre o prédio da biblioteca e o canto do terreno, no ponto em que o chão de concreto termina em um ralo, e uma estreita faixa de grama vai subindo aos poucos em direção à cerca que circunda a escola. Quase o deixo passar batido. Estou andando sem rumo pela escola, verificando vários cantos e becos, quando algo me atrai para a passagem estreita que dá no vão. Como mãos invisíveis me guiando com gentileza rumo ao destino. O ralo em si está entupido de bitucas de cigarro. É nítido que se trata de um lugar que os adultos da escola visitam com regularidade. É tranquilo e ninguém consegue me ver a menos que de fato dobre a esquina, ou a menos que, de algum modo, me identifique pelo vidro fosco das janelas da biblioteca. De qualquer forma, está tudo escuro. Clare deve ter apagado as luzes do fundão, a seção da biblioteca com os computadores de referência pré-históricos que ninguém usa.

Não tem uma alma por perto. Pego o batom das profundezas do bolso. E, igualzinho a como pratiquei, passo-o nos lábios. O toque é como cera e o cheiro, de morango. Solto o cabelo do rabo de cavalo. E aí respiro fundo e tento relaxar, deslizar para a pele dela. Quando abro os olhos, estão férreos, gélidos. Estou prestes a confrontar mamãe, prestes a afrontá-la pelo modo que nos trata, pelo modo que minhas irmãs e eu nunca encontramos uma sombra de conforto no abraço dela, pelo modo que ela nos está matando com as expectativas de uma vida que não temos qualquer desejo de viver. Fecho a mão com força ao redor da haste de uma taça de vinho imaginária.

— Um casamento deve ser uma ocasião especial, mamãe — falo, e cada palavra soa gélida. — Então deixe de lado o desejo de ter a palavra final e coloque um sorriso no rosto. Coma, beba e, pelo menos uma vez na vida, seja feliz, p-porra.

Paro de falar e mordo o lábio, ainda segurando uma taça que não existe. A mamãe em minha cabeça se agita, inquieta. *Olha a boca*, repreende, censurando. *Não foi assim que eu te criei.* O engraçado, porém, é que, quanto mais a ignoro, mais maleável ela parece ficar.

Não se trata de moralidade, mas me pergunto se os juízes vão descontar pontos por linguagem imprópria, uma vez que a competição está sendo realizada na escola. Claro, é uma escola internacional, e estas provavelmente são menos conservadoras do que um lugar como a St. Bernadette, mas ainda assim.

Estou me recostando na parede da biblioteca, perdida em pensamentos, quando ouço um barulho alto contra a janela perto de mim, como se algo tivesse colidido com ela pelo lado de dentro. Algo grande.

De repente, meu coração acelera. *Um esquilo, quem sabe. Um esquilo que ficou preso lá dentro*, digo a mim mesma. *Ou um rato enorme, ou um gato. Ou uma cobra, ou uma civeta.*

Não sei o que me faz hesitar, mas levo um bom tempo para reunir coragem, espiar pelos painéis de vidro e confirmar as suspeitas. Tantas possibilidades. Tantos motivos possíveis. *Não há o que temer, nada com o que se preocupar, Rachel. Você está sendo boba.*

Ergo o olhar até o vidro. Uma desconhecida me encara do outro lado da janela.

As páginas do roteiro deslizam de minhas mãos e me afasto, quase tropeçando nos próprios pés.

E aí caio na risada, ofegante e aliviada. *Rachel, você está mesmo perdendo a cabeça se até seu reflexo quase te causa um enfarto.*

Dou mais uma olhada na garota no vidro, no batom cor-de-rosa, no modo que o cabelo dela cai de ambos os lados do rosto. Traços de meu medo jazem nos contornos das feições dela. Ergo a mão e aceno, depois a recolho, constrangida pela minha tolice. *Reclama quando as pessoas te tratam como criancinha, depois age como uma*, diz a voz de mamãe em minha cabeça.

Eu me curvo para pegar as páginas espalhadas do roteiro, então hesito.

As páginas não estão nem um pouco espalhadas. Repousam no chão, empilhadas com maestria, envoltas por um círculo perfeito de folhas secas, para todo mundo ver, como se eu as tivesse colocado ali.

Olho ao redor, franzindo o cenho, como se alguém estivesse aqui, como se alguém tivesse feito isso e agora estivesse se escondendo, esperando para rir de meu espanto. Só que não há nenhuma pessoa por aqui, e não escuto nada além do som de alguém varrendo alguma coisa ao longe.

Khadijah

Na sexta-feira, começo a procurar pelo nome dela na internet assim que acordo. Como se eu pudesse encontrá-la. Como se algo fosse milagrosamente aparecer quando eu apertasse o "enter" de novo. Algo que deixei passar.

Ela não tinha nenhuma rede social. Nenhuma postagem deselegante, nenhum site malfeito infestado de GIFs. O sumiço dela não consta em nenhum arquivo digital. Não é discutido em fóruns da internet. Ninguém parece ter falado das antigas gritantes da St. Bernadette.

Em um mundo no qual todos deixam rastros digitais, Julianna Chin não existe.

Arremesso o celular no sofá. Apoio a cabeça nas mãos. Se vou seguir com isso, se vou descobrir o que está acontecendo e proteger minha irmã, vou ter que fazer o que não quero de jeito nenhum.

Pedir ajuda.

Sumi e Flo me encaram como se eu tivesse perdido a cabeça.

O que não é nenhuma novidade, mas desta vez o motivo é um tanto quanto diferente.

— Uma garota desapareceu? — repete Sumi.

Ela está tentando manter a voz baixa para que Aishah não nos escute. Sumi e Flo estão cada uma em uma das extremidades do sofá. Pedi que viessem aqui depois da escola. E elas disseram que trariam a lição de casa. Passei horas andando de um lado ao outro, ansiosa por vê-las. Por apresentar o que sei para elas, escrito com cuidado em uma folha de papel.

Assinto.

— E faz só nove anos? — Flo balança a cabeça, perplexa. — Como assim a gente nunca ouviu falar disso? Ou de todo um outro incidente envolvendo gritos? Tipo, seria de se imaginar que alguém contaria pra gente que isso já aconteceu antes.

Dou de ombros.

— E ela foi uma gritante? — pergunta Flo.

Faço que sim com a cabeça de novo. *Elas vão conectar os pontos no mesmo instante*, digo a mim mesma. *Elas vão entender. Sempre entendem.*

Sumi e Flo trocam olhares e, de repente, minha certeza perde força. Elas entendem, não é? Não é?

— Mas não tem nenhuma prova de que os gritos tiveram algo a ver com ela desaparecendo, né? — indaga Sumi. — Nenhuma outra gritante sumiu?

Mordo o lábio.

— Porque do contrário... — continua Sumi. — Bom, do contrário você só está indo atrás de algo que uma pessoa aleatória da internet disse ter acontecido. É só que parece meio loucu...

— O que Sumi quer dizer... — fala Flo, interrompendo com jeitinho.

Finjo não notar como ela estica a mão para dar um peteleco forte no braço de Sumi. Finjo que minhas mãos não convulsionaram em automático, formando punhos cerrados, quando Sumi suprimiu aquela palavra. *Loucura.*

— O que Sumi quer dizer é que essa informação não é grande coisa. Tipo, já faz uns dois dias que a gente não teve ninguém gritando. Talvez tenha acabado. Tem certeza disso?

Não encaro nenhuma das duas. Baixo o olhar para os dedos. Para a pele seca ao redor das cutículas, para os espigões. Cutuquei tanto uma delas que está sangrando, uma fina linha vermelha em um mar de pele clara. Não sei como explicar que sinto lá no fundo que tem algo errado. Que sei que algo vai acontecer com Aishah. De novo. A menos que eu impeça.

Sumi coloca a mão em meu ombro.

— Olha, a gente está aqui pra te apoiar. Sempre está. Se quer nossa ajuda nisso, bom… — O silêncio se prolonga no ar por um momento um pouco demorado demais. — É o que vamos fazer.

— Certo. — Flo desliza para se ajoelhar no chão a meu lado. — Então nos diz, qual é o plano?

Sou tomada pelo alívio. Elas até podem estar relutantes, até podem achar que bati com a cabeça, mas estão aqui. Estão aqui, assim como sempre estiveram. E parte de amar é se fazer presente. Pego a caneta e começo a escrever.

Sumi se junta a nós no chão e faz uma cara confusa.

— Beleza. Então a gente vai elaborar uma lista completa das gritantes. E você vai tentar descobrir o máximo que conseguir a respeito dessa tal de Julianna.

— Só vai dar certo se você contar pra sua mãe que voltou pra equipe de debate — finaliza Flo. — Um adendo genial, devo dizer. Ela não tem sido nem um pouco sutil te aporrinhando pra voltar às antigas atividades, então assim vai sossegar por um tempo.

— Ela nunca vai se opor a isso — concorda Sumi. — O plano é perfeito.

— É mesmo. — Flo desliza o braço e o entrelaça ao meu. — E, se existe uma conexão entre ser uma gritante e o sumiço da Julianna, a gente vai descobrir. E, se nós descobrirmos, vamos colocar um fim nisso. Simples assim.

Simples assim, penso. Simples assim.

O bilhete diz: "Vou voltar para a equipe de debate".

Minha mãe o lê um tanto boquiaberta. Ela olha para mim. Depois para o bilhete. Então de volta para mim. Parece confusa.

— É o quê? — começa a dizer. E aí: — Como...?

Alcanço o papel e o viro de lado. Há mais texto para ler. Mak franze o cenho. Acompanho o movimento dos olhos dela. O bilhete não é comprido. Sei cada palavra de cor. E deveria mesmo. Passei horas escolhendo cada uma. Planejei a posição delas como se fossem peças de xadrez em um tabuleiro. *Eu quero ajudar a equipe com pesquisas e preparação de discurso. Ainda não estou pronta para falar, mas acho que estou pronta para tentar voltar à minha vida antiga*. É construído com todo o cuidado para ecoar os desejos que minha mãe tem a meu respeito. Ela não vai me negar isso.

E não nega mesmo. Em vez disso, levanta-se às pressas da cadeira e me abraça. Tento evitar ficar rígida com o contato. Com a sensação de pele tocando pele. Acho que ela não nota.

— Ah, sayang, sayang — murmura ela. De novo e de novo, a voz abafada contra o topo de minha cabeça. Consigo sentir as lágrimas dela em cada tremor. — Ah, sayang. Estou tão orgulhosa de você.

Tento sufocar a culpa que sinto. *É por Aishah*, digo a mim mesma. *É para mantê-la em segurança.*

Minha mãe não precisa saber que estou mentindo.

**SEGUNDA-FEIRA
ONZE DIAS DEPOIS**

Rachel

Deixei a estranheza de sexta de lado — *É só sua imaginação fértil fazendo hora extra, Rachel. Não esquenta com isso* — e passei o fim de semana alternando entre memorizar o roteiro e traçar planos. Preciso de planos, cronogramas, listas, estratégias. O único jeito de isso funcionar é se mamãe não notar como meus estudos estão sendo afetados, não me pegar distraída. Assim que eu perder o foco, assim que deixar a concentração vacilar, tudo vai por água abaixo, e a nova Rachel não será nada além de um sonho de faz de conta que tive um dia.

Por isso fico murcha hoje, quando cik Diana me arranca da sala para uma "conversinha rápida" no corredor. Consigo sentir o olhar das colegas de turma às minhas costas. Dou meu melhor para ignorá-las.

— Sinto muito por tirar você da aula — começa cik Diana, e dá para notar como ela é nova, como tem um frescor, porque está pedindo desculpa. Nenhuma professora pede desculpa por querer que eu faça alguma coisa. — Acabei de sair de uma reunião com a diretora e eu queria muito falar com você o mais rápido possível.

— Está bem — digo, devagar. — E qual é o assunto?

Ela sorri, o que faz covinhas aparecerem na maciez das bochechas dela.

— Bem! Depois de tudo pelo que as alunas têm passado nos últimos dias, eu estava conversando com a sra. Beatrice sobre como seria bacana elaborarmos uma espécie de Dia da Comunidade, no qual convidamos os pais até a escola e fazemos com que as meninas sintam de verdade o quanto são amadas, apoiadas e amparadas por todo mundo ao redor delas. "Juntos somos mais fortes", esse tipo de coisa. Entende?

Os olhos dela brilham. Achei que só se via isso nos livros.

— Claro — confirmo, porque não entendo muito bem o que eu deveria fazer com a informação.

— Pensei em você porque sei que toca piano. A sra. Beatrice me disse que toca lindamente.

— *Aham* — murmuro, e fico corada feito uma estúpida porque não estou acostumada a receber elogios.

— Então estive me perguntando se você quer fazer parte de uma apresentação musical especial para o evento!

Cik Diana me olha com expectativa, como se eu devesse reagir com entusiasmo à ideia. Ela tem a elegância de não demonstrar decepção com minha falta de entusiasmo e continua:

— Não acha que é uma ótima ideia? Vamos montar algo bem bonito e de bom gosto, uma combinação de alunas e professores e pais, todos trabalhando juntos para criar músicas lindas. O simbolismo por trás disso pode ser muito poderoso. — Ela sorri. — Sei como você é gentil, Rachel. Vi isso naquele dia em que ajudamos a garota. Lembra?

— Lembro — respondo depressa, tentando não estremecer.

— Naquele dia notei o quanto você é empática, e acredito que isso se traduzirá em uma apresentação verdadeiramente memorável. — Ela dá um tapinha em meu ombro. — Não vou ficar te segurando aqui. Volte para a aula e mais tarde eu te passo mais detalhes, tudo bem? Estou tão empolgada para trabalhar com você na apresentação!

E aí ela se afasta, o rabo de cavalo cacheado saltitando às costas.

Por um tempo, tudo o que faço é continuar parada ali, tentando respirar fundo, tentando preencher os pulmões com o máximo de oxigênio possível. Ela nem me esperou dizer sim. A voz de mamãe em minha cabeça sibila: *Ela não precisava esperar, garota estúpida. É uma boa oportunidade. Seus professores confiam em você para colocar isso em prática. Não dá para recusar.*

Não dá?

Não dá.

Como não dá, terei só que me virar, não é? *No fim vai valer a pena*, digo para mim. Vai, sim. Vai valer a pena.

Khadijah

É, tipo, o grupo ideal para o projeto. A divisão perfeita de tarefas. Sumi e Flo começam a montar a lista com todas as gritantes.

— Elas devem ter algo em comum — comenta Flo. — Algo que conecte uma à outra, e à Julianna e às de antes. Talvez a gente possa tentar descobrir o que é isso.

Assinto. Minha missão é outra.

Estou caçando Julianna Chin. E sei bem por onde começar.

Eu a encontro na biblioteca. Na prateleira de anuários, em um cômodo bem no fundão. A lombada dos livros aponta para fora. Cada uma estampada com o selo de excelência e o ano de publicação. Conto de frente para trás. O do último ano, 2023. Então 2022, 2021, 2020… e continuo até bater o olho em 2015.

Os anuários estão espremidos uns nos outros com firmeza para poupar espaço. A parte de cima está coberta de poeira. No alto, o ar-condicionado zumbe. A prateleira vibra de leve. Eu me pergunto se o barulho e a vibração são a escola reagindo, St. Bernadette antecipando minhas descobertas. Bem devagarinho, saco o tomo de 2015.

A capa é uma ilustração em aquarela de margaridas. As florzinhas brancas que adornam o brasão da escola.

Respiro fundo e espirro. Tem cheiro de poeira e ar viciado.

Levo o livro para um canto silencioso e o abro. Passo os olhos pela introdução dos suspeitos de sempre: diretora, chefe da Associação de Pais e Professores, chefe de monitoria. Vejo uma encarnação mais jovem da sra. Beatrice. Cabelo mais rígido, roupas menos estilosas. Na época, era diretora-assistente.

Continuo virando as páginas até chegar às fotos da turma do primeiro ano. Então passo o dedo por cada nome até encontrá-la. Ela é tão comum. Só mais uma adolescente em uma fileira de adolescentes. Julianna, com fitas brancas nas marias-chiquinhas e um sorrisão.

Você tinha minha idade, penso. *Minha idade, e aí sumiu para sempre.* Penso na mesma coisa acontecendo com Aishah, e meu coração se aperta.

Então a procuro por toda parte. Em cada fotografia de cada clube e cada atividade. É como se eu tentasse me enfiar por entre os anos que nos separam, gravar a imagem dela na memória. Ela fazia parte da Melati 4. Era corredora, posicionada na linha de largada, com uma expressão séria. Era atriz. A boca lambuzada de batom cor-de-rosa, vestida como Dorothy em *O mágico de Oz*. Xadrez azul e laços brancos rodopiando pelo palco. Ela era… ela era… Estreito os olhos para a página.

Ela era conselheira estudantil. Aquelas a quem devemos procurar caso precisemos conversar com alguém. Aqui está, primeira fila, bem pertinho do professor. As mãos nos joelhos, um sorriso iluminado. Leio o nome, muito embora eu conheça cada voltinha dele, cada traço. Julianna Chin.

Então estaco no nome ao lado.

Professor-conselheiro: encik* Bakri.

Encik Bakri.

O sr. B?

Olho para a página com mais atenção. Tento encontrar nos contornos do rosto o sr. B que conheço. É uma mancha granulada e em preto e branco em um mar de rostos. É difícil distinguir algo.

Esse aí é mesmo o sr. B? *Nosso* sr. B?

Eu me pergunto quantos anos ele tem, ao certo. Há quanto tempo está por aqui. Quantas das garotas da St. Bernadette já passaram pelas aulas dele. Por sua sala de aconselhamento.

E aí me pergunto: se é mesmo ele, o que o sr. B pode me contar das gritantes? E de Julianna?

Rachel

— Olá, Rachel — diz o homem, oferecendo-me a mão em cumprimento.

Cik Diana mencionou o nome dele, mas já esqueci. Em grande parte porque não estava prestando atenção. Em vez disso, considero quanto tempo isso aqui vai durar, perguntando-me quando poderei voltar para meu monólogo tão precioso.

Preste atenção, sibila a mamãe em minha cabeça. *Seja educada.*

— É um prazer encontrá-lo, senhor — digo, no automático.

— Me chame de tio, lah! — responde ele, com um brilho simpático nos olhos.

O homem veste camisa e gravata, calça escura e sapatos de couro. É nítido que tirou um tempo de uma agenda ocupada para estar aqui, para fazer isso com a gente. Parte de mim sente uma leve pontada de culpa. *O mínimo que pode fazer é prestar atenção, Rachel.*

— Tudo bem, tio.

— Vejo que já estão se conhecendo — comenta cik Diana, adentrando com tudo no auditório, perto do piano na parte da frente do palco. — Mas vou fazer uma rodada de apresentações para garantir que estejamos todos na mesma página.

Um por vez, todo mundo na roda diz o próprio nome. Reconheço uma garota do primeiro ano que parece nervosa e está sempre tomando esporro por conta das unhas longas demais. Pelo jeito, ela toca violino. O homem que me pediu para chamá-lo de tio toca violão. Juntos, formamos um trio musical. Algumas alunas do segundo ano vão apresentar uma dança junto de nossa música, que será coreografada pela mãe de alguém. E o sr. B, que não está aqui neste momento, mas, ao que tudo indica, leva jeito com o computador e o Canva, vai criar visuais para serem projetados na telona atrás delas.

— E vou supervisionar a coisa toda — termina cik Diana. — Alguma pergunta?

— No que foi que eu me meti? — pergunta o tio, com um arquear de boca, o que faz todo mundo rir.

Tento sorrir também, mas não consigo evitar a sensação incômoda na barriga. Não parece um simples projetinho. Está mais para semanas de trabalho extra, trabalho este que consome meu precioso tempo de ensaio. *O que eu faço?*, penso, desesperada. *O que eu faço?*

— Calma, lá, senhor — rebate cik Diana, com um sorriso. — Você deveria estar acostumado com tudo isso.

— Não sei — responde ele, balançando a cabeça, embora esteja sorrindo do jeito que os adultos fazem quando sabem que estão sendo engraçadinhos. — Já se passaram muitos anos desde que minha filha estudou aqui, sabe. Achei que já tinha cumprido a minha cota de participações em eventos escolares, mas agora minha sobrinha também estuda aqui e, bem…

Sem ter muito o que fazer, ele abre os braços.

A garota de batom cor-de-rosa curva minha boca em um sorriso e, antes que eu me dê conta, digo:

— Uma vez baba-ovo, sempre baba-ovo.

O silêncio toma conta do auditório, e sinto minhas bochechas esquentarem. *Por quê, Rachel? Por quê?* Eu jamais diria algo assim, jamais me permitiria falar algo do tipo em voz alta.

O tio começa a rir e, depois de um tempo, as outras se juntam a ele.

— Acho que mereci essa — comenta ele, ainda rindo. — Estou ansioso para trabalharmos juntos, Rachel.

Tento rir também, mas o som que sai é estranho e estrangulado.

— Eu também — falo. — Eu também.

A reunião é breve, portanto, fico aliviada quando somos dispensados e eu finalmente, até que enfim, posso ensaiar. Saio do auditório a passos acelerados, tentando me afastar do momento bizarro de antes. *É um bom sinal, Rachel,* digo para mim mesma. *Você está começando a entender a personagem, a senti-la, a sê-la. É isso o que fazem os bons atores.*

Preciso de um lugar para ensaiar. Se bem que, sendo sincera, já passei o dia todo praticando na mente, repetindo as palavras para mim mesma durante as atribuições da monitoria, ou no trajeto até o banheiro, ou na biblioteca ou entre as aulas.

Ou até mesmo durante as aulas.

A mamãe em minha cabeça estala a língua em censura, mas estou me acostumando a ignorá-la.

Hoje, no entanto, cheguei tarde demais e, embora a St. Bernadette tenha sido generosa comigo até o momento, não parece haver nenhum lugar vazio sobrando. Por um segundo, penso em ir para a biblioteca e estudar para valer. Como falei que estava fazendo para mamãe.

Mamãe.

Aí está, a sensação familiar de culpa.

Só que não. Preciso ensaiar. É minha última chance, minha única oportunidade de fazer algo diferente, algo só por mim. É o que mentalizo toda vez que ela me traz chá quente, ou quando pica frutas com todo o requinte como lanchinho durante o estudo (quando escondo o roteiro e finjo que aquele tempo todo escrevia redações sobre a literatura malaia). *Depois disso voltarei a ser a filhinha perfeita dela*, prometo internamente enquanto ela massageia meus ombros encurvados e doloridos. Depois disso. Juro. Só desta vez, antes que seja tarde demais.

Então aonde posso ir?

E aí me ocorre.

À Casa Brede.

A Casa Brede é o prédio mais antigo da St. Bernadette, construído como residência para as freiras que fundaram o lugar mais de um século antes e nomeado em homenagem à primeira diretora da escola. Durante anos correu o rumor de que soldados japoneses cavoucaram túneis aqui e a Casa Brede guarda a entrada para todo um mundo subterrâneo. Fica localizada no canto mais afastado da escola, um pouco acima no terreno, mais próximo do barranco, um prédio desinteressante, com tinta descascando, um tanto escondido atrás de algumas árvores de jasmim-manga enormes. Por ser tão antigo e a escola não ter dinheiro para reformá-lo, não tem muita serventia. Era costume as garotas se desafiarem a entrar e ficar lá, sozinhas, com a porta fechada, por cinco minutos (em especial de noite, depois dos treinos ou das aulas extracurriculares, quando as sombras começavam a ficar mais escuras e extensas).

— Você nunca vai sair da Casa Brede com vida — diziam umas às outras.

Sempre achei uma besteira, mas teve um ano em que uma garota torceu o tornozelo tentando fugir de fantasmas imaginários, e uma outra fraturou o cotovelo tentando encontrar a lendária entrada do túnel, e aí os professores juraram que, se qualquer uma de nós voltasse a fazer isso, estaria encrencada *até a eternidade*. Por isso, não houve mais desafios estúpidos, nem garotas guinchando, nem missões de fazer o coração sair pela boca, e a Casa Brede seguiu isolada, vazia e quase esquecida.

Pelo menos até hoje.

Sem pressa, passo por salas de aula, quadras de tênis, vôlei, badminton e de qualquer outro esporte que exige um espaço assim. Passo pela sala de aconselhamento, de onde o sr. B ergue o olhar, esperançoso, como se estivesse só esperando alguém entrar e contar para ele todos os problemas da vida. Passo pela biblioteca e pelas duas árvores de jasmim-manga florescendo, cujas folhas e flores caem ao chão. E aí percorro todo o caminho através do campo em que a equipe de netbol está treinando e subo a escada apertada posicionada na encosta. Por fim, a vejo.

De fora, a Casa Brede não parece lá essas coisas. Trata-se de um prédio estreito de dois andares que se estende para o fundo, com largas portas duplas feitas de madeira e paredes que, em algum momento da história, foram brancas. O lugar já passou por algumas renovações, então as janelas agora são as de modelo basculante comum que se vê na maioria dos blocos mais recentes da escola. Contudo, se tem uma coisa que mantiveram foi o enorme vitral redondo no segundo andar, bem acima das portas da frente. Já não dá mais para distinguir quais eram as cores do vidro por conta de todo o pó e poeira, mas dá para ver que no passado era lindo. Acima da janela, arqueado, está o lema da escola: SIMPLES NA VIRTUDE, INABALÁVEL NO DEVER. Nunca entendi o significado disso e, quando pesquisei para tentar descobrir, percebi que quase todas as outras escolas missionárias na Malásia têm exatamente o mesmo lema. Saber isso fez com que eu me sentisse traída. Tipo, nós tentamos vender a ideia de sermos especiais, quando, na verdade, somos iguais a todo mundo.

Eu me certifico de que não tem ninguém olhando, aí abro as portas duplas, dou um passo para dentro e as fecho com cuidado. Não estão trancadas. Aqui não tem nada além de salas cheias de teias, aranhas e móveis quebrados. Do lado de dentro, o corredor estreito leva para uma escadaria, com portas à direita e à esquerda, três de cada lado. Considero a ideia de subir (a chance de me encontrarem lá é ainda menor), mas decido continuar neste andar devido à possibilidade de algum dos assoalhos ter apodrecido. Rangendo os dentes, a voz de mamãe em minha cabeça diz: *Está querendo arranjar problemas, né? Vai que você cai e quebra o pescoço, e aí?* Nesta inércia, dentro da Casa Brede, de algum jeito fica mais difícil ignorá-la.

À medida que me movo com cuidado, o chão geme sob meu peso, e escuto algo correndo para longe. *Está silencioso, e não tem ninguém aqui*, digo para mim mesma, tentando fingir que não escutei nada. *É o que importa.*

Acabo escolhendo a terceira porta à esquerda e a abro, o que me revela um quartinho com uma enorme mesa de professor coberta de poeira no canto, uma lousa preta na parede da frente e uma pilha gigantesca de cadeiras e carteiras quebradas bem no meio do cômodo. Por conta das janelas encardidas, mal entra luz do sol. Posiciono as coisas na mesa, o que levanta uma nuvem de pó, e mexo nos interruptores perto da porta até que um ventilador de teto muito, muito velho começa a se mover bem devagar, chiando.

— Perfeito — falo alto. — É perfeito.

Agora é hora de ensaiar.

Fecho os olhos, pronta para me transformar nela mais uma vez, pronta para deixar as emoções à flor da pele.

Depois, volto a abri-los. Faço uma careta.

Está bem próximo, bem no limiar da audição: fraco, mas persistente. Uma vez que o escuto, é impossível não ouvir.

O som de algo sendo varrido.

Balanço a cabeça, como se o ato fosse me ajudar a me livrar do barulho. *Foco, Rachel. Tenta voltar a ser ela*. Quando ergo o olhar mais uma vez, há um sorriso enorme e cheio de dentes em meu rosto, um que não alcança os olhos. O sorriso de uma competidora de concursos de beleza.

— Nosso tio Alfred está aqui hoje — digo, percorrendo a sala com o olhar. Tantos rostos, e só gosto mesmo de cerca de cinco deles. Espere. Pausa. Não gostei de como saiu a fala. Pigarreio e tento de novo: — Nosso tio Alfred está aqui hoje — repito, desta vez gesticulando para o tio Al, que acena para a plateia, e mudo a entonação só um pouquinho: — Não que eu seja do tipo que se importa com aparências, mas o tio Al está com a bola toda! Emagreceu muito… cerca de sessenta e cinco quilos no formato da ex-esposa.

Imagino uma série de *ha-has* meio fracos e, em um frenesi, movimento os cartões que servem de cola, desesperada para não perder a plateia, não arruinar a ocasião para minha irmã mais velha. Meu sorriso fica todo trêmulo. Olho para as anotações e respiro fundo.

Varre, varre, varre.

Ranjo os dentes. Sei que as árvores de jasmim-manga tendem a fazer uma baderna, mas se eu pedir com educação, quem sabe, a tia pode… sair daqui e varrer em outro lugar durante um tempinho? Vale a tentativa, certo?

Vou em direção às portas. Do lado de fora do cômodo, o ar está inerte. A cada passo que dou, o som do movimento da vassoura fica mais alto e mais alto. *Ela deve estar logo depois da porta*, penso. *A tia responsável pela limpeza. Ela deve estar logo ali.*

Pego a maçaneta da porta e abro.

Não tem ninguém.

Dou um passo para fora e vasculho da esquerda para a direita. Um tapete de folhas secas e flores mortas estala debaixo de meus pés.

De repente, sinto muito frio.

Sem perder tempo, viro-me e retorno ao cômodo. Minhas coisas ainda estão na escrivaninha. Uma a uma — *Vamos, Rachel. Não seja boba. Para que toda essa pressa?* —, coloco tudo de volta na mochila, o mais organizado que consigo. Tudo no devido lugar. Tento ignorar os dedos trêmulos, e também o fato de que agora ouço o barulho de algo sendo varrido mais uma vez, mais alto do que nunca. A questão é: já não vem mais do lado de fora.

Vem do segundo andar. Logo acima de minha cabeça.

Penso em dar uma olhadinha. Penso no que posso encontrar, no que posso ver. Penso na mamãe e no que ela diria: *Pare de ficar se coçando à procura de encrenca.*

Jogo a mochila pelo ombro e saio da Casa Brede, fechando a porta com firmeza ao passar. Depois disso, sigo caminhando. *Isso aí, Rachel, isso aí. Mesmo que pareça que suas pernas vão ceder a qualquer momento.*

É só quando alcanço uma boa distância, quando a luz do sol afastou meus arrepios e quando meus dentes pararam de bater, que me viro para olhar.

E talvez seja o sol de fim de tarde — um truque de luz —, mas quase posso jurar que vejo uma sombra se mexer atrás do vitral empoeirado no segundo andar.

Khadijah

Desde os 13 anos frequento a St. Bernadette, mas esta é a primeira vez na vida que boto os pés no escritório do sr. B. Vim para cá assim que liguei os pontos. Não há momento melhor que o presente.

Não tenho tanta certeza assim de quantas alunas já entraram aqui. Por livre e espontânea vontade, no caso. Eu me sinto como alguém do canal *National Geographic*: tentando observar uma criatura em seu hábitat natural.

O sr. B, por outro lado, está inquieto. É todo um lance para ele. Dá para notar pelo modo que arregalou os olhos quando ergueu a cabeça e me viu parada à porta. Afinal, faz tempo que me pede uma visita, não é? E aqui estou eu. Só não exatamente para o que ele queria, ou esperava, mas o sr. B não precisa saber disso.

Por enquanto.

— Estou tão contente por ter vindo me ver, Khadijah — diz, todo afoito, e ajeita a gravata. — Sabe que minha porta tem andado aberta para você… bem, para qualquer aluna, claro, mas você em especial, levando em consideração o… bem… desde que…

Logo assinto em concordância.

E aí nós dois ficamos sentados em silêncio.

O sr. B tosse.

— Preciso admitir, quando imaginei essas visitas, presumi que você estaria... preparada para conversar.

Dou de ombros.

— Pois é, pois é. Imagino que seja culpa minha. Sabe o que dizem: quem pressupõe, se estrepa! — Ele dá uma risadinha e então para do nada. — Talvez eu não devesse... Finja que nunca me ouviu usar esse termo.

Volto a assentir, e ele suspira.

— Preciso dizer, Khadijah, não sei ao certo como posso te ajudar se você não falar.

Ele passa a mão pelo cabelo. Acho que ele tem feito muito isso. Está muito mais bagunçado que o normal.

— No entanto, para ser sincero com você, não sei ao certo se consigo ajudar até mesmo quando as alunas falam comigo. Ultimamente andam acontecendo coisas estranhas na escola, sabe?

Sinto palpitações. É isso, faça-o falar das gritantes. Assinto com tanto vigor que a sensação é a de que minha cabeça pode desgrudar do pescoço. Felizmente, ele nota.

— É isso que tem te incomodado? Toda essa gritaria? — Ele assente todo sábio, um movimento que diz *Ah, foi bem isso que pensei.* — Não culpo você. É angustiante, em especial quando não se tem a menor ideia do que está causando os gritos. Muitas vezes nos sentimos impotentes por não conseguir ajudar nossos amigos, ou tememos a possibilidade de acontecer conosco. — Ele se inclina para a frente e me encara direto nos olhos. O sr. B transborda, em mesma medida, sinceridade e perfume barato. Ambos os fatores fazem com que eu tenha dificuldade de respirar. — Mas, Khadijah, você precisa compreender que não está sozinha. Esses sentimentos são válidos, e normais, e permitir-se senti-los e passar por eles é parte importante de assimilar acontecimentos assim.

O sr. B fala como minha psicóloga. Pelo menos assim sei que ele tem algum preparo.

Enfio a mão no bolso e pego o bilhete que preparei. Em silêncio, entrego-o para ele sobre a mesa.

Isso já aconteceu antes?

Algo brilha naqueles olhos enquanto ele lê. Não sei dizer se estou imaginando coisas, mas, quando volta a olhar para mim, parece mais controlado. Mais cauteloso.

— O que te faz perguntar isso? — Seu tom é leve, até agradável.

Da mochila, pego o anuário de 2015. Abro na foto da turma de Julianna. Coloco o livro com delicadeza na mesa. Tiro uma caneta da caneca dele e circulo o rosto dela.

E aí espero.

O sr. B se demora olhando para o anuário. Ao longe, escuto o som de vassoura varrendo. Cerdas duras em concreto pesado. Ele não dá um pio, mas não tem problema. Estou acostumada com o silêncio.

Quando volta a falar, o conselheiro não olha para mim.

— Ah, Julianna Chin — diz ele. Sua entonação continua brandíssima. Muito casual. — Uma ótima aluna. Ela conversava comigo e também era atriz. Você a conhecia?

Nego com a cabeça. *Mas o senhor conhecia*, quero dizer.

— Um amor de garota. De fato, é uma tragédia que nunca tenham descoberto o que aconteceu com ela. — Com uma batida firme, ele fecha o anuário. — No entanto, não sei se entendi direito o que uma coisa tem a ver com a outra. Ou por que você quereria ouvir a respeito de um incidente tão lamentável.

De repente, sinto por Julianna, essa pobre garota desaparecida, uma chama ardente de afinidade motivada por raiva. Afinal de contas, também se referiram a meu trauma como um "incidente". Pego a mesma caneta e escrevo com rapidez no bilhete anterior.

Ela também foi uma gritante?

Empurro o bilhete para ele por cima da mesa. Vejo o sr. B logo olhar na direção do papel, mas ele é todo firulas ao puxar uma pilha de apostilas de atividades para perto de si.

— Esta foi uma conversa muitíssimo agradável, Khadijah, mas estou certo de que você precisa voltar para casa. E eu mesmo tenho um monte de coisas para grifar.

Ranjo os dentes. Pego o bilhete e anoto um último recado. Desta vez tudo em letra maiúscula. O arranhar da caneta combina com o ritmo da vassoura varrendo do lado de fora.

QUANTAS FORAM? POR QUE A ESCOLA NÃO CONTOU PRA GENTE QUE ISSO JÁ ACONTECEU ANTES?

— Tenha um ótimo dia, Khadijah — dispensa o sr. B. — Fique à vontade para passar por aqui de novo a qualquer hora. Quando estiver pronta para... conversar.

Coloco a mochila no ombro e saio da sala, o papel amassado na mão. Estou com tanta raiva que acho que meu coração vai explodir para fora do peito. Por que ele não fala disso? Dela?

Por que ninguém nunca mencionou as antigas gritantes? O que os professores estão escondendo?

Leva um tempo até eu me acalmar. E demora ainda mais para me dar conta de que minha mão segue fechada em um punho apertado.

Só que, quando a abro, não tem papel algum. Apenas uma folha marrom, tão seca que a sensação é a de que vai se desintegrar até virar pó.

**TERÇA-FEIRA
DOZE DIAS DEPOIS**

Rachel

Acordo de uma noite inquieta virando para cá e para lá, com a mente ainda pairando nas sombras da Casa Brede.

Viu só? Já está perdendo a cabeça, diz a voz de mamãe, cruel. *Nunca faz o que eu mando. Nunca me dá ouvidos. Você empilha uma coisa em cima da outra e aí tudo desmorona. É isso o que acontece.*

Balanço a cabeça, quase que com raiva. Eu não desmorono. Não posso desmoronar. Esta sou eu apenas exausta e ansiosa a respeito de coisas que fogem de meu controle. Porém, sabe o que posso controlar? Posso controlar a mim mesma. Posso controlar o quanto me esforço, o quanto me dedico às coisas, como organizo, como planejo. Posso fazer tudo isso dar certo, sei que posso. Sou Rachel Lian, não sou? A aluna perfeita, o sonho de qualquer professor, o receptáculo de todas as aspirações de mamãe. Eu posso fazer qualquer coisa.

Por isso, digo: *Está bem, está bem, está tudo bem*. Sigo mentindo. Uma vez que se começa, fica bem fácil continuar. Ou talvez seja ela falando. E não eu.

* * *

Não está tudo bem, penso, encarando o papel que a sra. Dev acabou de colocar sobre minha carteira. É o teste com o qual ela nos surpreendeu na última aula, teste esse que repassa todos os conceitos de biologia que aprendemos nos três meses anteriores.

Teste esse no qual eu, de algum jeito, tirei um C, um 6.

Pisco, para o caso de não estar enxergando direito, mas a nota continua ali, no canto direito superior, um C em vermelho brilhante dentro de um círculo. Em algum lugar no âmago da barriga, sinto um friozinho. Sou Rachel Lian. Não tiro notas baixas. Simplesmente não tiro. Espero para ver o que a mamãe em minha cabeça vai dizer a respeito disso, mas ela está quieta e fria.

Na carteira a meu lado, Melissa se inclina e tenta dar uma olhada em meu teste.

— Quanto você tirou, hein? — pergunta, muito interessada. — Posso copiar suas respostas? Eu tirei um B. Só quero me certificar de que sei o que fiz errado. E como suas provas são sempre tão perfei…

— Foi mal — murmuro. — De qualquer forma, ela disse que vai debater as respostas mais tarde.

Melissa funga.

— Ah. Tudo bem. Claro.

Dá para notar que ela não está muito contente.

— Bem a cara dela — sussurra Dahlia.

Algo dentro de mim se remexe.

Não, não algo. Alguém.

A garota de batom cor-de-rosa vem à tona, assume o controle, faz minha pele coçar de irritação, faz minha boca se abrir e dizer:

— E quer dizer o que com isso?

Dahlia fica sem reação.

— Como é que é?

— Você me ouviu.

A garota cruza meus braços (eu cruzo meus braços). Independentemente de quem está fazendo isso, meus braços estão cruzados. Estou perplexa e constrangida e, de algum modo, também estou empolgada por ouvir essas palavras saírem de minha boca, palavras que, de outra forma, eu jamais verbalizaria.

— Qual é seu problema? — disparo.

Para minha infelicidade, fracasso em perceber que cruzar os braços significa deixar a prova, e a maldita nota, descobertas, e é tão vermelha que faz os olhos lacrimejarem.

Dahlia espia a prova, depois volta a focar em mim e faz um som de deboche.

— Neste momento não tenho problema algum. Na verdade, é divertido ver a Senhoritazinha Perfeição finalmente fracassar em algo.

— Mal dá pra chamar um C de fracasso — ouço-me dizer, e imagino as palavras saindo de lábios pintados de um rosa brilhante. — E um C não vai fazer nem cócegas no meu histórico perfeito, mas, ei, talvez eu devesse fazer que nem você. Afinal de contas, é uma especialista em fracasso.

Gesticulo para o teste dela, para a nota vermelha no canto, que Dahlia nem se deu ao trabalho de esconder.

— A não ser que você tente me convencer de que esse F aí significa "Fantástico". Na verdade, me surpreende você ainda responder pelo nome "Dahlia".

Dahlia enruga um pouco o rosto, confusa, e a garota de batom cor-de-rosa curva minha boca em um sorriso perfeito e modesto.

— Não é assim que sua mãe te chama em casa? De "Falha"?

Dahlia parece prestes a voar em meu pescoço quando a sra. Dev tosse com delicadeza às minhas costas. A garota baixa a bola. Volto a ser eu, completa e inteiramente eu, tremendo um pouco por causa da adrenalina.

— Temos algum problema aqui, senhoritas? — pergunta a professora.

— Problema nenhum, sra. Dev — murmuro, e Dahlia fecha a cara, mas não diz nada.

— Excelente. — A sra. Dev dá um tapinha em meu ombro. — Me encontre depois das aulas, por favor.

Cada tracinho restante da ousadia da garota de batom cor-de-rosa desaparece. Quero me enfiar em um buraco e nunca mais sair.

Dobro a folha do teste ao meio, depois a dobro mais uma vez, e mais uma, até que fique do menor tamanho que consigo deixar. Em seguida, guardo-a bem no fundo da mochila, escondida debaixo de livros didáticos, papéis de chiclete e antigas aparas de lápis. *Quem é você?*, pergunta a voz de mamãe em minha cabeça, o tom enfurecido. *O que foi isso?* Só que eu a ignoro, não tenho nenhuma resposta para dar.

Após o último sinal tocar, ando até a sala dos professores para encontrar a sra. Dev. Eu me movimento devagar por entre as fileiras de carteiras com pilhas altas de livros e trabalhos, como se estivesse caminhando para a própria execução. *Um C, Rachel. Você tirou um C. E a maneira que falou com Dahlia! Quem é você?*

Encontro a sra. Dev sentada a uma mesa cuidadosamente coberta com uma toalha de plástico decorada com cenas oceânicas em tecnicolor. Está pegando livros de atividades de uma pilha e os marcando com uma caneta vermelha brilhante.

A mesma que usou para escrever aquele C, imagino, o C que está gravado em meu cérebro como uma tatuagem.

— Selamat sejahtera, cikgu — digo. *Saudações, professora.*

— *Hum?* Ah, Rachel. — A sra. Dev larga a caneta vermelha e me fita por cima dos óculos sem aro, que, de alguma maneira, sempre parecem escorregar até metade do nariz dela. — Quer me contar o que está acontecendo com você? *Hum?*

— Como assim, sra. Dev?

A professora leva os óculos para cima da cabeça, e lá fica enroscado no cabelo ralo e tingido de cor de vinho.

— Minha querida, por certo você não me considera tola. Se uma das melhores alunas da escola de repente começa a tirar C, é claro que deve haver algo errado, lah, certo? *Hum?* — Ela se inclina para a frente, com o rosto gritando preocupação. — Então me conte. O que foi? Brigou com uma amiguinha? Brigou com um rapaz… ou com uma garota? — logo adiciona. — A gente vive em um mundo moderno, eu sei, eu sei.

Nego com a cabeça.

— Então o quê? Problemas em casa? *Hum?*

Isso não está me ajudando mesmo.

— Não, cikgu, problema nenhum. Só… só tive um dia ruim, acho.

— Dia ruim, é? — A sra. Dev se recosta na cadeira, que solta um gemido como se em reclamação. — E suas outras disciplinas, como andam? Tudo certo?

— Sim. Tudo certo.

A sra. Dev bufa.

— Sem mentiras para cima de mim. Tenha paciência, menina. Acha que os professores não conversam uns com os outros? Mal temos espaço aqui, com todas essas carteiras tão próximas. Acha que a gente não escuta coisas? Tem algo afetando seu rendimento, e queremos saber como podemos ajudá-la. — Ela me estuda. — Acha que o Certificado de Educação da Malásia se importa com seus dias ruins, *ah*?

— Não, cikgu.

Não digo mais nada, só baixo o olhar e mudo o peso de um pé para o outro até que ela suspira.

— Olha aqui, menina, se você quer que eu te ajude, sabe que pode só pedir, certo?

Sinto a garota de batom cor-de-rosa se movendo sem parar logo abaixo de minha pele, esperando para dar uma resposta, esperando para atacar. Suprimo os comentários dela, engulo seu sarcasmo.

— Sei disso, sra. Dev.

— Afinal de contas, você já é bem grandinha. Besar panjang*, quase na hora de ir para a casa, *hum*? Também não posso te forçar a me contar nada se não quiser, mas se isso continuar aconte-cendo, talvez eu precise dar uma palavrinha com a sua mãe...

— Não — apresso-me a dizer. — Não vai se repetir. Prometo.

— *Hum.* — A sra. Dev recoloca os óculos e levanta a maldita caneta vermelha. — Tudo bem, então. Vou lhe dar mais uma chance, ya. Espero que se saia melhor no próximo teste. Agora, vá. Tenho muito trabalho a fazer.

Murmuro um agradecimento e saio às pressas. Estou suan-do. *Se continuar com isso, Rachel, mamãe vai descobrir tudo... TUDINHO... e todo esse ensaio e planejamento terá sido em vão.* Penso em não conseguir subir no palco, não conseguir ser a garota de batom cor-de-rosa mais uma vez, e tremo. Não posso deixar que isso aconteça.

Só vou precisar me dedicar mais.

Khadijah

— Alguém vai ver a gente — alerta Flo, sibilando.

— Não vai, não — rebate Sumi, também sibilando.

Nós três estamos matando tempo na escadaria principal do prédio administrativo. Os largos degraus de pedra são frios e duros debaixo de nossa bunda. Não chegam a ser confortáveis, mas nos oferecem uma linha de visão perfeita do alvo: o escritório da sra. Beatrice.

— Isso não parece boa ideia. — Flo fica remexendo na alça da sacola de papel que tem aos pés. Do grupo, ela sempre foi a mais aversa a riscos. — Isso pelo menos vale a pena? Não houve nenhum grito nos últimos dias. Tipo, talvez tenha acabado. A gente pode só esquecer e seguir em frente.

— Está tranquilo. Eu te falei. — Os olhos de Sumi brilham sob a claridade opaca da escadaria. Este é o momento dela. Ninguém gosta mais de uma boa trama do que Sumi. Por um segundo me pergunto se ela está empolgada deste jeito porque quer me ajudar ou porque anseia pela adrenalina de quebrar regras. — A sra. Beatrice vai naquele troço forense no auditório. O escritório vai estar vazio. Contanto que a gente siga o plano, vai dar tudo certo. E aí a gente vai saber de verdade. Do jeitinho que Khad quer.

— Me lembra mais uma vez qual é o plano — pede Flo, com um suspiro.

Com um floreio, Sumi puxa um pedaço de papel amassado do bolso.

— Com prazer.

Ela alisa os vincos da planta baixa desenhada à mão o melhor que consegue. O papel foi arrancado do caderno de contas dela.

— Aqui. — Ela indica o lugar certo com o dedo. — É o escritório da sra. Beatrice. Na porta ao lado, ficam as duas diretoras-assistentes... Elas dividem a sala. Esta semana puan Zaini não está aqui, então sobra a sra. Siva. Eu vou entrar lá e pedir para falar com ela sobre, tipo, bolsas de estudo esportivas, ou algo assim. Ela tem andado na minha cola por causa disso e quer planejar meu futuro, sei lá.

Sumi revira os olhos.

Estico o braço e cutuco o retângulo que ela desenhou do outro lado do escritório da sra. Beatrice.

Sumi assente.

— Ah, é. Então, é aí que todos os funcionários administrativos ficam. Tem, tipo, uns três deles. Flo fica responsável por essa sala.

Flo dá uma espiada no interior da sacola de papel.

— Eu trouxe um saco inteiro de bolinhos e kuih e coisas assim, e minha função é dizer pra eles que trouxe pro meu aniversário e eu queria compartilhar o que sobrou, considerando que eles trabalham tanto e merecem um mimozinho. — Ela remexe o nariz. — E aí, vou bater um papo com eles, eu acho.

— Porque você é muito boa nisso, meu chuchu — argumenta Sumi.

E não é mentira. Flo exala tanto charme que conseguiria fazer uma parede de tijolo lhe contar sua história de vida.

— E enquanto a gente faz a nossa parte, Khad... — murmura Flo e olha para mim.

— Khad vai entrar no escritório da sra. Beatrice, rápida e silenciosa, e ver o que consegue achar — completa Sumi. — Da Julianna. Ou de qualquer uma das gritantes.

Sumi parece estar felicíssima em colocar o plano mirabolante em prática. Vasculhar a sala da sra. Beatrice foi ideia dela. Leu minhas mensagens falando do sr. B, de Julianna e compreendeu minha necessidade de saber mais. Então decidiu partir para a ação. É uma jogada bem típica de Sumi, e é por isso que a amo.

Com a cabeça, ela aponta para onde a sra. Beatrice analisa alguns documentos, caneta em mão. A diretora não é muito versada em tecnologia. Ainda insiste em manter cópias físicas da documentação das alunas em um antigo arquivo que fica atrás da escrivaninha dela.

— Sei disso — contou Sumi para nós, com um sorrisinho sabichão — porque ela pegou o meu arquivo naquela vez que joguei tinta no baju kurung da Puteri por fazer bullying com aquela garota do oitavo ano, lembram? Ela balançou aquela pasta pra lá e pra cá o tempo todo enquanto me dava um sermão sobre desperdiçar meu "potencial". Ficava ameaçando inserir a transgressão no meu "histórico permanente". — Sumi revirou os olhos e completou: — Como se eu não estivesse cagando e andando pra isso. — Neste momento, ela estica a mão e acaricia meu braço. — Se houver qualquer informação da Julianna, vai estar naquelas pastas.

Devo parecer tão ansiosa quanto me sinto. Flo se recosta em mim, toda carinhosa e reconfortante.

— Você consegue, Khad — sussurra.

— Só não enrola — aconselha Sumi. — A gente não sabe por quanto tempo vai conseguir manter o povo ocupado. Ou quando a sra. Beatrice vai voltar.

Concordo com a cabeça.

Assim que a diretora sai, estalando os calçados ao passar por nós e descendo a escadaria sem nem sequer dar uma olhada em nossa direção, entramos em ação.

Espero até Sumi e Flo colocarem a magia delas em prática. Só deslizo para dentro do escritório quando ouço os barulhos de conversas baixas e sérias vindo de um cômodo e gritinhos de alegria vindo de outro.

O lugar não está trancado (nunca está, a menos que a diretora tenha ido embora sem intenção de voltar naquele dia). O cômodo em si não é muito grande. Afinal de contas, é uma escola pública. A mesa dela fica diante da janela, e há duas cadeiras com recosto duro para os visitantes, mas também há uma mesinha de centro baixa e um pequeno sofá. Já no canto está o infame armário de arquivos.

É só então que me dou conta de que estou tremendo.

A passos rápidos, vou até o arquivo. Meus joelhos estão moles. *Anda logo, Khad. Acelera. Para de enrolar.* Puxo cada uma das gavetas, mas o metal gelado não cede. Trancadas. Como esperado.

Analiso o ambiente à procura da chave.

"Tem que estar em algum lugar lá", insistiu Sumi.

Mas onde? Onde? Por causa da ansiedade, parece que estou me movendo em câmera lenta, como se estivesse patinando em geleia. *A mesa, Khad. Dá uma olhada na mesa.*

A mesa da sra. Beatrice é um estudo de ângulos e linhas. Tudo está no devido lugar. Uma pequena pilha de livros está posicionada no centro exato, organizada do maior para o menor, em cima de um laptop fechado. Uma caneca com canetas e lápis se encontra no canto superior direito. Já no superior esquerdo, duas bandejas, rotuladas com "Entrada e Saída". Na de "Entrada" há um maço de documentos que exigem a atenção dela. A de "Saída" está vazia. Dou uma boa olhada em tudo, mas não é difícil perceber que não tem chave alguma aqui.

Só pode estar nas gavetas, então. Abro uma por vez, tomando cuidado para movê-las devagar, com cuidado. Estou alerta para um possível baque alto que possa denunciar minha presença. A gaveta de baixo se mostra uma bagunça com a qual me identifico bastante. Do tipo que não esperaria da sra. Beatrice. É um poço profundo de aleatoriedades: papel de rascunho, elásticos, uma tigela, dois potes de comida feitos de plástico, uma bola de plástico deformada. Nem sinal de chave.

A segunda gaveta não abriga nada além de folhetos. Dou uma remexida e encontro livretos para os eventos e concertos da St. Bernadette que datam de no mínimo onze anos. Pego um de dez anos antes. "Concerto Extravagante de Fim de Ano da St. Bernadette!" Alguém fez o design da escrita em letras grandes e em destaque, todas bem cartunescas, como se tivesse apenas o Microsoft Paint e um sonho. Folheio as páginas até encontrar o nome dela. Sei onde vai estar, e é onde a encontro. Parte do elenco escalado para a produção da escola de *Bawang Putih, Bawang Merah*[1]. Julianna Chin.

Foco, Khad. É isso que vai te deixar mais próxima dela do que qualquer outra coisa.

Enfio o folheto na mochila e fecho a gaveta com todo cuidado. Em seguida, abro a de cima.

---

1 Conto tradicional do folclore indonésio que reflete sobre as nossas ações e suas consequências. [N.E.]

Há uma bandeja, e cada compartimento dela está tomado de itens de escritório. Um para clipes de papel. Outro para grampos e um pequeno grampeador amarelo brilhante. O seguinte para marca-textos. Já o próximo contém um furador de papel de dois furos. E um aqui, bem no fundindo, para... para...

Para uma chave.

— O que está fazendo aqui?

Dou meia-volta e, ao mesmo tempo, bato a gaveta com força e trombo na mesa para abafar o barulho. A dor brota em meu quadril direito. Meu suspiro soa muito alto no silêncio.

A sra. Beatrice está parada à porta. A testa toda franzida, mas isso não pode ser dito de seu terninho verde-claro.

— Khadijah? Por que está aqui?

Meu coração bate desenfreado no peito. Não se trata de uma ocasião para a qual nos preparamos. *Pense, Khad. Pense.* Estendo a mão para dizer: *Espera*, depois me curvo para mexer na mochila. Como se procurasse por algo. Como se a resposta estivesse aqui, em algum lugar.

Alcanço um pedaço de papel. E aí me dou conta do que é. Não sei se é uma boa ideia, mas neste momento é a única forma que vejo de escapar da situação.

Sendo assim, endireito a postura e o entrego à sra. Beatrice. Fecho os olhos por um instante enquanto ela lê em voz alta:

— *Vou voltar para a equipe de debate.*

Rachel

Durante todo o caminho até em casa e um almoço silencioso no qual mal como e kak Tini cacareja ao redor como uma mãe coruja ansiosa, não consigo parar de pensar nela. Em como deslizou com facilidade para dentro de minha pele e assumiu o controle. Em como foi senti-la subindo à superfície, em como as palavras dela saíram com naturalidade de meus lábios. Na sensação de ser ela, audaciosa e desbocada, sem aceitar desaforos. Dizendo as coisas que sempre desejei colocar para fora. Sendo a garota que eu sempre quis ser. O tempo todo enfio a mão no bolso, tateando o batom cor-de-rosa que já serve como um conforto. Dizendo para mim mesma que ainda tenho tudo sob controle.

Depois do jantar, estou lutando com a lição de casa quando mamãe entra em meu quarto e coloca algo na escrivaninha. Eu pego e leio o rótulo, franzindo a testa.

— Máscaras faciais?

— Coreanas — diz ela. — Muito boa a marca.

— *Hum.* Tá bom.

Devolvo o pacote para a escrivaninha. Não estou muito certa do que fazer com isso. Por outro lado, passei a maior parte da noite indecisa. Quanto mais busco me concentrar nas tarefas, menos consigo executá-las. É como se eu tentasse coletar peixes com as próprias mãos, e aí eles só ficassem se debatendo e escapando. Não quero pegar peixes. Quero escapar para o mundo da garota de batom cor-de-rosa, para a mente dela, a pele dela. Não quero mais ser eu, sentada aqui olhando para as anotações de biologia e uma máscara facial e me perguntando como foi que decepcionei mamãe desta vez.

— Eu vejo, sabe — diz ela. — Você ficando acordada até tarde, se dedicando tanto.

Prendo a respiração. Eu me pergunto se ela vai me pedir para parar. Se vai dizer: *Descansa um pouco, Rachel. Sei que isso está afetando muito você.* Se vai me consolar com um tapinha no ombro e dizer que me ama independentemente de qualquer coisa. Dizer que, no fim das contas, notas não são tudo.

Só que não.

— Eu acho ótimo — declara ela, com firmeza. — Pois me mostra que você enfim sente o anseio de que precisa para ter sucesso. — Ela para de falar ao notar meu semblante. — O que foi?

— Eu achei… — começo, mas me interrompo. A garota de batom cor-de-rosa luta pelo controle de minha língua. Quer muito dizer algo de que sei que vou me arrepender, mesmo que ela, não. — Achei que você fosse me dizer para descansar mais.

Mamãe dispensa com um aceno de mão, emitindo um sonzinho de zombaria como se fosse a ideia mais ridícula do mundo.

— Vai ter tempo para descansar mais tarde. Quando tiver conseguido o Certificado de Educação da Malásia.

Olho para o pacote na mesa. *Atuação calmante e hidratante*, diz.

— Para que serve?

Mamãe solta um suspiro pelo nariz, exasperada.

— Sério mesmo, Rachel, é assim que você se comporta quando alguém a presenteia? Eu lhe ensinei bons modos, não?

E lá está, a habilidade mágica dela de pegar uma adolescente quase inteiramente formada e diminuí-la até dizer chega.

— Me desculpe, mamãe.

— Não tem problema — responde ela, com o tom sofrido de um mártir. — Só não esqueça, Rachel, que a gratidão e a educação sempre serão os heróis do dia. — Ela se curva um pouco para baixo e se olha no espelho pendurado acima da penteadeira. — As máscaras faciais são para sua pele, óbvio. Toda essa falta de sono está fazendo um estrago no seu rosto, sabe. Todo áspero e sem vida. E tem uma espinha aqui, e aqui e uma aqui.

Ela aponta para o ponto exato de cada mácula e sinto vontade de gritar, de surtar. Seguro a língua até que a garota de batom cor-de-rosa a solta no meu lugar.

— Para com isso — digo.

Mamãe me olha como se eu tivesse batido nela.

— O que você disse?

— Para. Com. Isso. — A garota enuncia cada palavra com cuidado.

Não chega a ser grosseira nem sarcástica, mas sua voz é firme e clara, não treme, diferente de meus dedos.

Tudo o que mamãe faz é me encarar antes de chegar a uma decisão.

— Você está muito cansada. Deve se cuidar melhor. As aparências são tudo. Sabe disso. — Ela volta a endireitar a coluna. — Agora vou para a cama — acrescenta, de repente. — Estude bastante.

E assim ela desaparece.

Eu me levanto e vou até o espelho. Meu rosto parece pálido e cansado. Sombras escuras borram a parte debaixo de meus olhos, como se eu tivesse levado um soco. Não tem nenhum batom cor-de-rosa em minha boca, mas em algum lugar sob a pele a sinto me observando por meus próprios olhos.

— Tudo vai valer a pena — sussurro para a garota refletida no espelho. — Você vai ver só.

Não sei dizer se ela acredita em mim.

Khadijah

Espero minha mãe chegar enquanto fico de olho em Aishah, que está um tanto distante de mim, sozinha e calada.

— Não acredito que você vai ter que voltar pra equipe de debate — diz Sumi, ofegante. — Tipo, que droga. Eles vão mesmo deixar você em paz com isso de não falar?

Mordo o lábio. Confirmo com a cabeça, hesitante. A sra. Beatrice abriu um sorrisão quando leu o bilhete. Deu um tapinha em meu ombro, toda entusiasmada.

"Você tomou uma decisão e tanto, Khadijah", falou ela. "Vou contar à puan Ani agora mesmo."

Senti a barriga embrulhar e dei o meu melhor para ela não perceber. Onde já se viu uma debatedora que não fala?

— Só é bem estranho. Você mente sobre estar na equipe de debate e aí o universo, de algum jeito, se reorganiza de tal forma que você está mesmo dizendo a verdade. — Sumi balança a cabeça. — Que bizarro.

Sinto uma pontada de irritação. O mais bizarro é que a deixei me convencer de seguir com um plano mirabolante que, fosse o que fosse, não teria funcionado.

Flo me passa um pedaço de papel.

— Antes de a gente sair pra pegar o ônibus — informa ela.

É uma lista de nomes. Ao redor, os muros de pedra da St. Bernadette parecem se inclinar para mais perto. Como se tentassem bisbilhotar. Como se tentassem fisgar cada palavrinha. Em um instinto protetor, inclino-me sobre o papel, traço cada nome com o dedo e os conto. Faço uma pausa ao lado do nome de Aishah. Vinte e sete ao todo.

Ergo o rosto para elas, um ponto de interrogação na testa.

— A gente ainda não conseguiu encontrar todo mundo — explica Flo. Há um quê de reconfortante no jeito que ela entende logo de cara. — Mas estamos tentando.

— Nada mal, lah? — diz Sumi, cutucando-me com o cotovelo. — Acho que a gente arrasou até agora, lah. Considerando tudo.

Antes de eu assentir, há uma pequeniníssima hesitação. Apenas o mais breve dos pensamentos: *Tem certeza de que arrasaram mesmo?* E o coloco para correr no mesmo instante. Lógico que arrasaram.

— Agora a gente só precisa passar por cada nome e cavoucar um pouco mais fundo a conexão entre eles — continua Sumi. — O que estavam fazendo enquanto gritavam, com quem se encontraram, o que viram, como foi a experiência. Qualquer coisa que possam ter em comum. E, o principal, qualquer coisa que possam ter em comum com Julianna.

Suspiro. Nem consigo pensar no nome dela sem sentir uma pontada de frustração. Sei que preciso desbloquear o mistério de Julianna Chin, e nem sequer sei por onde começar a procurar.

— Isso é de boa. Mesmo que elas ainda não tenham voltado pra escola, a gente pode sair perguntando, começar a falar com o povo, entender melhor como foi antes de elas começarem a gritar. — Flo lambe os lábios secos. — Sabe, no que se refere a entender todo esse lance, você tem uma fonte primária dentro de casa. Sua própria gritante.

Olho para onde Aishah está. Ela remexe o chaveiro da mochila, com o olhar no horizonte em busca do carro de mak. Sozinha e calada, assim como eu.

— Você devia falar com ela — sugere Sumi, incisiva. — Devia perguntar o que aconteceu. Como ela se sentiu. O que estava fazendo quando aconteceu.

Acho que Flo nota minha expressão. Ela desliza a mão para a minha. Sei que quer me consolar, mas de algum modo não é como me sinto. Não quero sentir a pele dela, sua proximidade. Com o toque, deixo a mão mole e hostil.

— Você não precisa falar — consola Flo. — Existem outras formas de perguntar, sabe?

Volto a assentir. Eu sei. Óbvio que sei. Só não tenho certeza de que Aishah vai responder.

Perguntar a ela. Preciso perguntar a ela. Só penso nisso depois que voltamos para casa. Fica repetindo na minha cabeça como um mantra: *Perguntar a ela, perguntar a ela, perguntar a ela, perguntar a ela.* Aishah não conversa comigo, mal assimila minha presença. Ela se move ao redor como se eu fosse um dos móveis. Uma cadeira ou uma mesa de canto mal posicionada. Ela pega a comida que mak deixou para nós na geladeira (pizza caseira) e leva para o quarto. Parece que não se importa de estar gelada. Ou talvez pizza gelada seja menos incômoda do que minha presença. Meu cérebro me diz que é porque falhei em protegê-la. Falhei em impedir o grito de alcançá-la. Falhei em ser a irmã mais velha. Por horas a fio, eu me torturo com esses pensamentos.

Em algum momento, ela deixa o quarto e vai até as portas de correr de vidro que dão para o jardim dos fundos. Sem nem olhar para mim, ela sai.

Só pergunte a ela.

Vou até as portas abertas. Ela está sentada bem ali, na grama. Quase que perfeitamente no centro do jardim. Veste uma calça de pijama verde listrada e uma camiseta do Totoro grande demais. O cabelo está desordenado. Os olhos, fechados. Deve ter tirado um cochilo. Abaixou-se, fechou os olhos, tentou esquecer o mundo.

Dou um passo para fora. Descalça, aproximo-me dela e me sento a seu lado. Minha irmã nem me olha.

Nossa mãe não é excelente jardineira. A grama aqui é mais marrom do que verde e nenhuma planta sobrevive. Uma vez ela tentou plantar pandano, capim-limão e pimentas. A triste fileira de vasos vazios serve como monumento dos fracassos. A única árvore de jasmim-manga que floresce vermelha no canto já estava aqui quando nós nos mudamos, crescida demais para acabar morta.

Aishah e eu só ficamos sentadas por um tempo, juntas. A cada inspiração, tento invocar mais coragem. Tento me fazer abrir a boca. Falar. Não faço ideia de quando ficou tão difícil, quando falar começou a me dar medo. Nunca pensei que fosse ser para sempre, mas nunca planejei quando voltaria a falar. Pouquíssimas pessoas entendem o porquê de verdade. O silêncio é bom… e seguro. Não dá para ninguém distorcer nossas palavras quando não há nenhuma. Ninguém reage. Ninguém chega perto demais.

Só que ficar calada não vai salvá-la. Não agora, nem naquela época. Enfrentei o perigo, gritei de medo e depois abracei o silêncio. E agora devo rompê-lo, devo abandonar o medo que tenho da minha voz. Ou então os gritos de Aishah podem colocá-la em perigo.

O suor deixa um rastro no rosto de minha irmã à medida que escorre pela testa e bochechas. Ela abre um dos olhos e me encara.

— O que você quer?

Fico imóvel. Imóvel por tanto tempo que ela olha em outra direção, como se tivesse desistido. Como se soubesse que eu não responderia.

Vamos lá, Khad.

Forço as palavras para fora dos lábios:

— Como foi? — pergunto.

Faz tanto tempo que não escuto minha voz. Que som mais estranho. Que sensação mais estranha.

Não há vestígio algum de surpresa no rosto de Aishah.

— Como foi o quê? — rebate ela.

— Gritar — esclareço.

Ela abre o outro olho e analisa o céu. Se isto fosse um filme, o horizonte seria de um azul brilhante. Haveria nuvens brancas fofinhas do estúdio Ghibli. Seria o pano de fundo perfeito para duas irmãs abrirem o coração uma para a outra. Elas curariam a relação e terminariam com um abraço apertado. A música ficaria mais alta, a deixa para o público chorar, pegar o celular e mandar mensagem para a própria irmã.

Só que isto não é um filme. Então o céu está de um cinza sujo e cheira a fumaça. Também não me abro com Aishah. E ela não se abre comigo. Não consigo evitar pensar: *Isso não foi uma boa ideia*. Não consigo evitar pensar: *Eu não devia ter aberto a boca.*

— Não lembro — responde ela.

— De alguma coisa você deve lembrar.

— Não muito.

Ela arranca folhas de grama, triturando-as em pedacinhos minúsculos. Mak acabaria com a raça dela se soubesse. Mak está sempre falando de como é frustrante nunca conseguir fazer nada crescer direito. Olhar para cá e só enxergar o marrom.

Quero me levantar e me afastar. Sei como Aishah é quando não quer conversar, mas prometi a Sumi e Flo que tentaria, certo? Então tento:

— O que estava acontecendo antes de você gritar?

Aishah bufa.

— Olha só você, a própria detetive mirim. Mas, assim, de que importa?

Eu me pergunto quando ela ficou tão durona. Tão fria.

— Só quero saber.

Ela suspira e passa a mão no cabelo bagunçado.

— Tá. Eu estava indo pra sala. Lembro que estava um pouco esquisita, zonza. Minhas pernas ficaram meio molengas e eu tropecei perto das árvores de jasmim-manga. — Ela ergue a calça da perna esquerda e revela um arranhão, a pele arroxeada ao redor de linhas inflamadas como marcas de uma garra. — Aqui, viu? E depois… nada.

Pisco.

— Nada?

— Nadinha. — Aishah estica as longas pernas e se reclina sobre os cotovelos. — Nada. Dali em diante, minha mente é um borrão até o momento em que eu estava na enfermaria com você do lado.

O suor acumula debaixo de meu hijab. Estico a mão e coço a cabeça com raiva.

— Só tira isso logo — sugere Aishah.

— A gente está fora de casa.

— Ninguém consegue te ver.

Continuo usando. Tem algo me incomodando mais do que a coceira.

— Desculpa — digo, por fim.

Ela me olha.

— Pelo quê?

Procuro pelas palavras certas.

— Por isso ter acontecido. Por não estar lá. Por não ter conseguido te proteger, mas de agora em diante eu vou. Vou dar um jeito nas coisas.

Leva um bom tempo para ela responder. Quando o faz, sai tão baixinho que mal a ouço:

— Não é seu dever me proteger. Nunca foi.

Enfio os dedos dos pés na areia.

— É o que irmãs mais velhas fazem.

— Eu nunca te pedi isso.

Seu rosto é inexpressivo. No entanto, há o mais sutil sinal de um tremor revelador na voz dela. O primeiro sinal de que o gelo com o qual ela se cobriu, como se fosse uma armadura, está rachando. Seria preciso conhecer Aishah muito bem para ouvi-lo. Seria preciso tê-la conhecido durante toda a vida. O que me faz pensar: *Esse tempo todo me protegi com o silêncio, mas não fui a única a quem o incidente afetou.* Não fui a única a receber os olhares famintos de nosso padrasto, as mãos bobas. Foi comigo que ele agiu, no fim, mas só por conta de minha manobra.

O incidente também aconteceu com Aishah. Ela presenciou seu desdobramento. Viu o que aconteceu comigo. Percebeu o que poderia ter acontecido com ela. O quanto o perigo estava próximo.

Talvez isso também seja o suficiente para mudar uma pessoa.

— Não é algo pelo que se precisa pedir. É só como as coisas funcionam. — Pauso e franzo o cenho. — Espera aí, você disse que estava voltando pra sala. De onde você vinha?

— Do escritório do sr. B.

— Do sr. B? Sério?

Ela dá de ombros.

— Fazia tempo que ele queria que eu fosse lá conversar. Sabe. Depois de tudo. É bem provável que ele tenha uma cota de alunas que precisa ajudar toda semana, riscar o nome delas da lista que usa como indicador de desempenho. A gente bateu um papo.

Sinto a garganta se fechar.

— Do que vocês falaram?

— Não que isso seja da sua conta, mas eu não contei nada pra ele, se é o que está perguntando. Um cara aleatório chegou pra falar com ele, um amigo de longa data, sei lá. Então a gente parou de falar.

Ela se levanta de súbito e espana a sujeira da calça.

— Aonde você vai?

— Lá pra dentro. — Ela se vira para partir, mas para. — Não vou contar isso pra mak. Óbvio.

Não consigo evitar um sorrisinho.

— Eu também não vou. Óbvio.

Ela está quase passando pela porta quando a impeço.

— Aishah.

— Que foi? — responde sem se virar.

— Por que você quis voltar pra escola?

Ela fica quieta por um tempo. Ouço-a respirando.

— Porque… — diz, por fim. — Porque faz sentido estar lá, lá é meu lugar.

Depois que ela vai, fico um longo tempo sentada, encarando os galhos da árvore de jasmim-manga. Não é uma cena de filme meloso, mas foi o mais perto que chegamos de uma conversa verdadeira desde que tudo desmoronou. E falei o tempo todo. Talvez tenha sido uma boa ideia, no fim das contas.

Fatihah

— Não é uma boa ideia.

Meus pais tentam me dizer isso várias vezes, mas entra por um ouvido e sai pelo outro. Quero voltar. Por que não? Por que temer? Já aconteceu. Não é como se fosse acontecer de novo. Pelo menos acho que não vai. Ou talvez aconteça. Quem se importa? O estrago já foi feito. Eu estava com medo de ser a aluna nova, mas agora é ainda pior. Agora sou a primeira gritante. A que começou tudo. A paciente zero.

Zero, *ha*, euzinha. Sou eu mesma, tudo bem.

— Tem certeza de que está boa mesmo? — Umi* dá tapinhas em meu joelho enquanto fala.

Minha mãe adora contato. Está sempre tocando nas coisas (na parede, no encosto da cadeira ao passar por uma, no pote de pasta Sambal Nyet em cima da mesa, em mim). É como se ela quisesse garantir que somos todos reais.

— Eu estou bem — afirmo. Isso não é de todo verdade. Minha garganta dói e minha cabeça está um tanto pesada, mas e daí? — Quero ir para a escola.

Meu pai solta um resmungo. É o que ele faz. Não é muito de falar. Minha mãe que é a falante. Adora falar e tocar. O que isso faz dele? O resmungão, imagino.

— Por quê? — indaga umi. Desta vez, mexe em meu cabelo. — Por que não fica em casa por mais alguns dias? Só descansa?

— Já foram dias demais — respondo. A gente não tem Netflix, e umi e ayah* programaram para a internet desligar às seis da tarde. Quando está ligada, colocam controles parentais em tudo. Se contasse isso para as pessoas, elas provavelmente achariam que eu tenho 7 anos em vez de 15. — Eu quero voltar.

Agora umi está com a mão em minhas costas. Carícias lentas, para cima e para baixo.

— Sei que sente saudade das suas amigas. Mas talvez... — recomeça ela.

— Eu quero voltar pra escola — corto. — Por favor.

Esqueci. É preciso falar com educação, não é mesmo? Ainda mais com os pais. Umi sempre diz isso. Às vezes esqueço, mas, se me esqueço demais, ayah me lembra. Com o espanador de penas.

Vejo umi olhar para ayah. Está perguntando a ele o que fazer, mas com os olhos. Não com a boca. Ele só resmunga. Queria saber como ela decifra aquilo.

Umi suspira.

— Está bem — cede ela. — Mas não de ônibus. No seu estado atual não quero que nada aconteça com você. Vou pedir para seu tio te levar.

Eu congelo. Não é minha intenção. Só acontece.

— Pak* Su?

Umi faz que sim.

— Ele mora pertinho da gente e a St. Bernadette fica do lado do escritório dele. Não é, Yang?

Ayah resmunga. Está passando o dedo pelo celular, descendo e descendo e descendo.

— Vou ligar para pak Su — continua umi. Desta vez ela soa mais certa. Mais convencida. — Vai resolver nossa vida. Não acha?

— Claro — digo. — Claro.

Mas não importa. Eles não estão prestando atenção. Às vezes as pessoas fazem isso, sabe. Perguntam, mas não se trata da resposta. Só dizem a si mesmos que a pessoa concordou. Isso os faz se sentirem melhor.

É como na vez que me perguntaram se eu queria mudar de escola. Não importava se eu dissesse que sim ou não, apenas que eles perguntaram. É disso que querem se lembrar: "Mas a gente te perguntou".

Só que é provável que tivessem razão. Daquela vez, pelo menos. Ninguém da minha antiga escola sente saudade de mim.

Ninguém quer ficar perto da menina que vê coisas nas sombras.

**QUARTA-FEIRA
TREZE DIAS DEPOIS**

Rachel

Atravesso o dia com uma precisão mecânica, vazia e eficiente, imergindo totalmente nas tarefas que me foram apresentadas. Não quero pensar no dia anterior, em como minha língua se tornou dela com tanta facilidade, em como meu humor mudou de acordo com a vontade dela.

Você está virando a personagem, digo para mim mesma com ferocidade. *É isso o que os melhores atores fazem.* E não me permito pensar em como ela está se tornando eu.

— Você está bem? — Dahlia olha para mim, a sobrancelha arqueada. — Você está toda estranha. De novo.

Dahlia tem atirado farpas em mim sempre que pode, seu jeitinho de me retribuir pela picuinha boba do dia anterior. Com cada patada que ela solta, sinto algo borbulhar dentro de mim, como se a garota de batom cor-de-rosa estivesse só esperando para ser liberta.

— Que foi? É claro que estou bem. Por que não estaria? — Tiro a mão do bolso. A garota de batom cor-de-rosa move minha boca. — Cuida da sua vida.

Concentro-me nas anotações, tentando ignorar o fato de que minhas mãos tremem de modo que a escrita fica um garrancho. Quem se importa? Sério, quem é que se importa com caligrafia, caramba?

Ela levanta as mãos, o lábio superior se curvando em desdém.

— Relaxa aí, ô Speed Racer. Só perguntei porque você está clicando essa porcaria de caneta há, tipo, um tempão? Está me distraindo.

Ela me dá as costas. Olho primeiro para a nuca dela, depois para a caneta preta na mão. Eu estava clicando a caneta? Não lembro.

Os professores estão de olho em mim, sei disso. Às vezes pego a sra. Dev do outro lado de uma sala, e ela está lá só sentada, observando por cima dos óculos, como se procurasse alguma coisa em mim. Mas não me conta o que é e também não me chama de novo para a sala dela.

Elas só estão esperando você estragar tudo de novo, diz a voz de mamãe em minha mente. *Porque você vai. E elas sabem disso.*

A garota de batom cor-de-rosa levanta a cabeça. *Cala a boca*, ordena.

E a mamãe se cala.

Assim que o sinal toca, vou para o auditório de assembleia para o ensaio do Dia da Comunidade. Já estou pensando aonde posso ir depois, onde posso me enfiar a tempo de ensaiar as falas. Como sempre, estou adiantada. Sou cronicamente adiantada para tudo. Além de mim não tem mais ninguém. Por enquanto, pelo menos. De repente sou tomada por uma onda de exaustão. Eu me deito com cuidado no chão perto da escada que leva ao palco, de onde não consigo ser vista por quem passa pelo auditório. Ali encosto a bochecha no concreto gelado. Penso em batom cor-de-rosa, folhas secas e máscaras faciais. *Parece que bateu com a cabeça*, silva a voz de mamãe em minha mente. *Cadê seu senso de decoro? Você só me faz passar vergonha.* Só que não estou nem aí. A voz dela soa muito, muito distante hoje, distante a ponto de ser ignorável. Penso na mamãe verdadeira, em como ela reagiria caso acabasse descobrindo da atuação, ou do C, ou da lição de casa que ando ignorando, e sinto uma tensão na barriga. Solto um grunhido.

— Você está bem?

A voz é grave e familiar. Abro os olhos, e o homem que me pediu para chamá-lo de tio me encara com o que parece ser um semblante tomado de preocupação. Tenho dificuldade em me sentar, as bochechas queimando tanto pelo constrangimento de ter sido pega deitada no chão quanto pela lembrança da última vez que nos vimos e minha tremenda grosseria. Com um balançar de cabeça, rejeito a mão que ele me oferece.

— Não, valeu.

Se a terra acabasse me engolindo neste exato momento, eu morreria de gratidão.

Pelo jeito ele percebe.

— Não se preocupe. Nem sei dizer o número de vezes que quis chutar o pau da barraca e me deitar quietinho no meio do dia. — Ele olha ao redor como se para confirmar que não tem ninguém ouvindo, depois se inclina um pouco para a frente, baixando o tom de voz: — Uma vez, falei para a minha secretária fechar minha agenda porque eu tinha alguns trabalhos importantíssimos para fazer, mas não tinha nada. Eu me tranquei na sala de reunião e tirei uma soneca debaixo da mesa.

O tio parece tão feliz consigo mesmo que o relato me arranca uma risada.

Ele sorri.

— Pronto. Bem melhor assim. — Ele se senta com cuidado em um dos degraus. Eu me pergunto se ele se preocupa em sujar a calça preta listrada e imaculada, ou em arranhar o calçado de couro. — Não era para o ensaio já ter começado?

— Já, já — respondo, olhando as horas. — Você está adiantado.

— E você também.

Dou de ombros.

— Mamãe diz que ser pontual significa chegar dez minutos adiantado.

Ele sorri.

— Conheço algumas pessoas no escritório que poderiam fazer uso desse bom senso. — Ele estica as pernas e suspira. — Você é muito boa no piano. Há quanto tempo toca?

— Desde que eu tinha, tipo, 5 anos? — Lembro-me das perninhas balançando e eu praticando escalas e arpejos enquanto mamãe se sentava a meu lado, régua de madeira em mãos, pronta para dar bordoadas em meus dedos caso eu cometesse um deslize. — Mamãe sempre falou que eu tinha talento para música. Disse que seria um desperdício esperar até eu ficar mais velha para começar. Na verdade, um de seus maiores arrependimentos é não ter conseguido me colocar nas aulas quando eu tinha 4 anos.

— Mas você gosta?

Pestanejo.

— O que disse?

— Você gosta de tocar piano?

Ele me observa com gentileza nos olhos, e me parece novo e estranho ter alguém (que dirá um adulto) que me ouve com esse tanto de atenção, esse tanto de interesse. Fico desconcertada. Enfio a mão no bolso do vestido pinafore e deixo os dedos embalarem o plástico suave da embalagem de batom guardada ali. Eu me pergunto o que a garota de batom cor--de-rosa responderia.

— Tipo, a mamãe fala que...

— Você fala bastante da sua mãe, o que ela diz e pensa. Só quero saber o que você pensa. Como se sente. Gosta de música?

— Eu... *hum*...

Ninguém jamais me perguntou isso. E soa ridículo, mas não sei dizer ao certo se algum dia já refleti acerca de todas as coisas que faço considerando se estou ou não gostando de fazê-las. Eu as faço porque mamãe manda. Isso não basta? Mordo o lábio. A mamãe em minha cabeça sibila: *Ele não sabe de nada. Nada a seu respeito e nada sobre nós.*

— Não tem problema não ter certeza — argumenta o tio, todo gentil. — Não quis dizer nada com isso. Sou só um velho que gosta de falar pelos cotovelos. Não liga.

— Eu... — Antes que possa dizer qualquer coisa, cik Diana se aproxima, sorrindo, com a terceira integrante de nosso trio logo atrás.

— Oi, gente! — cumprimenta ela, vibrando. — Podemos começar o ensaio?

Assentimos, e tudo volta ao normal. Tento esquecer que, por um momento, meu mundo virou de cabeça para baixo.

Khadijah

Estou a caminho da biblioteca, porque é minha primeira reunião na equipe de debate. Talvez eu vomite. Na verdade, estou me concentrando tanto em não vomitar que quase derrubo uma funcionária da limpeza bem do lado de fora das portas da biblioteca. Quero pedir desculpa, mas nada sai. Só me resta colocar as mãos juntas em um gesto de perdão e torcer para que ela compreenda. A senhora não diz nada. Nem sequer olha para mim. Só continua a varrer, varrer e varrer as folhas espalhadas por todo o calçamento.

Faço uma pausa para respirar. Tento me recompor antes da reunião. Fui rezar a Isyak no surau* da escola, na esperança de que atos de ablução e adoração ajudassem a me acalmar. Só que não há dúvidas de que não funcionou tão bem quanto eu esperava. *Segura a onda, Khadijah, segura a onda.* Aí empurro as portas, abrindo-as, e entro, o som da vassoura retumbando em meus ouvidos muito tempo depois de ela sair de vista.

As garotas estão na sala dos fundos. Clare, a bibliotecária, a chama de "sala de referência". O que significa que o lugar tem alguns computadores jurássicos que levam meia hora para ligar.

Os únicos livros aqui são empoeirados, uns tijolões que falam de coisas como culturas mundiais e história. É praticamente garantido que ninguém vai nos incomodar.

Tudo o que quero é descobrir mais de Julianna.

E olha só onde eu vim parar.

Sento-me em um dos cantos da mesa comprida. Seguro a mochila contra o peito, como se fosse um escudo. Se eu proteger a região, talvez elas não se deem conta do quanto está subindo e descendo, de como meu coração está batendo com força. À direita estão as outras duas substitutas. Nenéns de 14 e 15 aninhos, a garotada do nono ano. Puan Ani sempre escolhe substitutas do nono ano.

— É bom para treinar — justifica. — Faz com que elas se acostumem às competições, dá um gostinho de como é.

Sou a única que ela deixou entrar direto.

As meninas se apresentam. Dou uma batidinha em minha etiqueta para mostrar a elas como devem me chamar. Uma se chama Anu e a outra, Erni. Assim que as gentilezas acabam, elas falam entre si em sussurros abafados. De vez em quando, acho que pego as duas olhando para mim. Não sei afirmar se estão impressionadas ou horrorizadas com minha presença. Tenho bastante certeza de que nunca vou conseguir saber quem é quem entre elas.

Diante de mim estão as três debatedoras principais. Duas delas, Rania e Felicia, eu já conheço. São descaradamente curiosas, mas amigáveis.

A terceira é Siti.

Siti e eu debatemos juntas no ano anterior. Ela era a primeira oradora. Eu, a terceira. Nossa segunda oradora, Louise, agora está vivendo felizona na Califórnia. O pai dela levou a família toda para lá depois que conseguiu algum emprego chique no

Vale do Silício, na área de tecnologia. Existem três informações valiosas para saber a respeito de Siti. Primeira: ela não está nem perto de ser uma oradora tão boa quanto pensa ser. Segunda: Siti sabe que sou *tudo* aquilo que ela deseja ser. Terceira: ela me odeia por isso.

Por trás da mochila, encolho-me ainda mais. Queria que Sumi e Flo estivessem aqui. Queria parar de sentir essa urgência de fazer xixi. Queria ter arrumado uma desculpa diferente, qualquer coisa que não fosse o bilhete que enfiei toda afoita nas mãos da sra. Beatrice.

Ela até sorriu. Elogiou meu "comprometimento com a escola".

Puan Ani entra com tudo, os braços cheios de livros. Nunca na vida a visão de uma professora me deixou tão grata.

— Oi, oi! Estão prontas para começar, meninas? Desculpem-me pelo atraso. Aquela garotada da Cempaka 3 levou uma vida no teste. Enfim, agora estou aqui. Podemos começar. — Ela coloca os pertences na mesa. Está ofegante e sorridente. — Antes de mais nada, vocês se lembram de Khadijah, tenho certeza. Khadijah vai nos ajudar com estratégia e pesquisa, e estou certa de que todas nós estamos muito felizes em tê-la aqui.

Ela olha ao redor da mesa, toda encorajadora. As outras murmuram um "Sim" em níveis diferentes de entusiasmo. Siti cruza os braços e mantém a boca bem fechada.

Puan Ani pigarreia.

— Prestem atenção, meninas. Sei que a esta altura da temporada de competição é um pouco incomum inserir o que é, em essência, uma terceira substituta, mas este ano as nacionais são importantíssimas, e a sra. Beatrice expressou com muita convicção que Khadijah deveria integrar a equipe, devido ao papel que ela desempenhou nos anos anteriores. Não dá para dizer que é culpa dela que... devido às circunstâncias... não conseguiu ser tão participativa neste ano.

Sinto o corpo todo contrair. Ela tinha mesmo que mencionar as circunstâncias?

Rania abre um sorriso amplo e amigável.

— Eu, por exemplo, estou muito contente por você estar aqui — afirma ela. — Acho que toda ajuda que recebemos é bem-vinda.

— Aham, ouvi falar que a St. Gabriel também vai pras nacionais, e aqueles meninos se acham. Perasan nak mampus — comenta Felicia. *Metidos até não poder mais.* Depois adiciona com um sorrisinho: — Eu ia amar se a gente acabasse com eles. Seja no debate ou fora dele.

Do outro lado da mesa, Siti curva os lábios em um sorriso. No mesmo instante, fico em alerta. Não é um sorriso amigável nem receptivo. É um sorriso perigoso.

Ela começa, a voz carregada de sinceridade:

— Ah, sim, puan Ani. Como líder da equipe — ao falar isso, ela passa o olhar por mim bem rapidinho —, estou feliz de ter Khadijah com a gente ajudando com as pesquisas. — Ela acha que não percebo a ênfase? — E, claro, nós todas devemos tomar muito cuidado para não trazer à tona o incidente. Afinal de contas, não queremos deixar Khadijah desconfortável.

Ouço o coração martelando nas orelhas. Muitas vezes considerei quantas pessoas sabiam, quantas pessoas olharam para mim e pensaram: *Lá vai aquela garota. Sabe,* aquela. Talvez seja de conhecimento geral.

— Esse é o espírito, Siti! — Puan Ani parece contente com a forma como a equipe está se dando bem. Todas sendo tão gentis com a coitada da Khadijah, arrasada e calada. Acho que talvez eu vomite bem aqui, por cima da mesa. — Que jeito mais adorável de dar as boas-vindas para alguém retornando à equipe. Estou bem confiante de que estaremos preparadas para derrubar qualquer adversário!

— Claro que sim! — Agora Siti está sorrindo. *Que cobra*, penso. *Uma cobra com os olhos cravados na caça.* — Ainda mais agora que temos a formação mais forte que há. Nem um único elo fraco. Nem mesmo um. — Ao dizer essa parte, ela olha direto para mim. — A esta altura todas nós sabemos o que fazer, e estamos confiantes a ponto de falarmos alto quando é preciso. Não é mesmo, garotas?

Há cabeças assentindo e murmúrios de concordância. Ninguém se atenta ao fato de que Siti está falando de mim. Que está me chamando de fraca. Que está zombando de mim por não falar.

— Tudo bem, então — concorda puan Ani, contente, como se nada tivesse acontecido. — O tópico da rodada seguinte é: "A natureza é mais importante do que a criação". E hoje e amanhã vamos coordenar os argumentos de defesa antes de passarmos para a oposição.

Do outro lado da mesa, Siti faz toda uma ceninha de empurrar o caderno dela em minha direção.

— Aqui, Khadijah — oferece sorrindo, meiga. — Você pode dar uma olhadinha nas minhas anotações pra ver do que a gente já falou.

Assinto e depressa passo o olho pelas anotações. Siti ainda tem o costume de pontuar os *is* com coraçãozinhos. Todo o restante é bem tranquilo de compreender. Devolvo o caderno e deixo a onda de falatório tomar conta de mim até puan Ani dizer:

— Parece bom para você, Khadijah?

O som de meu nome me faz pular, e olho para ela com cara de dúvida.

— Perguntei se parece bom para você? — repete ela.

Só que não consigo responder. Porque não tenho a menor ideia do que ela está falando.

— Acho que ela não estava ouvindo, cikgu — intervém Siti. O lábio superior dela se curva um tantinho para trás. E, bem baixinho, adiciona: — E se não está prestando atenção nem falando, de que serve pra gente?

— Siti, calada — repreende puan Ani.

— Eu só estava dizendo que — intervém Rania depressa enquanto a expressão de Siti fica sombria —, considerando que é a primeira vez que faço parte mesmo da equipe, queria saber se você, Khadijah, poderia dar uma olhada nos meus discursos quando eu terminar? Qualquer apontamento pra deixar as argumentações mais sólidas seria ótimo, sabe?

— Eu também ia adorar — acrescenta Felicia, assentindo, ansiosa. — A gente realmente só quer dar nosso melhor. Pode nos ajudar?

Novamente todas olham para mim. Desta vez, no entanto, pelo menos os olhos delas são suplicantes em vez de frios. Faço que sim com a cabeça, o que provoca um sorriso nas garotas, como se eu tivesse acabado de dar a elas o melhor presente do mundo.

— Maravilha — conclui puan Ani, amontoando os livros e papéis. — Estou ansiosa para dar uma olhada nos primeiros rascunhos amanhã. Siti, talvez seja uma boa ideia que você faça o mesmo e deixe Khadijah verificar seu discurso.

Pela cara de Siti, ela preferiria comer vidro.

— Ótimo trabalho hoje, meninas. — Puan Ani se levanta. — Amanhã vamos nos reunir aqui de novo, no mesmo horário.

Lembrem-se: aquele treinador de debate de quem eu estava falando vai dar uma passadinha aqui nos próximos dias para começar a trabalhar com vocês. E, Khadijah... — Ela sorri para mim com gentileza. — É bom ter você de volta, independentemente da sua função. Até mais, gente.

Siti espera até que puan Ani tenha saído antes de se voltar para mim. Seu rosto grita desprezo.

— Só pro caso de não ter ficado claro. Só pro caso de não ser óbvio pra você, sua presença não é tão necessária assim aqui. — Ela pronuncia cada palavra com tamanha clareza, tamanha nitidez, que a sensação é de ser esbofeteada. — A gente está concentrada em ganhar e conseguir o título nacional pra St. Bernadette. Não podemos nos dar ao luxo de sermos seu depósito de traumas, sua rodinha terapêutica, ou seja lá o motivo pelo qual está nos usando. Vai fazer uma terapia, ou encontrar um outro buraco pra resolver seus dilemas, e deixa a gente de fora disso.

Depois do longo discurso, ela arremessa o rabo de cavalo comprido e liso por cima do ombro e sai andando.

As outras garotas trocam olhares. Erni hesita antes de colocar a mão com delicadeza em meu braço. É só então que me dou conta de que estou tremendo.

A preocupação dela parece genuína.

— Você está bem, kak Khadijah?

Não sei ao certo se estou. Só que transmitir isso requer palavras. Então apenas dou de ombros.

— Ela não quis dizer... — começa Felicia.

— Ela quis, sim — contrapõe Anu, baixinho, de braços cruzados e lábios comprimidos. — É sempre assim com ela. Pode ser boazinha quando quer, mas, quando não quer, kak Siti é maldosa.

— É só que vencer é muito importante pra ela — defende Felicia. — Não é pra todas nós?

— Ya. A questão é que a gente não age feito idiota por causa disso — responde Rania. — Nem esquenta a cabeça com ela, viu, Khadijah? A gente está do seu lado. Vamos tentar manter a outra lá na linha. E eu, pelo menos, estou muito feliz por você estar aqui pra nos ajudar.

— Eu também estou — ecoam ao redor da mesa.

Pela primeira vez em todo o encontro, sorrio de verdade para todas.

Saímos da biblioteca juntas. As paredes da St. Bernadette parecem brilhar, devido à claridade da tarde. No entanto, não consigo afastar o sentimento de que há algo sinistro logo abaixo da superfície. Algo ameaçador. Do mesmo modo que um tamboril balança uma luz para atrair a caça antes de fazer picadinho dela naqueles dentes afiadíssimos. As garotas conversam, e o dia continua claro, e as folhas são esmagadas debaixo dos nossos pés.

Folhas sendo esmagadas…

Franzo o cenho. A funcionária de mais cedo não varreu as folhas no calçamento? E, olhe só, aqui estão. E são tantas que mal dá para ver o pavimento.

Balanço a cabeça bem rápido. *E daí, Khad? É provável que o vento tenha arrastado mais folhas*, digo para mim. *Deixa de ser paranoica.*

Contudo, à medida que caminho até a cantina para encontrar Sumi e Flo, é difícil não notar que não há nem um rastro de brisa no ar. Não há vento, nem mesmo um sopro.

Encontro minhas amigas na cantina, de cabeças próximas. Sumi está de costas para mim, mas enxergo o rosto de Flo. Está bizarramente sério. Aceno, mas ela não parece ver. Conforme me aproximo, ouço-as conversando. Estão brigando? Flo joga as mãos para cima e diz:

— Você não pode falar uma coisa dessas! Sabe que a gente precisa fazer o que estiver ao nosso alcance. Sabe que ela está fora de si agora. A gente já falou disso.

De mim. Estão falando de mim.

Sumi esfrega o rosto com a mão. Mesmo ela estando de costas, consigo imaginar sua expressão. Em como está de saco cheio, frustrada.

— Não era isso que eu queria, sabe — argumenta ela. Pouquíssimas palavras, mas cada uma delas se finca em meu peito como um dardo envenenado. — Só quero que a gente volte a ser como era...

— Khad! — exclama Flo quando, por fim, me vê. Ela acena para mim.

Sumi se vira e, por um milésimo de segundo, vejo o completo desânimo em seu rosto. Só por um segundinho. Depois disso, ela abre o sorriso de sempre e me oferece um cumprimento de soquinho.

— E aí, karipap? — diz ela.

Movo a boca para algo próximo a um sorriso. Não sei o que fazer, o que sentir. Imagino que meu humor seja óbvio. Flo e Sumi trocam um olhar.

— Nós temos novidades — informa Sumi, chegando mais perto e baixando a voz até virar um sussurro conspiratório.

É mais forte que eu. Recuo quase por instinto. Algo reluz nos olhos de Sumi, mas ela não diz nada.

Encaro Flo, e há uma pergunta em minha sobrancelha arqueada.

— Ela voltou — conta. — A primeira gritante voltou.

As duas continuam falando. Empolgadas, cheias de energia. É um novo caminho a ser seguido. Uma chance de arrancar a história da paciente zero em carne e osso. Porém, de algum lugar da escola, o som de algo sendo varrido surge outra vez. E, durante um longo tempo, é tudo o que consigo ouvir.

Rachel

No caminho para casa, ainda estou pensando naquela conversa com o tio, na sensação estranha que é ter alguém se importando e fazendo perguntas, e depois demonstrando interesse no que tenho a dizer. Houve um acidente na estrada e o trânsito se moveu a passo de formiguinha. Quando pakcik Zakaria me deixou em casa, já estava quase de noite e eu, exausta. Cansada demais até para comer. Com um aceno, dispenso as tentativas de kak Tini de me servir o jantar e vou direto para o banho.

Depois, usando minha camiseta larga mais confortável e a calça de moletom mais macia, de cabelo ainda molhado, sento-me à escrivaninha. Tiro todas as tarefas da mochila e as organizo com destreza na mesa, perfeitamente alinhadas, uma seguida da outra. Todos os professores dizem alguma versão da mesma coisa conforme nos atolam de trabalho.

"Este ano não vamos pegar leve com vocês. Agora é o momento de dar duro e se esforçar. A St. Bernadette tem uma reputação a ser mantida. Deixem os pais de vocês orgulhosos. Pensem no futuro."

Eu me forço a pegar a caneta e começar, cada etapazinha de lição de casa um paralelepípedo pavimentando o caminho que mamãe quer que eu percorra rumo ao futuro que ela dita para mim. Penso na garota de batom cor-de-rosa, no que diria, no que faria. Que futuro ela imagina para si, para mim, para nós.

Ouço um barulho do lado de fora, uma movimentação, e aí uma batidinha que me assusta a ponto de me arrancar dos devaneios. A tarefa segue intocada na escrivaninha. Meu cabelo está quase seco. Há quanto tempo estou sentada aqui?

— Pode entrar — respondo, sabendo que não é mamãe, que entra no quarto sem bater quando bem entende, para ver se estou estudando, se estou sendo a Rachel boazinha e obediente.

A porta é aberta devagar, e kak Tini enfia a cabeça para dentro.

— Rachel, nak buah? — pergunta ela, querendo saber se eu gostaria de comer fruta e gesticulando para o prato que segura em uma das mãos, cheio de uvas, maçãs fatiadas e gomos de laranja, tudo cortado com cuidado.

Consigo abrir um pequeno sorriso.

— Tudo bem — respondo. Logo depois volto a atenção para as anotações. Ela coloca o prato na mesa sem fazer nenhum alarde. — Terima kasih, kak — acrescento, o agradecimento abafado pela uva que acabei de enfiar na boca. *Obrigada, mana.*

Mastigo e mastigo e mastigo até que, de repente, percebo que a leve doçura da fruta já não é mais leve nem doce. Tem arestas pontudas e é fina como papel, e, quando cuspo, não é uma uva, mas uma folha, e aparece outra, e mais outra; minha boca está cheia de folhas, marrons e secas, e sou inundada por um cheiro úmido e bolorento — a sensação é a de que estou sendo enterrada viva, e as folhas não vão parar de sair de minha boca. Engasgo e balbucio e tusso e me pergunto se é assim que vou morrer...

Então alguém está me chacoalhando, com força. Enfim abro os olhos e percebo que não passou de um sonho, um ridículo e horroroso sonho, e a mão que me sacode pertence à kak Tini, que meio que soluça em pânico enquanto grita:

— Rachel! Rachel, bangun! Rachel! Pare, Rachel!

Levante-se.

Estou na escrivaninha, a cabeça latejando, a pele úmida de suor. Era para eu estar escrevendo uma redação, lembro, os pensamentos voltando tão lentos quanto lesmas. Deveria estar analisando um romance para a aula de Bahasa Melayu. Olho ao redor e me dou conta de que meu caderno e o livro estão no chão. Tudo o que estava na escrivaninha se encontra no chão. E minhas mãos, me dou conta, estão doloridas. Andei me batendo e me debatendo enquanto dormia.

— Rachel? — chama kak Tini, os olhos preocupados.

Por um tempo tudo o que faço é encará-la. Em seguida, levo a mão à boca e a tateio, quase arrancando as partes internas, convicta de que ainda há folhas à espreita nas profundezas, até que kak Tini dá um gritinho.

— Pare, Rachel, pare!

Afasto as mãos e me concentro em tentar desacelerar a respiração.

— Desculpa — peço, arquejando. — Desculpa, kak Tini.

Ela dá um passo para trás, como se eu a assustasse.

— Vou buscar um pouco de água para você — anuncia e sai a passos rápidos do quarto, olhando por cima do ombro de vez em quando como se eu fosse correr atrás dela.

O único som no quarto é o de minha respiração rouca.

QUINTA-FEIRA
QUATORZE DIAS DEPOIS

Fatihah

Voltar é… bem, é… Como descrever? É aquela palavra lá, sabe. Ala. Você conhece. Qual era mesmo? Nos últimos tempos, palavras têm sido um problema. Nos últimos tempos, tudo tem sido um problema. Estou tão cansada. É difícil dormir.

Do que eu estava falando?

Que estranho. É isso. Essa é a palavra. "Estranho."

Não tem nenhuma festa de boas-vindas nem nada do tipo. Nenhum sorriso de felicidade. Nenhuma amiga que vem correndo e diz: "Estou tão feliz que você voltou! Senti sua falta!". Mas isso é compreensível, né? Eu era a aluna nova. Ainda sou a aluna nova. Cheguei a esta escola faz três semanas. Não deu nem um mês. Chego aqui e o que eu faço? Grito.

Mas, sabe, eu as sinto me observando. Todos aqueles olhos voltados em minha direção. Não gosto. Não gosto mesmo. Gostava de como era antes. Ninguém me notando. Esquecendo de que eu estava presente. É melhor do que parece. Pacífico. Era assim, antes. Na outra escola. Antes de ficarem sabendo o que eu conseguia ver.

Agora as pessoas observam. E se aproximam. E fazem perguntas. Do tipo: "Como está?" e "Como está se sentindo?". É tudo muito educado. Certeza de que na casa delas também tem espanadores de pena. Por trás das perguntas gentis e adequadas, ouço as verdadeiras. As do tipo: "O que aconteceu?" e "Qual foi a sensação?" e "Você ficou com medo?".

Não sei por que não perguntam na minha cara. Eu responderia. Bem assim:

O que aconteceu? Eu estava sentada à carteira, tipo, normal. Tentando terminar a lição de matemática. Minha carteira fica no canto do fundo. Uma parede na lateral e outra atrás de mim. Gosto de lá. É quietinho. A professora explicava alguma coisa. Não, não lembro o nome dela. Não levo jeito com nomes. Nem com a parte de lembrar. Enfim, ela explicava alguma coisa. Falava pra caramba. Falava, falava, falava. Era difícil prestar atenção. Eu fui ficando sonolenta. Depois do intervalo sempre fico meio assim, mas aí ergui o olhar e vi. A sombra. Toda enorme e escura, perto do teto. Eu a encarei por um longo tempo. Pensei que talvez tivesse um rosto. Agora, no entanto, não tenho certeza. A sensação que tive foi a de que estávamos em uma competição de quem piscava primeiro. Eu não queria saber o que aconteceria caso perdesse. Então continuei encarando. E a coisa ficou maior e maior. Queria gritar para minhas colegas de turma, sabe? Todas aquelas outras meninas fazendo cálculos. Queria perguntar a elas: *Não estão vendo? Não estão vendo?* Como que elas não enxergavam? Mas acho que a coisa sabia o que eu estava pensando. Porque, quando abri a boca, ela saltou sobre mim, bem do nada. E aí tudo o que fiz foi gritar, mas também me arranhei. O professor me contou. Ele me mostrou. Marcas compridas e vermelhas descendo pelo meu braço. Minha culpa. Como um gato, sabe? Um gato que acabou encurralado.

Por um tempo não lembrei todas essas coisas, mas então começou a ressurgir na mente em fragmentozinhos. Eu os conectei como peças de um quebra-cabeça. Sou boa nessas coisas. Muito boa. Posso gastar um bom tempo sentada, apenas descobrindo como todos os formatos se encaixam. Paciência, é isso o que exige. Sabar. Sabar itu separuh daripada iman. *A paciência é metade da fé.* Algo que minha mãe me ensinou.

O que eu senti? Frio.

Foi assustador? É. *Hum.* Acho que talvez seja para alguém desacostumado, mas não era novidade para mim. Já vi essa sombra antes.

As garotas, elas gostam de conversar. Eu as escuto falando o tempo todo. De coisas assustadoras nos corredores. Da terceira cabine no banheiro. Da mulher lamuriosa que se ouve tarde da noite. Só que elas falam disso como se fossem histórias. Tudo cartunesco. Presas enormes de vampiro e sangue nas paredes. A escola tem fantasmas, mas, bem, ninguém entende. Não chegam a ser fantasmas de verdade. A escola tem memória. Está toda lá, gravada na base. Mergulhada nas pedras. Enterrada no cimento. Tudo o que a escola já viu, tudo. Ao longo de mais de um século. Quando as garotas falam de ver fantasmas, é disso que estão falando: as lembranças da escola.

Só que a sombra é diferente. Ela me segue. Tem me acompanhado desde a escola antiga. Fez as pessoas pensarem que eu não batia bem da cabeça. Gila* era como me chamavam, a garota louca de pedra com as sombras na cabeça. Achei que acabaria indo embora, mas, para onde vou, ela vai atrás. Então deve ser verdade. Pirada, pirada. Apenas meninas piradas tentam fugir da própria sombra.

Enfim, ninguém faz esse tipo de pergunta, mas é isso o que eu responderia. Caso perguntassem.

Rachel

Quando acordo, minha garganta está seca e arranhada, como se eu tivesse passado a noite toda engolindo lixa.

Ou folhas secas.

Eu me levanto, tomo banho e me apronto para a escola. Eu me certifico de que todos os livros estão na bolsa, enfio as lições de casa atrás deles, deixando-as fora de vista em uma tentativa de ignorar os espaços em branco nos quais deveriam estar as respostas. Eles vão me perdoar, digo a mim mesma. Vão, sim. É um acontecimento isolado. Quando pararem para olhar, já estarei em dia. Sou Rachel Lian.

Arrumo a cama, depois a arrumo outra vez, garantindo que cada cantinho está completamente perfeito, que meus travesseiros estão afofados na medida certa. Dou uma geral em tudo na escrivaninha, enfileiro cada coisa no exato lugar.

Antes de sair, prendo o cabelo para trás com todo o cuidado, fazendo o rabo de cavalo de sempre e garantindo que a risca esteja bem no meio. Dou uma olhada no reflexo no espelho. As olheiras estão tão escuras quanto hematomas arroxeados, como se eu tivesse levado um soco, mas, tirando isso, tudo certo.

Limpa e arrumada e, acima de tudo, normal. Completamente normal. *É com a normalidade*, digo para mim mesma, *que vou afastar as sombras da noite anterior*. É com a normalidade que vou voltar para minha vida, para minha verdadeira vida como Rachel Lian. Como sou.

Só que algo no modo que me olho no espelho me deixa desconfortável. Como se estivesse usando um uniforme pequeno demais, ou dois pés esquerdos nos sapatos, ou como se houvesse uma etiqueta em algum lugar no meu top, causando coceira. Eu procuro e procuro e procuro, mas não consigo entender o que está me deixando inquieta. Até que por fim desfaço o penteado e divido o cabelo em duas marias-chiquinhas baixas. Vasculho a gaveta da escrivaninha e enfim a encontro, uma fita que veio ao redor de uma caixa de presente em meu último aniversário. Pensei que ganharia um celular. Em vez disso, minha mãe me deu ingressos para um recital, dizendo que eu poderia aprender muito com o pianista caso assistisse com muita atenção e me esforçasse mais.

Tomando cuidado, corto a fita ao meio. Em seguida faço um laço, enrolando cada metade ao redor das duas marias--chiquinhas.

Olho no espelho mais uma vez e no mesmo instante sou tomada por alívio. *Isso parece combinar*, penso. *Parece minha cara*. Assim, vou para a escola com o coração mais leve, a escuridão da noite, esquecida, o gosto amargo das folhas na língua, o fantasma de uma lembrança, como se tivesse acontecido com outra pessoa.

O sentimento de alívio se intensifica quando chego à St. Bernadette. Saio do ar-condicionado congelante do banco traseiro do carro e adentro no calor da escola, e é como se eu estivesse sendo abraçada. *Uma escola não pode lhe abraçar*, diz a voz de mamãe em minha cabeça, soando quase raivosa. *Uma escola não pode lhe amar*. Só que a St. Bernadette me ama. Sei que ama. Posso sentir.

— Tenha um ótimo dia, Rachel — diz pakcik Zakaria.

— Pode deixar — respondo.

É claro que terei. Estou aqui, no meu lugar.

— Que bicho te mordeu? — pergunta Dahlia na aula, torcendo o nariz, a sobrancelha arqueada, e abro um sorriso sabichão.

Agora eu sei. Sei que ela não é importante, que é insignificante, inferior. Não se trata de eu ser melhor. A questão é que ela não tem importância mesmo. E, quando vejo algo mudar nos olhos dela, sei que Dahlia também sabe disso.

Por algum motivo, no entanto, mesmo com a confiança lá no alto, com esse sentimento de que estou onde deveria estar, algo estranho acontece. O dia começa a fugir de meu controle. Pisco e já estamos no segundo período. Baixo o olhar e meu livro está tomado de anotações que não me lembro de ter feito, em uma caligrafia que nem sequer se assemelha à minha. Pisco e a sra. Dev está me dando um sermão por uma tarefa que não posso entregar, uma que nem tentei fazer. Pisco de novo e estamos voltando para a aula após o intervalo, meu hálito com o gosto de uma sopa de macarrão que nem me lembro de ter comido. Pisco mais uma vez e estou na metade da descida da escada, a mochila no ombro, indo para… indo para…

Paro em meio a um degrau. Jorram garotas ao redor, subindo e descendo, mas o caos costumeiro do pós-aula reduziu bastante agora que tantas não estão aqui.

Para onde estou indo?

Leva um tempo até a resposta aparecer. Ensaio. Ensaio do Dia da Comunidade. Claro, é para lá que estou indo.

Sigo para o auditório bem devagar, as fitas brancas esvoaçando na brisa. Minha confiança tranquila está se dissipando depressa. Parece que estou à deriva, como se tivesse sido lançada ao mar antes de estar pronta.

O que aconteceu comigo hoje? Por que não lembro?

Como sempre, estou adiantada. Só que não sou a mais adiantada. O tio está sentado nos degraus do palco, apoiado no cotovelo, mexendo no celular. Quando entro, ele ergue o olhar e seu rosto se abre em um sorriso.

— Olá, olá — cumprimenta ele. — Só você e eu, que novidade.

— Você está mais adiantado do que eu desta vez — comento.

Ele assente, sério e com os olhos brilhando.

— Alguém muito mais esperto do que eu me disse que ser pontual significa chegar dez minutos adiantado.

Olho para o relógio.

— Mas são vinte e dois minutos adiantados.

— Melhor ainda. — Ele sorri. — Em especial se me dá mais tempo para jogar conversa fora com minha jovem amiga.

Coloco a bolsa no chão e me sento com as pernas cruzadas em borboleta, encarando-o. Há algo reconfortante na presença dele. Talvez só seja legal estar perto de um adulto que me trata como uma pessoa, que não está esperando algo de mim, que não está decepcionado comigo, que parece feliz só de conversar comigo.

— Você está linda hoje — elogia ele, apontando para meu cabelo. — Gostei do penteado.

— Obrigada. — Sinto as bochechas corando. Não é comum eu ser elogiada. E menos ainda por minha aparência. — Obrigada — repito, constrangida e incerta, o que o faz rir.

— Não há de quê. — Ele se inclina como se para dar uma olhada mais de perto. — E isso que você está usando é... batom?

Fico imóvel.

Ele não parece notar.

— Está ótimo... lindo, para dizer a verdade... mas não sei dizer se seus professores aprovariam.

Batom? Estou de batom? Ergo a mão para tocar a boca, depois a afasto com tudo, como se pudesse me queimar.

— Com licença — balbucio, levantando-me em um piscar de olhos. — Preciso ir ao banheiro.

O tio também se levanta, o rosto marcado pela preocupação.

— Você está bem? — indaga. — Precisa de ajuda?

É difícil não contrastar o tanto que ele se importa comigo em comparação com minha mãe, que se importa tão pouco.

— Eu estou bem. Com licença.

Quando entro no banheiro, duas garotas estão de saída. Ao passarem, elas param de falar por um breve momento. Não consigo interpretar a expressão no olhar delas, mas sei muito bem o que significa quando garotas começam a sussurrar no momento em que damos as costas para elas.

No espelho, meu rosto está pálido; minha boca, rosa brilhante.

Quando foi que passei o batom?

Pego um lencinho no bolso e esfrego e esfrego e esfrego até que meus lábios fiquem sensíveis. Minhas mãos tremem, e há manchas de batom por todo lado. Parece que sou algum tipo de monstro. Eu me encaro no espelho.

— Quem é você? — sussurro.

A garota no espelho estica uma das mãos para acariciar meu rosto. Os dedos dela são frios, e como resposta sinto calafrios nos braços.

— Presta atenção — responde ela.

Fecho os olhos. Quando volto a abri-los, vejo apenas o meu reflexo, mas escrito no espelho em batom rosa brilhante há três palavras:

SALVE A GENTE

Khadijah

A primeira gritante voltou. A primeira gritante caminha entre nós. Apenas mais uma garota em um mar de garotas vestindo uniforme escolar, dando risadinha por trás de livros durante as aulas, formando fila para pegar comida na cantina. Ela deu início a tudo isso, a toda a ansiedade e o medo. E agora está aqui.

E preciso encontrá-la.

O dia todo minha cabeça rodopia e rodopia em torno dos mesmos pensamentos. Ao meu redor, as alunas tomam nota. Desenho diagramas complicados com linhas interseccionadas entre PRIMEIRA GRITANTE e JULIANNA, mapeando tudo o que aprendi e o que preciso aprender. Estou febril, inquieta. Deve existir alguma conexão. Só pode. Mas ela não desapareceu, a primeira gritante. Ainda não. Será que vai? Se eu desvendar tudo isso, posso evitar que aconteça com ela? Com Aishah?

O problema, penso enquanto as minhas colegas recitam surahs a meu lado, *é que ainda sei muito pouco de Julianna*. Até então, foi tudo um beco sem saída. As pesquisas no Google. Sasha A. O sr. B.

Minha caneta para ao lado do nome dele. Reflexiva, aperto a parte superior do objeto, várias vezes. Esta escola é antiga, muito antiga, uma escola com uma reputação boa. É comum os professores fazerem carreira em instituições como esta. Deve haver mais deles. Lógico que sim. Mais professores que acabam ficando. Que se lembram do que aconteceu há nove anos. Que não se importariam de conversar comigo.

Clico a caneta uma última vez, emitindo um som alto e triunfal.

— Pois não, Khadijah? Tem algo para acrescentar? — pergunta a professora. Ela não parece muito esperançosa. Nego com a cabeça. — Mas é claro que não.

Não estou nem aí. Ela só está aqui há três anos no máximo. Não é dela de que preciso. De soslaio, vejo Sumi e Flo tentando chamar minha atenção. Tentando ver o que estou fazendo, perguntar o que está rolando. Finjo que não as noto. Finjo que não sinto uma pontada quando penso na versão de mim que elas querem que eu seja. Para a qual não consigo voltar.

Em vez disso, concentro-me nas anotações e ignoro tudo o mais ao redor. Então, começo a planejar.

Depois da escola, armada com o anuário surrupiado, dou início à missão.

Primeiro passo um pente-fino nas páginas de professores, encarando cada rostinho. Está calor do lado de fora. O suor deixa rastros gelados debaixo de meu hijab e faz meus olhos arderem. Naquela época, havia vários professores mais velhos, na fila da aposentadoria, talvez. Poucos parecem familiares. Estou começando a ficar frustrada. Nove anos não é tanto tempo assim. Com certeza alguém deve ter continuado ali. Alguém além do sr. B.

Quando enfim termino a análise, tenho duas professoras, uma dor de cabeça e uma mente obstinada a encontrá-las.

Sim, eu deveria estar na biblioteca junto da equipe de debate, em vez de me escondendo aqui, logo atrás dos arbustos da Casa Brede. Escolhi este lugar em específico porque ninguém (bem, neste caso "ninguém" significa "Sumi ou Flo") pensaria em me procurar aqui. E também porque fica do lado de fora. Pelo menos aqui tem algum espaço. Alguma distância das paredes de tijolo que parecem te ouvir, das sombras que parecem chegar um pouquinho perto demais.

Levanto-me para sair. Então paro onde estou. E dou meia-volta.

Eu poderia jurar que escutei alguma coisa. Algo vindo do prédio atrás de mim. E, enquanto observo a fachada descascando, estou quase certa de que vejo um movimento por trás do vitral manchado acima. Observando-me.

Congelo.

Mas, seja lá o que for, desapareceu. E não tenho tempo para ficar me preocupando com o fantasma da Casa Brede, ou qualquer coisa que possa ter sido. Tenho uma missão a cumprir.

O primeiro nome leva a nada. Ela está grávida e de licença-maternidade. Por estas bandas tem sempre alguém de licença-maternidade. O que significa que sobra apenas um nome.

Entro na sala dos professores e vou até a mesa dela. Então hesito, insegura. Não cheguei a pensar de verdade no que fazer depois desta parte, mas é tarde demais. Ela ergue o olhar.

— Pois não? — pergunta, franzindo um pouco o cenho e olhando por cima dos óculos.

A professora usa o crachá preto, seguindo as normas, preso um pouco torto na blusa de manga comprida. Letras brancas formam o nome dela. SRA. DEV.

— E aí, menina? — Ela suspira, já impaciente, já fatigada. — O que foi? Desembucha, hein?

Coloco o anuário com cuidado na mesa. Viro as páginas. Aponto para Julianna. Ainda há um círculo ao redor do rosto dela, da vez em que estive na sala do sr. B. Cutuco a foto. Uso o dedo para sublinhar o nome dela. *Fale de Julianna Chin.*

É tão pequeno, tão minúsculo. Talvez eu não percebesse se não estivesse observando com tanta atenção, mas, à medida que a sra. Dev se dá conta de para quem está olhando, vejo seu rosto mudar. Só um pouquinho.

— *Hum*, sim. Essa menina. — Ela se ocupa com uma pilha de folhas de atividade preenchidas. Pega uma caneta vermelha de um porta-lápis no formato de um bicho-preguiça. E, quando volta a falar, sua entonação é indiferente de um jeito suspeito: — Era aluna daqui, imagino. Por quê, hein?

Pego o caderno e a caneta. Escrevo: *Me conta o que aconteceu com ela.*

A sra. Dev lê, depois olha para mim. Então a ficha cai.

— Ah, então é você. A garota que não fala.

Assinto.

— Bom, garota que não fala… — prossegue e, quando batuco em meu crachá, ela passa os olhos por meu nome. — Khadijah. Não tenho certeza do motivo da pergunta, mas durante o ano eu dou aula para várias turmas, cada uma delas com quase quarenta alunas. Mal me lembro de com quem posso ter interagido no ano passado, que dirá de alguém há tanto tempo assim.

Escrevo tomada pela fúria, minha letra quase ilegível. *Ela desapareceu. O que aconteceu?*

A sra. Dev dá de ombros, ainda sem me encarar nos olhos.

— *Hum*. Imagino que ela possa ter fugido? Vocês, adolescentes, são um mistério e tanto para mim. Agora, por favor, Khadijah. Estou cheia de coisas para fazer aqui.

Meus dedos trêmulos dificultam cada vez mais a escrita. *Por que a escola não contou pra gente que garotas gritaram no passado?*

— Grito, que grito? — resmunga a sra. Dev, que está totalmente absorta nos papéis sobre a mesa. — Já se passaram vários dias sem nenhum grito, então por que a gente ainda precisa falar disso? *Hum?* Concentre-se nos estudos, Khadijah. Você ainda é uma aluna, sabe? Ainda é jovem.

Escrevo: *Da última vez, a gritaria veio primeiro. E se a próxima etapa for mais alguma garota desaparecida?*

A sra. Dev empurra o bilhete de volta para mim sem nem olhar.

Sinto as bochechas corando e esquentando. De raiva. De frustração. Pego o bilhete de volta. Escrevo: *VOCÊS NÃO SE IMPORTAM NEM UM POUCO PARA IMPEDIR QUE ISSO ACONTEÇA?*

Ela segue se recusando a olhar. Recusando-se a responder. Recusando-se a me levar a sério. A raiva sobe por minha garganta. Rasgo a página do caderno. Tiro um alfinete do quadro de avisos encostado na lateral da mesa dela e o finco no bilhete, bem no meio da planilha que ela está marcando.

A professora levanta a cabeça de supetão. Os óculos tortos, as bochechas em chamas.

— Olha aqui, menina — diz ela, baixinho, sem se alterar. — Tudo o que você vai fazer é arrumar dor de cabeça para nós duas. Falei para eles que não contaria, e não vou, então, por favor, só me deixe em paz.

E com isso ela se levanta e sai. Passos rápidos e curtos pelo caminho estreito entre as mesas, como se estivesse preocupada com a possibilidade de eu a seguir.

Contudo, conforme ando sem pressa até a biblioteca, que era onde eu deveria ter estado esse tempo todo, fico me perguntando: quem são "eles"?

SEXTA-FEIRA
QUINZE DIAS DEPOIS

Rachel

— Próxima.

Todas as inscritas no torneio forense se reuniram aqui no auditório: oradoras, atrizes e debatedoras. Os professores querem que mostremos a eles no que estamos trabalhando, bem aqui, neste palco, em frente a todos eles e a todas as garotas que se inscreveram este ano, em qualquer evento.

— Isto aqui não é um teste — informa puan Ani às pressas. — Todo mundo que se inscreveu tem autorização para participar! Então não fiquem nervosas. Só queremos garantir que vocês estejam preparadas e dar a todas dicas de como se aperfeiçoar, caso seja preciso. Afinal de contas... — Ela para e sorri para nós. O dente está sujo de batom. — Afinal de contas, a St. Bernadette tem uma reputação para manter, certo?

Enfio a mão no bolso só para tocar a embalagem de batom, garantir que continua ali. Tento ignorar a tremedeira nos dedos. Tento não pensar em palavras escritas de rosa em um espelho, em como quero adentrar a personagem ao mesmo tempo que estou morrendo de medo de permitir que ela volte. *Você precisa disso, Rachel. Buscou isso por tanto tempo. É sua chance de se provar para todo mundo, de se tornar a Rachel Lian que você deseja ser de verdade. E talvez, só talvez, se fizer direitinho, ela fique satisfeita e pare de tentar assumir o controle. Vai ver tudo o que ela quer é a oportunidade de brilhar na frente de uma plateia, ser vista. Vai ver seja isso o que nos salvará.*

No palco, as garotas que vão se apresentar em oratória ensaiam os discursos originais.

— E, é isso, nada mais a declarar. — A pessoa conclui se curvando teatralmente, e um punhado de aplausos irrompe.

Cada minuto que passa parece que aumenta o peso em meus ombros. Sinto que estou me encolhendo mais e mais, sentada de pernas cruzadas no chão frio e duro do auditório, como se estivesse tentando dobrar o corpo e desaparecer. *Salve a gente. Salve a gente. Salve a gente.*

Em seguida, uma dupla de atrizes entra no palco para fazer a cena de um livro de P. G. Wodehouse, que só reconheço porque é de um dos livros aprovados por mamãe. Ela nunca vai saber quantos e-books de romance baixei para ler no laptop. Não acho que Bridgerton se encaixe na categoria de literatura britânica que ela tinha em mente. Também não acho que eu seja a filha que ela tinha em mente. Talvez essa ruptura com a realidade pela qual estou passando seja um resultado direto da própria desobediência. Manchei o altar de conquistas com meu comportamento desviado. Devo sofrer.

— Certo, Jeeves — diz uma das garotas no palco.

Estou tão ansiosa que acho que vou vomitar bem aqui, no meio do auditório.

Então há um *ploc, ploc, ploc* agudo e familiar que me faz levantar a cabeça. Conheço esse som. É o som de sapatos de couro caros, tão diferente do bater e arrastar suave dos nossos calçados escolares de lona ou das sapatilhas confortáveis que a maioria das professoras usa. É o tio.

Por um segundo fico perdida, ofegante, em pânico. O mundo gira um pouco. Estou nos ensaios ou na prática de música? Onde eu deveria estar? Será que me confundi de novo?

— Ah, datuk* Shah! — exclama puan Ani.

Ela se levanta e estou quase certa de que fica corada. Em meio à neblina que envolve meu cérebro, dou um jeito de pensar: *Cruzes.*

— O senhor está aqui hoje para trabalhar com as debatedoras? Sekejap*, sinto muito. Não sabia que você já estava aqui. Eu vou só...

— Não, não, você está ocupada. — O sorriso vem até ele com bastante facilidade. O tio é assim: encanta as pessoas a torto e a direito. — Posso chegar até lá eu mesmo.

— Ah, não podemos deixar isso acontecer. — Puan Ani olha ao redor, alvoroçada, até que para em mim. — Rachel!

Sinto todas as cabeças no auditório se virarem em minha direção, todas as garotas, e todos os professores, e este homem, o que faz minhas orelhas começarem a queimar. Não era assim que eu queria a atenção deles, não como Rachel, a monitora. Rachel, a queridinha dos professores. Rachel, com todas as notas máximas e zero amizades. Quero que me vejam como ela, no palco, magnética e petulante.

— Rachel — repete puan Ani, batendo o pé com impaciência. — Acorda, por favor. Pode acompanhar datuk Shah até a biblioteca? Gentil como é, quer passar um tempinho ajudando a equipe de debate.

Minha boca se move antes que eu consiga impedi-la:

— Mas, puan Ani, é quase minha vez.

O sorriso amigável de puan Ani se transforma em uma cara sisuda.

— Rachel, não é do seu feitio ser tão displicente — repreende ela.

Meu desespero quase me deixa febril. *Preciso escapar dessa. Preciso fazer isso. Preciso subir naquele palco. Não posso acompanhá-lo.* E não faço ideia de quem está pensando todas essas coisas, se sou eu ou a garota, com o batom cor-de-rosa atrevido, com a boca atrevida que fala demais.

— Mas, puan Ani...

O tio sorri.

— Ah, olá, Rachel! — Quando me vê, a expressão dele é sincera, amigável e encantada. Ele estica a mão para pegar a minha, uma aproximação de cumprimento. Minha visão fica borrada. — Eu não preciso que ninguém me acompanhe, sério, mas uma companhia não me faria mal. Talvez nós possamos repassar o...

Minha mão é engolida pela dele, que é enorme, e estou tentando prestar atenção, juro que estou, mas de repente minha garganta está seca. Tudo o que ouço, ecoando nos ouvidos, é o som de uma vassoura no concreto. Varre, varre, varre, tão alto que é quase atroante.

— Sem dúvida alguma é necessário. Do contrário, vamos todos parecer tolos e a culpa será minha! — retruco.

O tio olha para mim e dá uma piscadela. Atrás dele, está a garota de batom cor-de-rosa, apenas olhando e olhando e olhando para mim, no entanto, quando ela abre a boca, não sai grito algum, apenas o som de algo sendo varrido, e atrás da garota brota uma sombra escura e enorme, que incha e se expande até parecer que vai engolir todos nós — o auditório, a escola, a cidade, o mundo —, até que não reste nada além de escuridão. Quero me mexer, quero correr, mas não consigo. Quero tapar os ouvidos porque o som de varre, varre, varre é tão alto que me faz ranger os dentes de tanta dor. Quero falar, quero pedir ajuda, dizer: *Por favor, façam alguma coisa. Por favor, me salvem*, mas, quando abro a boca, a sombra vem para cima de mim e me envolve na escuridão, e tudo o que consigo fazer é

Gritar.

Khadijah

Ouvimos. Lógico que ouvimos. Atravessa o ar quando estamos prestes a entrar na biblioteca: uma série de gritos que deixa o coração disparado. Da mesma pessoa. De novo e de novo e de novo.

Faz com que a gente trave no lugar.

— Está acontecendo de novo — constata Siti baixinho. — De novo.

— Faz, tipo, uma semana, não? — sussurra Rania. — Por que ia recomeçar agora?

Na verdade, já se passaram nove dias, penso, mas não falo em voz alta nem a corrijo. Olho de um lado ao outro, tentando encontrar a gritante.

— Onde? — pergunta Erni, analisando o terreno da escola. Por conta do sol, ela semicerra os olhos. — Está vindo de onde?

— Ali — afirma Rania, apontando.

Nós a vemos no mesmo instante. A garota sendo arrastada para fora do auditório por puan Ani, outra professora que não dá para dizer quem é e um homem que nunca vi na vida. A garota se debate e chuta com tanta força que dá para ver o short azul-escuro que ela veste por baixo do vestido pinafore. O cabelo está se soltando das fitas brancas que o prendem. Alguns fios rebeldes grudam no pescoço e no rosto dela. A garota está pálida e suada. Ela fecha os olhos com força; a boca, arreganhada; e os gritos não param.

Minha respiração sai acelerada e minhas mãos estão fechadas em punhos, bem apertados. *Está acontecendo de novo*, penso, desesperada. *E não estou nem perto de entender por quê.*

Preciso encontrar a primeira gritante.

— Ela está dando um trabalho daqueles — observa Siti, baixinho, de braços cruzados.

Ela já nem está incomodada. Parece que agora é assim que as coisas são. É isso o que somos. As tais garotas histéricas da escola dos gritos.

Sinto Anu tremer a meu lado.

— Espero que ela esteja bem — comenta, baixinho. — E sei que isso soa bastante egoísta ou maldoso, ou sei lá, mas espero de coração que, caso tenha outra, não seja eu.

Quero dizer a ela que não é egoísta. É perspicaz. Não existe vergonha em pensar em si mesma, mas esse desejo não basta para mover minha língua. E meus pensamentos giram em torno de uma única coisa: *Primeira gritante, primeira gritante, primeira gritante, primeira gritante.*

As meninas começam a voltar para a biblioteca. Meu corpo, no entanto, parece ter sido tomado por formigas. Não consigo só ficar ali parada. Não dá. Estou prestes a inventar alguma desculpa, prestes a sair, para encontrar a garota que estou procurando, mas Siti me impede.

— Onde é que você pensa que vai? — sibila ela.

Faço um gesto vago para o lado de fora.

— Nem pensar. — Ela me pega pelo braço, com força. Tanta força que me puxa na direção da porta, me afastando da soleira. — Vem. O instrutor novo está vindo. Uma integrante da equipe faltando pega mal pra todas nós.

Ela não vai me deixar sair. Eu a sigo e me sento no lugar de sempre. Meus joelhos não param de subir e descer, subir e descer. Mordo o lábio. Se ao menos eu pudesse explicar, contar para elas que estou tentando ajudá-las. Que estou salvando todas nós.

— Queria saber como ele é — comenta Erni do outro lado da mesa.

Não preciso perguntar a quem ela se refere com o "ele". Puan Ani nos contou que ele estaria aqui hoje. O instrutor de debate. Alguém para nos ajudar a vencer. Lembro de ficar maravilhada com a ideia de que minhas colegas de equipe ainda estavam pensando em vencer em um momento como este.

— Ouvi dizer que na real ele é membro da Associação de Pais — informa Anu. — Vocês sabem. A Associação de Pais e Professores. Falaram que…

Nunca chegamos a descobrir o que Anu estava para dizer. Bem naquele momento, puan Ani surge com um homem. O homem. O mesmo que vimos mais cedo, ajudando a gritante. Ele está vestindo um terno preto elegante e uma camisa azul-claro, sem nenhuma gravata. Seu cabelo é grosso e com alguns fios grisalhos. Ele percorre os olhos por todas nós, um olhar aguçado que não deixa nada passar batido. Apesar de o termos visto ajudando uma gritante apenas momentos antes, ele parece imaculado. Impecável. Puan Ani, por outro lado, está desgrenhada, o hijab um tanto torto.

— Meninas — começa Puan Ani, ofegante. — Sinto muito por estarmos atrasados. Nós tivemos… *hum*… um imprevisto inevitável. Este é encik Shah… Desculpem, quero dizer datuk Shah. Ele está aqui para nos ajudar com o debate este ano. Datuk, estas são minhas garotas: nossas substitutas, Anu e Erni; nossa primeira oradora, Rania; nossa segunda oradora, Felicia; e, claro, nossa terceira oradora, Siti.

Siti abre um sorriso afetado e se curva em uma reverência de verdade. Mesmo no atual estupor, esta talvez seja a cena mais constrangedora que já presenciei na vida.

— É um prazer conhecer vocês, garotas. — Datuk Shah sorri, os dentes brancos e uniformes. Esse homem sabe que é charmoso. Quero sair daqui. Não sei dizer se gosto dele. — E quem é esta?

Puan Ani coloca a mão em meu ombro e sorri.

— Esta é Khadijah. Ela é tipo uma assistente para mim. Uma integrante de renome na equipe.

Ele assente, todo acolhedor e amigável. O rosto de Siti murcha de leve ao ouvir puan Ani dizer que sou de renome.

— Não é preciso que me chamem de "datuk" — pede ele, com gentileza. Sua voz é grave e imponente. Consigo acreditar que ele sabe como usá-la no palco. — Eu não dou muita importância para títulos. Vocês podem me chamar apenas de "tio". Minha filha estudava aqui e, embora já não faça mais parte do conselho da Associação de Pais e Professores, sou grato pela educação que ela recebeu na escola e continuo muitíssimo investido no bem-estar da St. Bernadette. E, agora que minha sobrinha veio para cá, tenho motivo para vir e atazanar todo mundo de novo. — Ele ri sem nenhuma dificuldade ao dizer isso. Todas riem junto, impelidas pelo som. Todas, exceto eu. — Eu mesmo costumava participar de debates. E agora sou advogado. O que significa que estou muito acostumado a convencer as pessoas de que tenho razão. Mal vejo a hora de ajudar a equipe a ganhar as nacionais este ano.

— Que maravilha! — Puan Ani chega a bater palmas. Minha mente pode até estar a um milhão de quilômetros por hora, mas encontro espaço para refletir: *essa é a segunda coisa mais constrangedora que vi na vida.* — Mal posso esperar para ver todas as formas como pode nos ajudar. Como gostaria de começar, datuk? Ou eu também deveria chamá-lo de "tio"? — E dá risadinhas.

Sério, risadinhas.

Meu desejo de vazar é multiplicado por dez.

O tio sorri e finge não ter ouvido a última parte.

— Tudo bem — fala, batendo palmas. — Vamos ver o que temos aqui. Hora de praticar os discursos. Primeira oradora?

Entrego o discurso todo marcado para Rania. Antes de lançar a argumentação, ela respira fundo. Tento acompanhá-la, mas tenho dificuldade em ouvir com toda a falação na minha cabeça. *Primeira gritante, primeira gritante, vai atrás da primeira gritante.* Estou bem ao lado de uma janela e, através do vidro fosco, escuto o som de algo sendo varrido. E a cada minuto que passa o som fica mais alto, e mais alto, e mais alto, e...

— Qual o problema? — sussurra Felicia. Olho para ela com dúvida estampada no rosto. — Você não para de olhar pra janela.

Não paro?

Olho mais uma vez, mas só enxergo uma sombra. Uma massa escura, curvada, movendo-se de acordo com os sons. A pessoa varrendo.

Então volto minha atenção para Felicia. Aponto para a orelha e depois para a janela. *Não está escutando?*

No entanto, ela só me encara com uma expressão confusa.

— Alguém mais tem algum comentário? — questiona puan Ani, e levo um susto. — Khadijah, você está bem? Parece bem distraída.

Balanço a cabeça.

— Tudo bem, então. — Ela me dá um olhar de aviso. — Vamos manter a concentração na pessoa falando, por favor, em especial quando nosso convidado está tirando um tempinho do dia atarefado para estar aqui conosco.

Assinto. Meus dedos se recusam a parar de batucar padrões complicados em meus joelhos. À medida que Felicia começa a falar, volto a olhar pela janela para ver se a pessoa varrendo continua ali.

Só que a sombra desapareceu.

É sexta-feira. O dia de aula acaba cedo hoje, e a esta altura a maioria das garotas já foi embora, ansiosas para chegarem em casa, para darem início ao fim de semana. Dois dias abençoados sem a ameaça de gritos pairando sobre a cabeça delas. *E, ainda assim, elas escolhem voltar, dia após dia, assim como você, Khad.* Talvez esta seja a marca de uma aluna Bernie. Como era mesmo aquela fala em *Alice no País das Maravilhas*? "Somos todos loucos aqui."

Graças à pesquisa feita por Sumi, sei onde a primeira gritante estará. Fatihah. É como se chama. Participa do clube de xadrez, e as integrantes vão se encontrar hoje porque logo mais tem uma competição. Igual a gente. O clube se reúne em uma sala de aula no bloco do primeiro ano, logo depois da cantina. Sobe-se um lance de escadas e vira-se à direita, onde todas as salas ficam alinhadas ao longo de um corredor empoeirado e mal iluminado com móveis quebrados empilhados em uma das extremidades. A St. Bernadette é uma escola ponta de linha, mas isso não quer dizer que somos ricas.

Espero fora de vista, perto da escada. Sento-me e observo todas as alunas descendo depois do encontro, em duplas, trios ou quartetos cheios de risadas.

É tão fácil localizar Fatihah. É a única que desce sozinha.

— Fatihah — chamo.

Fico surpresa com a facilidade que o nome sai. Como se eu nunca tivesse parado de falar. Talvez seja mais fácil conversar com pessoas que passaram por certas situações. Que compreendem. Talvez seja mais fácil falar quando existe um propósito, quando sei que o que digo tem relevância, que as pessoas vão prestar atenção.

Ela se vira para mim, assustada, de olhos arregalados. Tem um rosto fino. Está com olheiras bem escuras, como hematomas. Vejo ali um olhar amedrontado que reconheço. Levo um segundo para entender que o olhar me lembra o de Aishah. Vai ver todas as gritantes são marcadas da mesma forma.

— Te conheço? — pergunta ela, e consigo identificar notas de ansiedade e exaustão em sua voz.

— Não, mas queria falar contigo, se não tiver problema.

Dá para notar que ela quer negar. Também dá para notar que Fatihah foi criada para ser boazinha, para obedecer aos mais velhos, para prestar atenção.

Por isso ela aceita.

Nós nos sentamos em um canto tranquilo atrás da biblioteca. Tem um banco aqui, e bitucas de cigarro espalhadas pelos ralos. Um espaço para os funcionários que não querem nos corromper com seus hábitos sórdidos. Agora a escola começa a se aquietar, mas ainda não quero correr o risco de alguém nos ouvir. Não quero que saibam que voltei a falar.

Fatihah se senta e espera, toda paciente. Pensei que ela seria do tipo inquieto, mas fica bem imóvel.

— Eu queria te perguntar dos gritos — esclareço, sem ver motivo algum para ficar de enrolação.

Fatihah sorri.

— Por quê? — sussurra.

— Porque minha irmã foi uma das afetadas — explico. — E eu quero saber como e por que aconteceu com ela.

— Mas agora já acabou — diz Fatihah. — Pra ela, pelo menos. E pra mim. Por que isso ainda importa? Por que precisamos tocar no assunto?

— Porque...! — rebato com agressividade, então pauso para tentar me recompor. — Porque aconteceu, e fingir o contrário não ajuda em nada. E porque, se a gente descobrir o como e o porquê, podemos impedir que volte a acontecer. Por isso.

Fatihah sorri de novo. Por que ela continua sorrindo?

— Eu só não quero mais falar do assunto — anuncia ela, com a voz aérea.

Respiro fundo.

— Por favor — peço. — Por favor, será que você pode me contar o que rolou contigo?

Quando Fatihah volta a falar, é sem pressa, o tom suave e afetado. Como se ela tivesse dificuldade em formular os pensamentos em frases.

— Foi apenas uma semana depois. Uma semana depois de eu vir pra cá. Eu ainda não conhecia ninguém direito. Ainda ficava nervosa todos os dias pra vir à escola. Ainda fico. — De novo sorri, aquele sorriso torto e mínimo. — Na verdade, ainda não tenho nenhuma amiga. Nem naquela época. Nem agora. — Ela solta uma risadinha, que parece mais um hábito do que alegria. — O orientador me fez conversar com ele.

O sr. Bakri? Disse que era pra me dar as boas-vindas. "Selamat datang, Fatihah", disse ele. *Bem-vinda, Fatihah*. Falou que eu não teria dificuldade em fazer amizade. Ele não me conhece muito bem. — Mais uma risadinha. — Comecei a ficar zonza na aula. Uma tontura. A sala inteira rodopiando, *irraaaa*. — Ela faz movimentos de giros com os dedos para eu ver. — Tive que segurar a carteira com força. Com tanta força. Como se eu fosse tombar.

Ela aperta o banco até que os nós dos dedos ficam brancos, como se para demonstrar.

Acompanhar a sucessão de pensamentos dela é como seguir um sapo saltitando de vitória-régia em vitória-régia. Está fazendo minha cabeça doer.

Há uma pausa.

— E aí eu vi — conta.

— Viu o quê?

— Algo escuro. Um contorno escuro no teto. Uma sombra. Eu a encaro.

— Como era?

— Jinn? Jembalang*? Mana aku nak tau. — *E eu lá quero saber*. Ela dá mais uma risadinha. Começo a reconhecer o som pelo que é: um tique nervoso, como roer as unhas ou arrancar casquinhas de machucados. — Foi ficando maior e maior. Como se fosse engolir a sala inteira. Tive medo. Então fiz o que minha mãe me ensinou. Recitei o Ayat Kursi. Queria manter a coisa longe. No minuto seguinte, eu estava na enfermaria. Falaram que eu estava gritando. — Ela dá de ombros. — Talvez tenha sido a primeira vez que algumas delas ouviram minha voz.

— E aí uma porrada de gente começou a gritar depois de você — adiciono.

Fatihah assente.

— Ya. Aquele dia o hantu* pegou um monte de nós. Carinha ocupado. — Ela ri.

— Você acredita mesmo que era um hantu?

Fatihah se levanta de súbito.

— Você que me perguntou — defende-se ela. — Foi o que aconteceu.

— Sei que perguntei. — Estico a mão e toco a manga de sua camisa. — Obrigada por me contar.

Ela assente e depois pergunta, hesitante:

— A sua irmã... Ela está bem?

Penso em Aishah.

— Não muito — respondo, sincera. — Mas espero que ela fique bem em breve.

— Então tá. — Ela pega a mochila azul-marinho. — Agora vou pra casa. — O sorriso dela some. — Meu tio. Ele está me esperando.

— Obrigada por falar comigo.

— Sem problema. — Ela sorri para mim. — Cuidado com o hantu. Não deixa que ele te pegue também.

— Não vou deixar — respondo, baixinho, enquanto a observo se afastar. — Não vou deixar.

Fatihah

Aquilo foi normal? Não foi normal, foi? Como sei se foi ou não? Como dá para saber?

Não é todo dia que uma garota conversa comigo, me pergunta coisas. Como se eu fosse interessante. Digna de ser conhecida. Eu me pergunto se ela ia querer ser minha amiga. Seria legal. Só que ela é mais velha. Acho. Mas isso não significa nada. Certo?

Sigo pelo corredor. Estou tentando sair daqui. Tentando ir para casa. Meu tio está no carro. Esperando. É um carro bem grande. Não foi feito para apenas duas pessoas. Meu lugar não é naquele carro, mas mesmo assim todos os dias me sento nele. Todo santo dia. Mesmo quando não quero.

Sigo pelo corredor. É aqui que eu deveria estar? A saída é por aqui? Continuo andando, mas o corredor não tem fim. Meu tio vai ficar irritadíssimo. Ando mais rápido. Não gosto quando as pessoas ficam irritadas. Elas gritam. Às vezes acaba com um espanador de penas no meio.

Sigo pelo corredor. Ainda sigo pelo corredor. É o mesmo corredor? Paro. Estou perdida. Onde fica a saída?

Minha cabeça dói. Nos últimos tempos tem doído mais do que o normal. Depois do grito. E continua aqui, sabe? A sombra. Em minha visão periférica. Fico tentando flagrá-la, dar uma boa olhada, mas viro a cabeça e ela volta a desaparecer.

Jinn, jembalang, hantu. Foi o que contei à garota. Qual era o nome dela? Esqueci. Rápido assim. Nos últimos tempos ando esquecendo muita coisa. São as dores de cabeça. Talvez eu devesse contar para umi. Talvez devêssemos ir ao médico. O dr. Leong, que é meu médico desde que eu tinha 2 anos. Agora que a gente se mudou, o consultório dele fica mais longe. Talvez umi me leve a uma pessoa diferente. Eu me pergunto se vai ter pirulito. O dr. Leong sempre dava pirulitos. Mesmo quando umi dizia que eu não tinha mais idade para isso, o dr. Leong me dava um.

Sigo pelo corredor. Minha cabeça. Minha cabeça dói muito. Alguém ali perto varre e varre. O barulho me causa comichões. Minha cabeça dói e a sombra está olhando para mim e quero ir para casa.

Sigo pelo corredor, atrás do barulho. Desta vez o corredor me deixa sair. Tem uma tia com uma vassoura bem ali. Na frente do prédio antigo. A construção tem uma janela chique, o vitral todo sujo de pó. Umi me diria para passar um pano naquilo. Deixá-lo nos trinques. Não escondemos coisas tão lindas assim. Nós as expomos. Mostramos para todo mundo. Deixamos que as vejam, que as toquem. Deixamos que façam o que quiserem.

Varre, varre, varre, varre, varre.

Talvez, se eu pedir, a tia pare de varrer por um segundo. Talvez. Só para que a dor em minha cabeça passe.

— Tia — chamo. — Tia.

A tia não olha para mim.

Por que ela não olha para mim? A sombra está chegando mais perto. Já não está mais acuada nos cantos. Está se aproximando. Minha cabeça lateja.

— Tia — repito.

Varre, varre, varre. Por que é tão barulhento? Por que ela não olha para mim? Minha cabeça.

— Tia! — Desta vez grito.

Foi grosseiro? *Se você for mal-educada de novo, o ayah vai pegar o espanador de pena, Fatihah. Não seja uma menina levada. Preste atenção em mim, menina boazinha. Faça o que eu peço. Boa menina. Uma menina muito boazinha.* Minha cabeça lateja. Varre, varre, varre, varre, varre.

E então para.

A mulher com a vassoura para. E olha para mim. Olhos escuros em um rosto enrugado. E minha cabeça lateja. E a sombra. A sombra. A sombra está por toda parte. A sombra é tudo. Ela me observa. Continua olhando para mim. *Mostra, sayang. Deixe-me ver o quanto é bela.* Varre, varre, varre, varre, varre. Quero ir para casa.

Quero ir para

Quero ir

Khadijah

Analiso a lista várias e várias vezes. Está na caligrafia de Flo, tão arrumada, tão cuidadosa. Digo os nomes para mim, um por vez. Como se os estivesse gravando na memória.

— Eu procurei e procurei — explica Flo, estirada no chão da sala de estar. — Mas, sério, não é nada fácil identificar o que essas garotas podem ter em comum.

— Idades diferentes, turmas diferentes, raças diferentes, religiões diferentes. — Sumi pega uma castanha-de-caju do pacote de castanhas sortidas que trouxe da cozinha e a joga na boca. — Acho que é bacana que... seja lá o que esteja fazendo esse povo gritar pensa em diversidade.

Mal presto atenção a elas. Mordisco o lábio enquanto encaro cada um dos nomes. Existe uma conexão aqui, algo que une todas elas. Mas o quê? O que não estou conseguindo ver?

Bufo alto. Estou quase certa de que minhas amigas se entreolham daquele jeito. Um daqueles olhares do tipo "vamos falar da Khad sem falarmos da Khad". Do tipo que odeio.

— Sei que é frustrante — comenta Flo, gentil. — Mas estamos dando o máximo. A gente vai tentar desvendar.

Gesticulo para a lista. Aponto os nomes. Sublinho o de Aishah três vezes. Com certeza elas enxergam. Com certeza entendem a importância disso.

Flo lambe os lábios.

— Olha, Khad. Sei que você estava na dúvida a respeito da Julianna, mas essas garotas… Elas estão todas bem. Algumas continuam em casa, claro, mas também ficariam em casa se, tipo, estivessem se recuperando de uma gripe. Ninguém está desaparecendo. A gente te apoia sempre, não é nenhuma novidade, mas… — Ela para de falar.

— O que a gente está querendo dizer — continua Sumi — é que talvez essa história esteja indo longe demais? E, vou admitir, parte da culpa é minha. Eu não devia ter sugerido entrar na sala da sra. Beatrice. Sabe como eu acabo me empolgando. Mas, ei, você voltou pra equipe de debate! Talvez agora a gente possa deixar tudo isso pra lá e, tipo, voltar pra vida normal. Todas nós. Inclusive você. A gente pode só voltar a ser como era! Tipo antigamente.

No colo, abro e fecho as mãos em punhos. Era isso o que Sumi queria para mim esse tempo todo? Que eu esquecesse tudo o que aconteceu comigo nos últimos meses? Um retorno à versão normal, mais aceitável e menos desolada de mim?

Flo tosse.

— Sumi, talvez a gente…

Mas, antes que ela possa continuar, minha mãe sai do quarto. Seu rosto está estranho e, quando olho para ela, o pensamento que tenho logo de cara é: *Tem algo errado.*

E eu estou certa.

— Acabei de receber uma mensagem da St. Bernadette — conta, a voz soando diferente do comum. Tão séria, tão sombria. — Uma garota desapareceu. Uma garota da sua escola.

O tio esperava para levá-la para casa, e ela só… não saiu da escola. — Mak pigarreia. — Uma tal de Nur Fatihah. Vocês a conhecem?

Fatihah?

Fatihah desapareceu?

Julianna Chin, penso. *Julianna Chin, a primeira gritante que foi para a escola em um dia normal e nunca mais voltou para casa.*

Sumi e Flo trocam olhares apavorados e abalados entre si, como se eu não pudesse vê-las. Eu me curvo em uma tentativa de recuperar o fôlego.

Fatihah, penso. Depois: *Julianna*. E aí: *Aishah, Aishah, Aishah*, e de repente isso é tudo em que penso.

Sumi e Flo acariciam minhas costas, fazendo círculos lentos e reconfortantes. Tentando me acalmar. Tentando me manter ancorada no mundo. Com medo de que eu desmorone de vez.

Ao fundo, escuto a voz de minha mãe, tomada de pânico:

— Khadijah? Khadijah? Você está bem?

— Você tinha razão — afirma Sumi baixinho a meu lado. — Esse tempo todo, você tinha razão.

Eu tinha, mas queria não ter.

SÁBADO
DEZESSEIS DIAS DEPOIS

Rachel

A mamãe vê a gritaria como um ataque pessoal.

— Como pôde deixar isso acontecer? — questiona. — Agora você sempre vai ser associada a… a… seja lá o que for isso!

Vejo o fim de semana se estender infinitamente diante de meus olhos, cheio de recriminações insensíveis. Sinto saudade da St. Bernadette e do abraço caloroso de seus antigos muros de pedra, e nem é a primeira vez.

— Não foi de propósito — justifico. Tomo um golinho de água, grata pelo alívio refrescante. Minha garganta ainda está ressecada e dolorida do dia anterior. Falaram que gritei por quase meia hora, que esperneei tanto que quebrei uma cadeira. — Foi mais forte do que eu.

Eu me sinto ressecada e frágil, como se, caso ela me tocasse, eu pudesse estilhaçar em um milhão de pedacinhos e contar tudo (sobre o grito e a garota e a atuação). Cada detalhezinho, sem deixar nada de fora, tudo de uma só vez.

Mamãe solta um arzinho pelo nariz.

— Uma baboseira sobrenatural sem pé nem cabeça.

Pela expressão no rosto dela, tenho quase certeza de que não acredita em nada do que falo. Mamãe não acredita em muitas coisas: fantasmas, superstição, sorte, na maior parte das religiões tradicionais. Em mim.

Ela se senta na beira de minha cama e suspira enquanto tira o cabelo de minha testa.

— Está se sentindo melhor? — pergunta, e meu coração fica todo leve e saltitante com o contato, a rara demonstração de ternura.

— Melhor — digo, sorrindo para ela. É isso. Esta é a hora de falar, de contar tudo. Tudinho. — Um pouco abalada. E minhas pernas ainda estão moles, mas eu...

— Rachel — interrompe ela.

Apenas me observa por um momento, como se tentasse definir o que dizer.

— Oi?

Por algum motivo meu coração vai parar na garganta.

Ela tosse.

— Uma garota da sua escola desapareceu.

— Oi?

Meu cérebro derrete. É como se tudo o que eu conseguisse fazer fosse me repetir. Nada do que mamãe disse faz sentido.

— Recebi a mensagem ontem, mas pensei que o melhor fosse deixar você... se recuperar. Mas, sim. Alguém desapareceu. — Ela batuca no celular e semicerra os olhos para a tela. — Nur Fatihah. Conhece essa garota?

Nego com a cabeça. O estupor apagou minha habilidade de raciocinar.

— Quando? — Dou um jeito de perguntar, a voz estrangulada.

— Ontem à tarde. O tio a esperava para levá-la para casa, mas ela não saiu.

— Mas para onde ela poderia ter ido? Quem poderia ter levado a menina?

Mamãe dá de ombros.

— Vai saber? Provavelmente fugiu. Algum problema familiar, ou talvez tivesse um namorado. Você bem sabe como algumas meninas são. — Ela faz um som de desdém. — Só estou contando porque eles podem comentar a respeito na escola, mas não parece haver nenhum perigo imediato. Então você pode retornar na segunda, como sempre.

Não se trata de uma pergunta. Baixo o olhar e percebo que estou segurando o cobertor com tanta força que os nós dos meus dedos estão brancos.

— Oi? — É a terceira vez que pergunto isso, mas nada mais me vem à cabeça.

Mamãe estala a língua e automaticamente me sinto pequena, como se ela fosse Pavlov e eu não fosse nada além de uma cadela.

— Pare de ficar repetindo isso. Diga "perdão?".

Minha garganta parece tão seca que é difícil falar:

— Perdão?

— Muito bem. — Ela se levanta e começa a reorganizar alguns dos livros em minha prateleira. Não suporta quando as peças não estão arrumadas do jeito certo. — Se está se sentindo melhor, então pode voltar para a escola. Não faz sentido perder aula alguma, mesmo aquelas suplementares. Certo?

Assinto. Em grande parte porque estou tentando não falar, porque, se o fizer, talvez eu chore, e sei que ela odiaria isso mais do que qualquer coisa.

Depois que mamãe sai do quarto, deito-me na cama e encaro o teto branco. Uma garota está desaparecida, sumiu do perímetro seguro da St. Bernadette. E, por nenhum motivo discernível, gritei até apagar. E a mamãe não está nem aí. Para nada.

Ela não tem a intenção de ser desse jeito, digo para mim mesma. Ela não tem a menor ideia de como faz eu me sentir. E aposto que ficaria chateada se soubesse. É só a casca que ela precisou desenvolver para sobreviver depois que meu pai nos deixou por uma outra mulher que ele já havia engravidado. Uma casca grossa e dura a ponto de suportar as outras pessoas e as fofocas, o desdém e, pior de tudo, a pena.

"Nós nunca mostramos às pessoas aquilo pelo que estamos passando, nem nossas fraquezas", dizia ela para mim depois das brigas no parquinho ou de eu levar um tombo feio. "O modo que você se apresenta… é tudo o que importa. Se chora, eles falam: 'Olha só. Essa mulher é tão dramática'. E usam isso como desculpa para dizer que você é menos merecedora. Para dizer que você é *inferior*. Então não damos a eles nenhum motivo."

Antes ela secava minhas lágrimas; depois passou a me entregar lenços para que eu mesma as secasse; após um tempo, começou a esperar que eu carregasse os próprios lenços, que estivesse preparada; e, por fim, passou a esperar que eu não derramasse uma lágrima que fosse. Esse é o dote que ela está tentando me dar: uma casca tão dura que nada nunca possa me ferir. Mamãe fez o que era preciso. Sei disso. Devo tudo a ela.

Porém, em uma escuridão como esta, com as bochechas úmidas por conta de lágrimas que não posso mostrar a ela, às vezes só queria ser compreendida. *Do jeito que o tio entendeu*, penso, e é como o torcer de uma faca no peito. A ideia de que alguém que é praticamente um desconhecido se importe mais comigo do que minha própria mãe.

Fecho os olhos, mas nada de o sono aparecer. Penso em mamãe, na garota de batom cor-de-rosa, na gritaria, em como é perder o controle sobre o próprio corpo. Um que todos parecem enxergar como um receptáculo, para ser usado em benefício próprio. Estou quase certa de que, caso alguém desse tapinhas em meu peito, o som ecoado seria oco. Nada por dentro, prontinho para ser preenchido com seja lá o que a outra pessoa vai querer.

Há uma batidinha fraca à porta. Abro os olhos e vejo kak Tini parada ao lado da cama, com uma expressão preocupada, meiga. Ela estica a mão e toca minha bochecha.

— Rachel, bem? — pergunta ela.

É a pergunta de sempre dela, aquela que kak Tini me faz todos os dias. De algum modo, isso me faz querer chorar ainda mais.

— Rachel, bem — respondo.

Nós duas sabemos que é mentira.

Khadijah

— Óbvio que você precisa contar pra polícia. — Flo anda de um lado ao outro em meu quarto. Está mordiscando o lábio inferior, o que só faz quando está ansiosa. — Ou pra sra. Beatrice. Ou pra alguém. Alguém que vai saber o que fazer.

Sumi encara Flo como se do nada a amiga tivesse falado que se mudaria para Tombuctu e se juntaria a uma seita.

— Você só pode estar de sacanagem.

— Que foi? — Flo franze o cenho enquanto se empoleira no canto de minha cama sem colchão. — Isso aqui já não é mais a gente brincando de detetive. Agora tem uma emergência de verdade, e detetives de verdade envolvidos para encontrar uma pessoa desaparecida de verdade. A gente não deveria ajudar esse pessoal?

Enquanto pensa, Sumi belisca as unhas, um sinal óbvio de que está em um dilema.

— Na teoria, ya, beleza, entendo o que quer dizer — explica ela, devagar. — Mas takkan* que vamos fazer Khad passar por aquilo de novo. — Ela olha para mim. — Já esqueceu do que aconteceu da última vez?

Da última vez.

Lembro-me da última vez.

Da última vez, Sumi e Flo ficavam sentadas do lado de fora de toda sala de interrogatório, à minha espera. Garantindo que houvesse um fornecimento constante de lanchinhos e conversas bobas, que não exigiam nada do cérebro. Elas esfregavam minhas mãos, que estavam sempre geladas, mesmo quando eu pedia para desligarem o ar-condicionado. As duas estavam lá quando parei de falar. E, em vez de tentarem me persuadir ou exigirem ou forçarem palavras para fora de mim, apenas continuaram falando para preencher o silêncio. Jamais me deixando sozinha. Garantindo que eu soubesse que as duas continuavam presentes independentemente do que acontecesse. Que elas esperariam até que eu retornasse.

O trauma pode ser bastante egoísta. Porque nunca me passou pela cabeça que elas também foram afetadas. É só agora que me faço a pergunta: *o quanto isso custou a elas?*

Flo morde o lábio.

— Eu lembro — fala. — E foi uma droga, e nada fácil, mas isso… isso pode nos ajudar mesmo a descobrir o que está acontecendo, certo? E, acima de tudo, pode ser decisivo para que Fatihah seja encontrada com ou sem vida, sabem?

Sumi dá de ombros.

— É provável que ela só tenha fugido, ou algo assim, né? Por que do nada a gente precisa falar de vida e morte?

— Porque eu não acho que seja o tipo de coisa que a gente deveria ficar batendo na tecla do "quem sabe"! — revida Flo, que olha para mim. — Como que ela estava? Quando vocês conversaram? Ela parecia bem?

— Ela já falou — intervém Sumi. — Lembra? Ansiosa, agitada, estranha.

Eu não disse o "estranha". Disse que ela me deixou inquieta.

— Viu? — prossegue Flo. — Isso pode ser uma pista pra alguma coisa...

— A menina estava falando de hantu. De espíritos. De assombração. — Sumi cruza os braços, desafiadora e teimosa. — Pra mim, parece que ela estava desequilibrada.

Algo nisso me deixa incomodada, agitada. Quantas vezes já ouvimos essa história? Quantas vezes excluímos uma garota porque ela se comporta de um jeito que nos deixa desconfortáveis? Faz a gente se questionar? Quantas vezes Sumi pode ter pensado isso a meu respeito, dito essas mesmas palavras pelas minhas costas?

— Ainda mais motivo para contar para a polícia — argumenta Flo. — Talvez vá ajudar. Além do mais, é você que fala que quer que tudo volte ao normal. Esse não é o jeito mais rápido de conseguir o que deseja? — Ela olha para mim. — O que acha, Khad? — pergunta, e sei o que ela quer.

Flo quer que eu abra a boca. Que diga que vou contar. Que marche direto para os professores e a polícia e conte tudo para eles, tudo o que sei. Ela quer que eu verbalize, que fale qualquer coisa, que eu use a voz.

Só que não sei se consigo.

Então continuo sentada de boca fechada. Odiando-a por esperar tanto de mim desse jeito. Odiando-me por ser tão covarde.

— Não estou falando que tem que decidir agora — continua Flo. E percebo que luta para não deixar a decepção transparecer. — Só estou dizendo pra pensar.

Confirmo com a cabeça. É só o que me resta fazer.

Mais tarde naquela noite, meu laptop emite um barulhinho.

Sasha A
O que vc fez

Khadijah Rahmat
Como assim? Do que está falando?

Sasha A
Vc está perguntando coisas, sei que está
Xeretando
E agr uma menina sumiu? De novo?
Ñ parece coincidência

Khadijah Rahmat
Eu não fiz nada. Não é minha culpa

Sasha A
E eu nasci ontem
Ñ foi uma menina qualquer
Foi minha priminha
Ela só tem 15 anos
E agora ela SUMIU

Agora meus dedos tremem. É complicado pensar nas palavras certas. Ainda mais complicado digitá-las.

Khadijah Rahmat
Sinto muito, de verdade
Mas isso não torna o que aconteceu
culpa minha

Sasha A
Só posso falar que:
Agora é melhor você torcer para ela estar satisfeita

Khadijah Rahmat
Ela?

Sasha A
Quando mencionei isso, as outras riram e
debocharam de mim
Mas mesmo quando aconteceu, eu pensei
Bom, é isso. Aí está o sacrifício
A escola exigiu uma garota
Ela fez uma listinha com as opções... as gritantes
E aí foi afunilando até a mais perfeita
Assim que conseguiu o que queria, a gritaria
passou

A esta altura estou apenas encarando a tela. Não consigo separar a incompreensão da frustração de um medo estranho e crescente. Só consigo observar enquanto Sasha A continua digitando.

Sasha A
Só era uma teoria mesmo
Algo em que eu pensava às vezes
Mas quando a Julianna desapareceu e a gritaria
parou, eu soube
Soube que tinha razão
Afinal de contas, a gente só para de comer
quando a barriga está cheia, certo?
A St. Bernadette comeu até estufar, e aí ficou
satisfeita

Fecho os olhos. Ela não passa de uma pessoa qualquer na internet, não é? Foi o que Sumi e Flo falaram. Disseram que

eu não deveria acreditar nela. Disseram que eu deveria parar
de tomar o que ela diz como verdade absoluta.

Sasha A
Você a deixou irritada
Começou a fazer perguntas

Não acredita nela, Khad. Não acredita nela.

Sasha A
Sua irmã também é uma gritante, não é?
Torce para a St. Bernadette estar de barriga
cheia

SEGUNDA-FEIRA
DEZOITO DIAS DEPOIS

Rachel

Enquanto subo a colina rumo à St. Bernadette, repasso as decisões que tomei no fim de semana. Primeira: isso sem sombra de dúvida é algum tipo de colapso mental pelo qual estou passando, e o grito só pode ser consequência de tanto estresse. Andei preocupada demais fazendo malabarismo entre todas essas atividades diferentes e mentindo para mamãe. Segunda: sendo assim, a única solução aqui é fazer menos malabarismo e me livrar da tal atividade que tem tomado tanto de meu tempo e cérebro.

Preciso parar com o teatro. Pelo menos por ora. Pelo menos até conseguir dar um jeito nas coisas (minhas notas, minha relação com os professores e a garantia de que mamãe não descubra nada). Preciso pausar até conseguir dar um jeito em mim mesma.

Digo que é o certo a se fazer, que preciso colocar de lado essas ideias infantis de sonhar e me concentrar em ser a filha que mamãe quer que eu seja. É pelo meu próprio bem.

Porém, bem lá no fundo, a uma profundidade que quase consigo ignorar, sei que é porque tenho medo de quem me tornei.

De quem deixei entrar. E talvez, se eu fizer uma breve pausa, se eu parar de abrir a porta, ela pare de dar as caras. Desista. Vá embora.

Vale a tentativa.

Nesta manhã, quando subo a colina, tem pessoas desconhecidas aglomeradas ao lado da cerca da St. Bernadette. Elas abordam as garotas passando por ali. E estão de celular na mão, com sorrisos falsos.

— Com licença, meninas. Com licença. Teriam interesse em conversar com a gente sobre o que está acontecendo na escola de vocês?

Eu me esforço ao máximo para não fazer qualquer contato visual, mas um homem me identifica antes que eu consiga passar.

— Oi — diz ele, que começa a andar ao meu lado. — Você se importaria de ter uma conversinha comigo a respeito de toda essa gritaria acontecendo na St. Bernadette?

— Não, obrigada — respondo.

Tenho educação. Mamãe fala que é preciso ser educada o tempo todo. *Se não tem boas maneiras, o que isso faz de você, Rachel?* Mas também começo a acelerar o passo.

Ele me acompanha. Não parece me ouvir. Talvez abrir a boca tenha sido um erro. A mamãe em minha cabeça estala a língua, decepcionada. *Rachel, sua estúpida. Você o encorajou. Deu a ele um motivo para não parar.*

— Como está o clima da escola no momento? Os professores tocam nesse assunto com vocês?

Não desgrudo os olhos da St. Bernadette, dos arcos familiares e das portas amplas e das janelas basculantes, da cruz no frontão, do lema da escola escrito em letras de bronze sobre uma das paredes: "Simples na virtude, inabalável no dever".

— Uma escola e tanto — diz o repórter a meu lado, baixinho. — Me dá arrepio. Uma série de garotas só sendo engolidas, uma por vez.

Engolidas?, penso. É assim que nos veem? É assim que a St. Bernadette se parece para quem é de fora? Soa tão estranho, tão contraditório. Mesmo agora, a escola me chama como se soubesse que preciso de um lugar seguro. Um lugar para chamar de meu. Talvez a gente só veja aquilo que quer ver. Talvez ninguém nunca vá compreender isso além de nós.

O repórter se esforça ao máximo para fazer mais duas perguntas assim que chegamos aos portões:

— O que acha que aconteceu com aquelas garotas? Te preocupa a possibilidade de acontecer com você?

Mesmo que ele me pagasse, eu não ia querer responder a nenhuma delas.

— Não, obrigada — repito.

Não faz o menor sentido, mas só quero sair daqui.

Sem perder tempo, passo por pakcik Saiful, o segurança da escola, que encara o repórter e diz na voz mais rabugenta:

— Nem pense em ultrapassar.

À medida que entro no pavilhão, ele abre o sorriso mais reconfortante para mim. Nunca na vida fiquei tão grata por vê-lo.

Todo mundo fica surpreso ao me ver de volta à escola, sem exceção. Os professores trocam olhares quando pensam que não estou prestando atenção, as garotas sussurram umas para as outras quando passo, e Dahlia solta o arquejo mais exagerado possível quando entro na sala de aula, como se eu fosse um fantasma.

— Desculpe — pede ela quando me sento. — Nós só pensamos que você não voltaria tão cedo. Tipo, todo mundo que grita fica fora por, não sei, alguns dias. No mínimo. Tipo, no seu lugar, eu espremeria a oportunidade até a última gota. — Ela se inclina para analisar meu rosto. — Tem certeza de que está bem?

— Estou bem — respondo.

Quero chacoalhar a mão e espantá-la como se fosse uma mosca.

— Sem querer ofender, mas você não parece bem. Sabe?

— Eu disse que estou bem — brado, e ela dá de ombros.

— Suka hati kau lah.

Faz o que você quiser, então.

Ela se vira. Por um tempo, eu a observo de costas, o modo que o cabelo encontra a nuca. Eu me pergunto o quanto disso foi coisa minha e o quanto foi a garota de batom cor-de-rosa, a garota que deixei assumir controle de minha vida. De repente, sinto vontade de puxar Dahlia pelo rabo de cavalo, fazê-la se virar e me encarar, contar tudo para ela como se fôssemos amigas de longa data. Contar que mal preguei os olhos na noite anterior. Que, preocupada, fiquei remoendo a situação de meu colapso mental, que temia estar perdendo a sanidade. Que, quando eu de fato dormi, meus sonhos foram tomados por sombras estranhas e sombrias. Que mamãe só riu quando contei para ela. "Sonhos não podem te machucar, Rachel", disse. "Garota boba", adicionou. Que até a voz de mamãe em minha cabeça está calada, porque, seja real ou imaginária, ela não gosta quando as coisas não saem como o esperado, quando falham, quando desmoronam.

Eu poderia fazer isso. Poderia contar tudo para Dahlia, e talvez ela sentisse pena e ficasse triste por mim, e talvez fizesse com que eu me sentisse melhor. Ou, no mínimo, me fizesse sentir um pouco mais humana.

Ou talvez isso só vá confirmar as suspeitas dela, de que sou Rachel Lian, esquisita, estranha e maluca.

— Rachel!

O som de meu nome me causa tamanho espanto que bato o cotovelo no cantinho da mesa.

— Ai! — exclamo. Depois: — Sim, cikgu?

— Menina, você está com a cabeça longe — diz a sra. Dev, com delicadeza. — Eu estou há cinco minutos chamando seu nome.

— Ah.

— O sr. Bakri quer ver você — continua ela e, é claro, o homem está à porta, acenando para mim.

— Ah — falo de novo. — *Hum*. Por quê?

— Imagino que seja algo que vocês dois podem discutir entre si — responde ela, seca. — Quem sabe sem precisar meter o restante de nós no meio, hein? Afinal de contas, tenho uma aula para dar.

Saio da sala, tentando ignorar os olhares. O sr. B espera por mim no corredor, no espaço entre as portas duplas para que menos gente nos veja.

— Desculpe por te tirar da aula, Rachel — diz ele. — Mas só queria ver como você está. Também fiz isso com as outras garotas, sabe. As, *hum*… as afetadas.

— Ah. — Pelo visto isso é tudo o que consigo falar hoje. Pensar é como tentar espremer mais pasta de dente de um tubo vazio. — Tudo bem.

— Você se importa de ir até meu escritório no último período? — pede ele. — Eu peço a permissão da sua professora.

Não soa como uma pergunta. É mais como uma ordem.

— *Hum*.

— Só para uma conversa rápida — acrescenta o sr. B. Ele se esforça muito para ser sincero. — Talvez ajude, entende. Ter com quem conversar.

Como ele sabe? Como sabe que estive pensando nisso? Por um segundo, bem ali em minha visão periférica, vejo sombras se movendo.

Fecho os olhos.

— Rachel? — chama ele. Volto a abri-los e o sr. B me fita, o rosto todo confuso. — Você está bem?

— Estou — respondo. — Bem.

— Então no último período, ya? — Ele abre um sorriso. — Vejo você nesse horário, então?

— Claro. — A sombra tremula como se tentasse chamar minha atenção. — Claro.

— Maravilha. Agora volte para a aula.

— Tudo bem.

Sou um robô, penso enquanto retorno à carteira. Toda rígida e dando respostas monossilábicas. *Bip, bóp, bip, bóp.* Uma forma de vida alienígena, assustando-se com sombras que não existem.

— O que ele queria? — sussurra Dahlia, e dou de ombros.

— Nada — digo. — Nada de mais.

No último período sou convocada por uma monitora que reconheço, uma garota do segundo ano chamada Aimi, que dá as caras exatos cinco minutos após a aula começar. Tudo em Aimi é suave: as curvas do corpo, o modo de bater à porta, o jeito que entra na sala, a maneira como fala com a professora.

— Encik Bakri nak jumpa Rachel. — *O sr. Bakri quer ver a Rachel.*

— Rachel — chama a professora. — Vá e encontre encik Bakri na sala de aconselhamento, por favor.

Na mente, tento estabelecer um limite entre a Rachel Lian, Aluna de Referência, e a Rachel Lian, a Gritante em Necessidade de Aconselhamento, mas falho miseravelmente.

— Tudo bem — digo.

— Depois pegue as anotações do que perdeu com suas amigas.

Eu me pergunto se ela está brincando.

Aimi já voltou para a própria aula, então vou até o escritório do sr. B sozinha. É uma salinha estreita logo depois da biblioteca, com uma placa preta que anuncia SALA DE ACONSELHAMENTO em letras brancas.

Bato à porta, depois a abro quando ouço a resposta contente dele:

— Entre!

Nunca estive aqui antes. Não sei o que esperava, mas de algum jeito é decepcionante (pilhas de papéis e livros muito bem alinhados na mesa, um arquivo cinza, cadeiras para as visitas e um ventilador vertical que faz um barulhão no canto enquanto oscila bem devagar de um lado ao outro). Na parede, um pôster que está solto nas beiradas diz: "Vamos PAPEAR".

— Seja bem-vinda à minha humilde morada! — recepciona o sr. B, que é exatamente o tipo de pessoa que diria algo assim. — Sente-se, sente-se. Sinta-se em casa.

Eu me sento em uma das cadeiras diante da mesa, uma de plástico branco que costumamos usar para eventos no auditório de assembleia. Pelo visto era caro demais comprar cadeiras para a sala dele.

— Vamos lá, Rachel. — O sr. B descansa os cotovelos na mesa e une as palmas. — Sei que deve estar passando por um momento bem complicado.

Como ele sabe?, pergunto a mim mesma. *Como alguém que não vivenciou isso na própria pele pode saber?*

— E, sim, eu sei em que você deve estar pensando — continua, com um riso baixo. — Como é que eu posso entender uma coisa dessas, certo? Como é que posso ter alguma ideia de como essa experiência tem sido para você?

Ele deve ver o espanto em meus olhos, porque sorri.

— Rachel, toda aluna com quem conversei que está passando pelo mesmo que você tem relatos parecidíssimos. E entendo, de verdade. É por isso que tenho uma proposta. — Ele pega o celular com um floreio e clica no ícone de WhatsApp. — *Tã-dan*!

Faço uma careta confusa.

— O senhor... está comprando um sofá usado da IKEA pra... nos ajudar?

— Como é? Não! — Ele logo mexe no celular, todo frustrado. — Essa é minha conversa com um vendedor da Carousell. Preciso de um sofá para o apartamento. Eu me mudei faz pouco tempo, sabe... Não. Quer dizer... — Ele pigarreia. — Quer dizer, estou dando início a um grupo de apoio para todas as garotas que foram afetadas pelos... incidentes recentes. Parte disso incluirá encontros presenciais, mas, como muitas ainda não retornaram à escola depois do que aconteceu, fui autorizado pelos pais a incluir o número da filha deles no grupo. Vou conduzir todas vocês por uma série de exercícios diários e discussões que podem ajudá-las com o trauma! Está vendo? — O rosto dele é pura animação. — Enfim uma chance de colocar em prática todo aquele treinamento.

Ele dá uma risadinha quando conclui.

Legal que ele esteja aproveitando tanto esse momento, eu acho.

— Que ótimo — falo.

— Sua mãe concordou que não tinha problema.

Assinto. Claro que ela concordou. É como ter kak Tini por perto. Mamãe gosta quando outra pessoa limpa as bagunças com as quais ela não quer se incomodar.

A porta solta um rangido, demorado e alto, enquanto uma rajada de vento a abre devagar. O sr. B seca o rosto com um lenço e suspira.

— Só um minutinho. Deixe-me fechar a porta. Eu levo a confidencialidade muito a sério, sabe, muito a sério mesmo.

Ele se levanta para mexer na porta. Parece emperrada. Por algum motivo, não consegue fazê-la fechar. A porta tem um vidro no centro. Eu me vejo refletida, só que não tem nada de mim ali. É a garota, com o batom cor-de-rosa e fitas brancas no cabelo. E, embora eu me sobressalte de leve (é mais forte que eu), embora eu sinta o peito subindo e descendo, subindo e descendo, a garota no reflexo não se mexe. Apenas me encara.

Sinto o sangue fugir de meu rosto.

— Oi? Rachel? — O sr. B tosse e desvio o olhar da garota, voltando a fitá-lo. Estou suando. — Isso foi mais uma coisinha introdutória, para que não seja pega de surpresa pelo grupo.

— *Hum.*

Não quero olhar para o vidro. Não quero saber se ela continua ali.

O sr. B olha para mim como se eu devesse dizer algo.

— Posso ir agora? — pergunto.

Não é o que ele esperava. O sr. B parece uma bexiga murcha.

— Claro — responde. — Pode ir.

Enquanto saio, olho para o vidro. A garota já não está mais ali, mas, quando passo pela porta, sou atingida por uma rajada de gelar a alma, uma que deixa arrepios por toda a minha pele. E uma sombra me segue durante todo o caminho de volta à aula, uma sombra que finjo não notar.

Khadijah

Na segunda-feira, quando entro na escola, sinto mais medo do que nunca.

O sol brilha fraco em meio às nuvens de chuva que se formam. Contra a escuridão, a St. Bernadette paira com ar ameaçador. Sinto sua raiva na inclinação dos arcos. No brilho das janelas. Na escuridão das portas não iluminadas. Nos gritos dos macacos se dependurando, inquietos, nas árvores logo depois das cercas.

Alguém que a frequentava desapareceu. De novo. E a St. Bernadette está brava.

Ou.

Ou.

E aqui meu cérebro empaca antes de finalizar o pensamento: ou vai ver ela está brava porque tem gente demais se enfiando em seu caminho. Fazendo perguntas. Impedindo-a de fazer o que deseja.

A mensagem de Sasha A paira em minha mente. "A St. Bernadette comeu até estufar, e aí ficou satisfeita".

Será que ela já está satisfeita?

Balanço a cabeça como se isso fosse expelir os pensamentos. Fazê-los irem embora. Como uma lousa mágica. É patético pensar em uma escola, um monte de tijolos e tábuas de madeira e concreto, como algum tipo de entidade viva. É patético pensar nela engolindo garotas por inteiro. Como algum tipo de ogro de desenhos animados.

A St. Bernadette sempre foi o único lugar em que me senti segura. O único lugar que é meu.

Mas, sim. Passar por aqueles portões hoje exige uma boa dose de coragem.

Por que Julianna? Por que Fatihah? Em que mundo essas duas tinham algo em comum? Sigo tentando encontrar as respostas. E tenho a sensação de que a escola está furiosa comigo por não conseguir cumprir essa tarefa.

Esse sentimento, a sensação inabalável de que a St. Bernadette está espumando de raiva, me acompanha o dia todo. Ao longo das aulas em que não presto a menor atenção. Ao longo do intervalo no qual não como nada. Sumi e Flo percebem meu humor e tentam preencher meus silêncios com brincadeiras desesperadas. Só faz com que eu me sinta ainda mais distante delas.

Depois da aula, dispenso as ofertas de companhia que me fazem. Confirmo que Aishah está na sala da banda, franzindo o cenho enquanto se concentra nas anotações. Produzindo sons lindos.

Que estranho, penso. *É estranho como ainda pode existir beleza mesmo em meio à escuridão.*

Depois vou direto para a biblioteca. Direto para a prática de debate. Durante o trajeto, estendo a mão e a deslizo pelas paredes da escola. Concreto e tijolo, gastos pelo tempo, imóveis. *Por que está com tanta raiva? É comigo que está brava? E por fim: o que eu fiz?*

Sou a primeira a chegar. Tem outras garotas aqui que não são minhas colegas de equipe, garotas ocupadas sussurrando, fofocando, rindo. Talvez pareça curioso que elas ainda consigam rir quando uma de nós está desaparecida. Só que às vezes faz parte de nossa resiliência. Às vezes, só estão fazendo o que podem para seguir em frente. Para sobreviver.

Abro caminho até a prateleira. Gentilmente, passo os dedos pela fileira de anuários. Escolho o do ano em que Julianna entrou na St. Bernadette. Folheio as páginas até encontrá-la. Está aqui, todo o constrangimento dos 13 anos dela preso para sempre na página. Como uma borboleta emoldurada em uma parede. O sorriso dela é puro aparelho e luz. Brilha para mim da foto da turma. Da congregação esportiva. Do grupo de teatro. Não consigo evitar sentir que ela guarda a chave para as respostas sobre as garotas gritantes. O sumiço de Fatihah. Tudo.

Folheio o volume do ano seguinte, e do depois deste. Vejo-a crescer, uma foto granulada por vez. Vejo-a parar de usar aparelho. Vejo-a evoluindo nos penteados enquanto tenta encontrar o certo. Vejo-a adotar fitas brancas que apareceram em todas as fotos daquele momento em diante. Vejo-a começar a descobrir o palco, e seu lugar nele. Vejo-a com batom cor-de-rosa sob as luzes fortes do palco, sem quaisquer traços de constrangimento. Passo o dedo pela curva do sorriso dela. Na foto está atuando em uma peça da turma. Vestida num batik baju kurung*, o rabo de cavalo preso para trás com uma fita branca. Ela tem 15 anos e é tão vibrante quanto uma flor desabrochando. Ela nem sequer faz ideia do que está por vir.

Passo pelas páginas, desesperada por mais. Como se eu pudesse absorver a verdadeira Julianna pelas páginas e anos. Como se eu pudesse compreender seu desaparecimento, caso entendesse quem ela é. *Onde você está?*, penso enquanto folheio. *Quem é você?*

Paro. Da página, Julianna me encara. De bochecha grudada com uma mulher que só pode ser a mãe dela. Elas compartilham o mesmo sorriso, o mesmo queixo. Há outras fotos, outras garotas com as mães, mas para mim não interessam. Só tenho olhos para ela.

A manchete do artigo diz: ST. BERNADETTE: UM LEGADO DE EXCELÊNCIA. Passo os olhos pela introdução a ponto de assimilar que se trata de garotas cujas mães, avós e tias também frequentaram esta escola.

A mãe de Julianna era aluna daqui? Franzo a testa à medida que leio com mais atenção.

Julianna Chin relata sempre ter sabido que frequentaria a St. Bernadette, muito antes de ter idade para ir à escola. "Minha mãe deixou bem claro", conta, rindo. "Ela sempre me disse que passou alguns dos melhores anos da vida dela aqui."
"Não que o hoje também não seja ótimo", logo acrescenta Joanna Lim, mãe de Julianna. "Mas há algo na experiência de estudar na St. Bernadette que levamos pelo resto da vida."

Tem algo insuportável de tão triste na última frase. Eu me pergunto o que ela diria caso alguém lhe perguntasse da St. Bernadette agora. Eu me pergunto se ela se arrepende de ter mandado Julianna estudar aqui.

Então a ficha cai e penso: *por que ficar na dúvida, quando posso só perguntar?*

Rachel

Mamãe diz que devo voltar direto para a antiga rotina, que nada evocará a normalidade como voltar para a vida de antes.

— Você deve mostrar para eles como é resiliente — declara ela. — Que não vai fraquejar por conta de um gritinho sem sentido.

Portanto, tento. Digo para ela que hoje vou comparecer às "aulas suplementares", como sempre faço, porque faltar significaria admitir que não existe nada disso, e admitir que não existe nenhuma aula suplementar significa que menti, e admitir que menti significa precisar explicar o porquê. E, de algum modo, no fim, ainda não quero decepcioná-la.

Você já a decepcionou, silva a voz de mamãe em minha cabeça, e deixo. É o que mereço.

Vago pela escola até encontrar um canto quieto que não seja a Casa Brede. *Na Casa Brede, não. Em qualquer lugar, menos na Casa Brede, Rachel.*

Eu me ajeito em uma sala de aula vazia no bloco do terceiro ano. Afundo com tudo em uma cadeira de madeira e me recosto, fechando os olhos e deixando os sons da St. Bernadette rodopiarem ao redor. Não tem tanto barulho. Agora as pessoas estão mais temerosas, mais contidas, como se vivacidade demais fosse atrair a escuridão que engoliu a garota desaparecida. Contudo, ainda há na escola algo que faz com que eu me sinta protegida. Segura.

Na quietude consigo admitir para mim mesma o que não direi em voz alta, que gritar me deixou apavorada, e que às vezes ainda temo fechar os olhos por conta da escuridão que espera atrás das pálpebras. Porém, gritar também fez com que eu me sentisse… poderosa. Liberta. Naquele momento, eu tinha uma voz, e a usei, e todo mundo, cada pessoa aqui, me ouviu.

Eles me ouviram.

Ninguém nunca parece me ouvir.

A mamãe em minha cabeça se remexe. *Talvez você só não fale nada digno de ser ouvido*, diz ela baixinho.

Em um dia normal eu a ignoraria, diria para que se calasse. Ou deixaria que ela me atingisse, lançasse uma mortalha sombria sobre o restante do meu dia, mas hoje é diferente. Hoje, fugindo do habitual, fico brava. Sinto a raiva tomando o corpo, aquele calor estranho, aquele anseio de explodir, provar que ela está errada. Minha oportunidade estava na atuação. Minha chance de ser vista, de ser ouvida. Rachel Lian renascida. Com certeza não vou deixar uma invenção de minha cabeça arrancar isso de mim. Com certeza consigo continuar no controle.

Portanto, dou tudo de mim. Eu me levanto e pronuncio as palavras, tento invocá-la de volta, mas sou eu dizendo essas coisas, eu, a Rachel Lian sem graça de sempre, e não a chama incandescente de uma mulher com o batom cor-de-rosa e olhos brilhantes. Seguro a taça de vinho imaginária, mas não é nada mais que minha mão segurando o ar de um jeito constrangedor.

Arrasto a taça pelo ar, e é como se eu fosse uma criancinha imitando os movimentos de um adulto, algo que vi na televisão, travada e exagerada e errada, toda errada.

Eu a fiz ir embora, e agora ela sumiu de vez. Essa perda me faz despencar na cadeira, o corpo pesado devido à aflição. Deslizo até lá embaixo, até encostar a cabeça com força no recosto, minha bunda equilibrada por pouco na beira do assento, as pernas esticadas ao máximo. Como se eu estivesse prestes a derreter no chão. Estou exausta. Se ela não vai aparecer, se não posso me transformar nela quando bem entendo, então qual foi o motivo de tudo isso? Como posso ser livre?

Detrás dos olhos fechados, ignoro as lágrimas que escorrem pelas bochechas. Lá fora, escuto um burburinho de gritos se sobrepondo e se cruzando.

— Cinco, seis, sete, oito!

— Kiri, kiri, kiri, kanan, kiri…

— Passa a bola, PASSA A BOLA!

E, em meio a todos eles, bem no limite da audição, mas aos poucos ficando cada vez mais alto, escuto o som de uma vassoura arrastando no concreto.

O som de algo sendo varrido.

De repente me dou conta de que ranjo os dentes. O ar frio bate em minhas bochechas, faz um arrepio descer por meu pescoço.

Abro os olhos e o rosto da garota paira acima de mim, a centímetros do meu, os olhos manchados de preto devido às lágrimas, encarando. Mechas de cabelo e fita branca acariciando minha pele. Sou eu, mas não sou eu; é ela, mas não é ela. A garota abre a boca pintada de cor-de-rosa e me preparo para o grito. Só que não há grito. Em vez disso, ela pergunta: "Quando é que você vai começar a prestar atenção?".

E caio da cadeira direto no chão, com o *salve a gente, salve a gente, SALVE A GENTE!* rugindo nos ouvidos. Quando uma dor aguda me atinge no quadril, grito e ela desaparece.

Fico sentada ali, e choro, e choro e choro por todas as coisas de que abro mão, e por todas as coisas que precisam ser salvas, e pelo fato de que não consigo salvar nem a mim mesma.

Khadijah

Naquela noite, Flo me manda um link. Logo em seguida tem um áudio. Flo odeia ter que escrever mensagens compridas. Em vez disso, ela as grava. No celular, sua voz é metálica, sem fôlego.

— É a empresa de bolo dela. Mama conseguiu assim que pedi. Disse que a mãe da Julianna costumava ser superativa no grupo de ex-alunas, mas, tipo, depois do que aconteceu, ela se recusou a falar com qualquer uma delas, saiu do grupo, desfez a amizade com todo mundo em todas as redes sociais. Mama diz que foi como se ela estivesse tentando esquecer que a St. Bernadette um dia existiu. Mas ela falou que os bolos são muito bons.

Clico no link. É um perfil de Instagram. Bolos da Joanna. Uma foto atrás da outra de bolos maravilhosos, elaborados e delicados. *Pedidos no WhatsApp*, diz o link na parte de cima.

Dou uma olhada nos valores e confirmo quanto dinheiro tenho no livro oco que uso de cofrinho.

É o suficiente.

Clico no link que direciona para o WhatsApp. Com cuidado, digito: Quero encomendar um bolo.

— O que está fazendo? — pergunta mak. — Nada de celular. É hora do jantar.

Largo o celular, com o cuidado de virá-lo para baixo na mesa de jantar, e dou de ombros. Do outro lado da mesa, Aishah fita o prato de arroz e rendang de carne* como se fossem minhocas.

Nós todas remexemos a comida no prato, tentando fazer parecer que estamos comendo, quando o celular de mak apita.

— Nada de celular. É hora do jantar — ecoa Aishah, na cara dura.

Mak a ignora. Lê a mensagem em voz alta. Nem tenta esconder a voz trêmula. Ela faz parte de grupos no WhatsApp referentes às nossas duas turmas. Imagino que os professores compartilharam a mensagem nos grupos.

— Qualquer pessoa que tenha alguma informação a respeito da Lavinia Darshini, da Cempaka 5, por favor, entre em contato com a escola imediatamente.

Mais uma garota desaparecida.

— Agora já chega — anuncia mak, toda firme. O medo na voz dela é real. — Não vou deixar vocês pisarem naquela escola até que a gente saiba ao certo o que está acontecendo. Eu só não consigo… Khadijah!

Meu celular vibra sem parar. Eu me levanto da cadeira e vou até o quarto.

Às minhas costas, minha mãe segue gritando:

— Khadijah! Volte aqui! Eu não terminei de falar!

Fecho a porta do quarto para não ouvir os protestos.

É Flo de novo. Ela está na lista?, pergunta.

Vou até a escrivaninha. É difícil pegar o pedaço de papel com as mãos trêmulas, mas, de algum jeito, consigo. Devagar, passo o dedo lista abaixo. Meu coração disparado.

Paro o dedo.

Lavinia, Cempaka 5.

Está, digito de volta. Sim, ela está na lista.

Sumi digita. Para. E aí volta a digitar. Então é isso. Uma vez é coincidência, duas vezes já virou um padrão. As gritantes estão desaparecendo.

Então agora acreditam em mim. O que serve de validação ao mesmo tempo que deixa um gostinho amargo na boca.

Eu me jogo com tudo na cadeira. Não gosto daqui. Durante o dia, quando o sol entra pelas janelas, em grande parte meu quarto é tranquilo. Assim que as sombras começam a se prolongar, porém, fica cada vez mais difícil respirar em meio a essas paredes. Mesmo sem o colchão, e embora tenha queimado as roupas que eu vestia e o jogo de cama no qual dormia, a noite macula cada centímetro deste quarto com lembranças que limpeza nenhuma elimina.

As palavras de Sumi se repetem em minha cabeça vezes e mais vezes. "Então é isso." "Você tinha razão esse tempo todo." Por que as palavras tantas vezes não bastam? Por que a gente precisa de corpos para acreditar? E de quantos corpos é preciso?

Eles me obrigaram a fazer isso também, naquela época. Eles me sujeitaram a fazer coisas em troca de apoio, proteção, atitude.

"Não é seu dever me proteger", disse Aishah para mim.

Até parece.

Minha vida toda sempre foi: "Segura a mão da sua irmã" e "Cuidado com sua adik*" e "Deixe sua irmã ir primeiro. Afinal, você é a mais velha" e "Por que você a deixou fazer aquilo? Não estava cuidando dela? É isso o que as irmãs mais velhas devem fazer".

Foi por isso que, quando nosso ex-padrasto foi apresentado para nós, quando mak abriu um sorrisão desesperado, do tipo que diz "por favor, espero que vocês se gostem", e nos disse que aquele era o homem com quem se casaria, comecei a suar.

Era por isso que, quando via o jeito que ele olhava para Aishah toda vez que nossa mãe se distraía, e sorria feito um tigre com os olhos cravados em um jovem cervo, meu corpo todo se contraía.

Foi por isso que tentei alertar minha mãe. A respeito de como o olhar dele vagava, preguiçoso, por nosso corpo jovem, demorando-se nas partes de que gostava. E foi por isso que fiquei sem chão quando ela me ignorou. Ou pior, riu de mim.

"Ele é um bom homem", defendeu.

Todos eles são, até que deixam de ser. Até que são pegos.

Foi por isso que fui falando cada vez menos. Falar, descobri, de nada servia em um mundo que espera que as meninas sejam quietas e submissas. Apenas a vitimização poderia me dar qualquer moeda de troca. Apenas a vitimização me ajudaria a proteger minha irmã. E, portanto, quando senti que ele estava prestes a dar o bote, fiquei alerta, ressabiada e atenta, rezando para que viesse atrás de mim, e não Aishah. Sabendo muito bem que eu era a única capaz de usar a voz para colocar um fim naquilo e mantê-lo longe de minha irmã.

Foi por isso que quase chegou a ser um alívio quando aquela porta foi abrindo bem devagarinho. Quando a silhueta dele era tudo o que eu via. Foi por isso que rangi os dentes e aguentei o peso dele, odiando cada centímetro de seu corpo, deixando-o acreditar que estava seguro, que eu era segura. Antes de eu cravar as unhas nas costas dele e fazê-lo mostrar ao mundo sua maldade aos gritos.

Eu resisto, lembra? É o que faço. Fiz.

Foi por isso que aguentei tudo aquilo quando me fizeram contar a história de novo e de novo e de novo, minha mãe pálida e abatida, mas sem sair de meu lado. Durante semanas e semanas e semanas. Até que ele foi preso e perdi a vontade de falar. Porque as pessoas pararam de me enxergar como qualquer outra coisa que não fosse uma vítima. Porque tudo o que me perguntavam se relacionava à minha dor. Meu corpo em troca da crença deles, uma transação completa.

É por isso que farei o que planejei agora. Comprar um bolo que não tenho a menor intenção de comer. Enfrentar a mãe de uma garota desaparecida. Fazer perguntas. Erguer a voz, se for preciso. Minha irmã não vai ser esse tal corpo. Minha irmã não vai pagar pela crença deles. Não vou deixar que isso aconteça.

E é este o motivo.

Porque é o que irmãs mais velhas devem fazer.

Rachel

Salve a gente, penso. *Salve a gente, salve a gente, salve a gente.* Por que a garota de batom cor-de-rosa está me pedindo ajuda? Qual perigo ela corre? E por que eu? Por que não me deixa em paz?

Será que quero que me deixe em paz?

Que utilidade tenho para alguém quando não consigo nem me salvar?

Eu me reviro na cama e encaro o teto. Sou uma das gritantes e em breve, talvez, eu desapareça. É fácil notar que se trata de um padrão. Uma vez pode ter sido uma coincidência, mas duas? Isso é um padrão. Porém, se contar o que sei para mamãe, se pedir para ficar em casa, sei o que vou ouvir. Ela vai dizer: *Isso não é desculpa para negligenciar os estudos.* Ela vai dizer: *Não seja preguiçosa.* Ela vai dizer: *É assim que me retribui depois de tudo o que fiz por você?*

Parte de mim não quer ser a próxima, mas outra parte, que é menor, uma que me esforço muito para não reconhecer, se pergunta se não seria bom ser removida da vida antiga, nunca mais ter que pensar em todas aquelas coisas que nos deixam ansiosos ou frustrados ou temerosos.

Eu me pergunto se as outras gritantes se sentem assim. Eu me pergunto se são assombradas por coisas que não existem, coisas que lhes pedem salvação. Eu me pergunto se...

Meu celular emite uma notificação.

E aí está. Fui adicionada a um novo grupo no WhatsApp, o Grupo de Apoio Pós-Incidente da St. Bernadette.

Há uma extensa lista de números, todos adicionados um a um. Logo depois, uma mensagem:

~Sr. B

Sejam bem-vindas, alunas, ao grupo de apoio! Nós, da St. Bernadette, compreendemos que vocês provavelmente estão passando por um período difícil. Por favor, usem deste espaço para expor seus pensamentos e sentimentos. O grupo é moderado por mim, encik Bakri (também conhecido como sr. B👓), além da puan Fatimah e da sra. Sumathi. Nós estamos o tempo todo aqui para vocês!!!

Essa mensagem de boas-vindas grita uma energia de figurinha de bom-dia encaminhada pela sua avó todas as manhãs.

~Sr. B

Todos os dias, às cinco da tarde, postarei perguntas para serem discutidas, a respeito das quais vocês estão livres para refletir e responder no próprio tempo. Não esqueçam de que será necessário que relatemos periodicamente as atividades deste grupo para os pais de vocês! Mas saibam também que estamos todos aqui para ajudá-las como for possível!!

Qualquer que fosse a esperança que eu nutria pelo grupo desaparece na mesma hora. Bom, lá se foi, tão jovem. O minuto em que descubro que mamãe vai ver o que digo aqui é o minuto em que decido não falar um *a*.

~Sr. B

Lembrem-se, estamos aqui para dar apoio a vocês e para ajudá-las a se apoiarem!!! Até que voltemos a conversar amanhã, tomem cuidado!!!

Nem ferrando.

Enfio o celular debaixo do travesseiro e rolo para o lado. Não existe a menor chance de eu fazer parte dessas sessões de aconselhamento em grupo bizarras, não se os moderadores vão ficar em cima da gente o tempo todo, tomando notas do que falamos e relatando tudo para nossos pais. Para mamãe. Eu me imagino contando como me sinto de verdade, o que penso de verdade, e em como ela reagiria. Eu me pergunto se as outras gritantes precisam se esconder dos entes queridos desse jeito. Ou se são sinceras e desimpedidas e aceitas e amadas em meio a tudo isso. Eu me pergunto se têm pesadelos, ou se agora as sombras se aproximam delas de maneiras inquietantes, como fazem comigo. Eu me pergunto se elas são assombradas como eu, se alguém pede a ajuda delas para ser salva, se sabem o significado disso, se sabem o que fazer. Eu me pergunto se elas ficam pensando se nós vamos ser conhecidas como gritantes para sempre, todas nós, pelo restante da vida.

Todas nós.

Todas as gritantes.

Eu me sento de súbito.

Não tenho por que ficar me perguntando. Elas estão todas aqui. Tudo o que preciso fazer é… perguntar.

Penso em como seria me sentir menos solitária, conversar com pessoas que me entendem, que talvez saibam as respostas para minhas perguntas. Como seria ter uma amiga. Queria saber se banir minha solidão significaria banir meus fantasmas.

Queria saber se essas garotas podem me salvar, assim como meus pesadelos clamam para serem salvos.

Ah, se eu pudesse... Ah, se eu pudesse falar com essas garotas na lata, perguntar a elas coisas sem temer que um dos professores esteja anotando tudo o que dizemos para chegar aos olhos intensos e curiosos da mamãe. Ah, se os professores não estivessem lá.

Tipo, se a gente tivesse nosso próprio grupo no WhatsApp.

**TERÇA-FEIRA
DEZENOVE DIAS DEPOIS**

Khadijah

Na terça de manhã, estão todos lá. Novos seguranças, fazendo patrulhas por dentro, por fora, de cabo a rabo. Os uniformes deles são tão bem passados, tão limpos que praticamente estalam quando se movimentam. As garotas descem dos carros em frente aos portões, para que possam entrar direto. As que sobem a pé pela colina o fazem em silêncio. Todo mundo ignora os repórteres que ainda esperam para nos encurralar. Que correm até nós com gravadores, com celulares e perguntas afoitas. Agora há ainda mais matérias falando da gente. Nós, as aberrações. Nós, as esquisitonas. As garotas histéricas e desaparecidas da escola dos gritos.

Mak mordisca o lábio enquanto conduz o carro bem devagarinho até o portão.

— Espero que seja o certo a se fazer — murmura. — Espero que vocês duas fiquem seguras.

Nem Aishah nem eu respondemos. Eu me pergunto em que minha irmã está pensando.

Quando saímos do carro, um segurança nos direciona direto para a escola.

— Tak payah main-main — diz ele para nós, de cara fechada. *Não fiquem de bobeira.* — Só passem reto pelos portões e vão para o auditório, por favor.

Você não pode nos proteger, quero retrucar.

Entretanto, nós andamos. Aquelas que não estão caladas só se comunicam em sussurros. Como se estivessem em um lugar sagrado. Ou como se temessem acordar a fera. Passamos pela bocarra aberta do arco que nos leva para o auditório, e penso: *estamos indo direto para a boca do monstro.*

Quando o sinal toca, vejo os seguranças fecharem os portões. O barulho do ferro forjado ecoa em meus ouvidos. Penso nos gritos e me indago: *vocês estão impedindo o perigo de entrar? Ou nos prendendo com ele?*

Hoje a assembleia é breve. Somos mandadas para as salas de aula, e lá os espaços vazios voltam a ser gigantes. Os desaparecimentos botaram medo em ainda mais gente. Nós nos sentamos bem juntinhas no meio da sala. Esperando o primeiro período começar. Esperando que os professores finjam que alguém ainda dá a mínima para aprender alguma coisa.

— Queria saber onde está todo mundo — comenta Balqis, que mastiga kuih keria* direto do pacote.

Acho que seria preciso um terremoto para conseguir deixar Balqis abalada.

Farah olha para ela como se a garota tivesse começado a falar em outro idioma.

— Está falando sério? — pergunta.

— As provas de fim de ano logo vão começar, kan? — comenta Balqis, espanando as migalhas que caíram no baju kurung. — Cadê a preocupação com os estudos?

— Tipo, eu acho que elas podem estar mais preocupadas com serem raptadas — ralha Sumi a meu lado. — Considerando que tem garotas desaparecendo mesmo? Quando falei pra minha mãe que ia continuar vindo pra escola, ela não ficou *nada* feliz, pra dizer o mínimo. Disse que, independentemente do meu tamanho, ela ainda pode me dar uma surra com o cabo de vassoura.

Tipo mak, penso. A cada dia que passa, nosso impasse para voltar à escola fica mais intenso.

"O que é isso?", perguntou ela hoje de manhã, desesperada. "O que estão fazendo? Estão me punindo, é isso? Estou sendo punida por me casar com ele, por colocar vocês em perigo sem ter ideia do que estava fazendo? Por não ter te dado ouvidos da primeira vez que falou? Porque, pode acreditar, estou me punindo o bastante. Todo dia, merda." Ela passou a mão no cabelo. Nós ficamos sentadas em silêncio, Aishah e eu, só observando. "Quando você vai aprender, Khadijah, que não é preciso se enfiar na frente do perigo só pra provar que estava certa?"

No fim, ela cedeu. Talvez tenha reconhecido que viríamos de um jeito ou de outro. Contudo, durante todo o trajeto até a escola, ponderei: *Estou punindo minha mãe?* Ela fez tudo direitinho: ficou do meu lado, certificou-se de que meu agressor tivesse o que merecia, pediu desculpas várias vezes por tê-lo colocado dentro de casa. Ela não tinha como saber. Sei disso. Lá no fundo sei. Ela não tinha como saber o que ele era de verdade.

Só que parte de mim continua com raiva. Com raiva das vezes que falei e não fui ouvida. Com raiva do que foi preciso para ela acreditar em mim. E minha raiva é um muro que a mantém bem firme de um lado e eu, do outro.

— Então como você conseguiu vir? — pergunta Zulaikha para Sumi.

Minha amiga sorri.

— Meu tamanho pode não ser grande coisa, mas eu com certeza sou rápida demais pra ela. Só saí correndo e entrei no ônibus antes que ela me impedisse.

— Lor*, você vai pagar por isso depois — diz Flo.

Sumi dá de ombros.

— E daí? Pelo menos estou aqui.

— Minha mãe perguntou: "Kenapa nak kena datang?". *Por que você precisa tanto ir...?* — Zulaikha dá de ombros também. — Eu disse que sei lá. É só que estar aqui, com todo mundo, parece melhor do que ficar em casa. Aí ela falou: "É como se a escola estivesse possuindo vocês". — Ela ri. — Imagina ser possuída pela St. Bernadette?

Imagina ser devorada por ela, penso, e estremeço.

Puan Ramlah entra na sala e ficamos de pé. Nós, que continuamos aqui. Nós, que sobrevivemos. Então cantamos a habitual saudação matinal.

— Que estranho — murmura Balqis, com a cara confusa. — Não era para ser a aula de inglês agora.

Puan Ramlah suspira com pesar ao ouvir isso.

— Obrigada, Balqis — diz ela, afiada. — Não era mesmo, mas estou aqui para dar alguns comunicados. Antes de mais nada, vocês notarão vários novos seguranças fazendo patrulha pelo terreno. A escola, graças a um generoso patrocínio da Associação de Pais e Alunos, contratou uma empresa para ficar de olho nas alunas, uma vez que garantir a segurança de vocês é nossa prioridade máxima. Porém, tenho certeza de que as garotas desaparecidas serão encontradas logo, logo. — Ela pausa para fungar em um lenço rendado com delicadeza. — Enfim. Não queremos arriscar. Depois da aula, as alunas não vão sair andando por aí sozinhas. Os seguranças estão posicionados onde ficam os ônibus escolares, para garantir que embarquem sem problemas. E, agora, os pais que vêm buscar as filhas pessoalmente precisam dirigir ou caminhar até os portões da escola. Vocês não terão autorização para sair a menos que seja com um pai ou guardião. — Ela dá uma olhada nas anotações diante de si. — Tirando isso, vamos tentar garantir que os dias de vocês procedam com o menor número de interrupções possível, e, como de costume, isso inclui atividades de aprendizagem e extracurriculares. Alguma pergunta?

Jacintha levanta a mão.

— Pois não, Jacintha?

— Puan Ramlah, o que a senhora acha que aconteceu com aquelas garotas?

Não acho que esse seja o tipo de pergunta a que puan Ramlah estava se referindo. Ela observa Jacintha por um tempo, como se tivesse dificuldade em formular as palavras.

Nós esperamos.

No fim, ela só dá de ombros.

— Não faço ideia — admite ela, sem rodeios. — Não sei mesmo, mas estou temerosa e preocupada por todas vocês, e quero que fiquem em segurança. Então, por favor, só façam como pedimos. Não quero perder nenhuma de vocês.

São as palavras mais sinceras que falam para nós em semanas.

Na biblioteca, minhas colegas de equipe apresentam os discursos. Minha função é dar uma olhada nas argumentações enquanto o tio trabalha com cada uma na respectiva apresentação. Preciso procurar brechas e inconsistências nas falas. Ajudá-las a evitar furos nos discursos, deixá-los perfeitos, mas as palavras viram borrões além da compreensão em minha mente.

— Bom trabalho, gente — elogia o tio, por fim. Levanto a cabeça. Não ouvi nadinha do que nenhuma delas disse. — Agora podem ir direto para casa. Descansem. Vocês mereceram.

Siti fica parada.

— Mas, tio, ainda faltam, tipo, vinte minutos para a reunião acabar — argumenta ela.

O homem sorri, deixando à mostra os dentes brancos. Seria de se esperar que um homem tão bem-apessoado tivesse dentes perfeitamente alinhados, mas os dele são tortos. O que quase o deixa mais bonito.

— Sei que puan Ani disse que a prática deveria durar duas horas, mas vocês já fizeram um trabalho incrível, e acredito no descanso e em não forçar demais. Queremos vencer, mas não à custa da saúde e do bem-estar de vocês.

Fico sem reação. Parece que faz muito tempo desde que alguém priorizou a gente em vez de nossa utilidade. E é um alívio tremendo poder parar de fingir ser útil.

Siti morde o lábio.

— Ah… tá — responde, juntando os pertences devagar.

As outras não compartilham nem um pouco da reticência dela. Já arrumaram tudo.

— Tchau! — exclamam, acenando em alegria enquanto saem.

— Fique um minuto, Khadijah — pede o tio.

Fico sem reação mais uma vez. E assinto. O que ele quer comigo? O que eu fiz? De repente fico muitíssimo ciente de que estou sozinha. Com um homem.

Meu cérebro empaca até parar. Um homem. Tento me concentrar em cada respiração, inalando o ar bem devagar pelo nariz, e soltando-o bem devagar pela boca. *Você está bem, Khad. Você está bem.*

— Só queria conversar com você — diz o tio. Sua voz é acolhedora, gentil. — Está tudo bem? Hoje em especial você pareceu mais distraída.

Assinto. *Bem, eu estou bem, de boa. Por favor, me deixa ir embora.*

— Sei a respeito de sua... situação. — Ele está se esforçando tanto para ser delicado. — Puan Ani me deixou a par. Não sei todos os detalhes, óbvio, nem preciso saber. Isso é assunto seu para compartilhar com quem bem entender. — Ele faz uma pausa. — Mas espero que saiba que há pessoas por perto para apoiar você, caso precise. Basta pedir.

E aí ele vai lá e faz. Coloca a mão quente na minha fria e trêmula. E no mesmo instante a empurro para trás com tudo e recuo, levantando-me com tanta rapidez que a cadeira emite um som de arrastar alto e horrível que rompe o silêncio da biblioteca.

Aí uma expressão passa pelo rosto do tio. Surpresa, e algo mais. Frustração, talvez. Ou raiva.

— Desculpe — diz ele, depressa. — Desculpe. Eu não deveria ter feito isso.

Concordo com a cabeça, encostando a mão no peito como se tivesse me queimado. Em seguida enfio tudo na mochila (caderno, papéis, tudo) e saio correndo da biblioteca. Não olho para trás. Eu me pergunto por quanto tempo vou fugir de pessoas que tentam me ajudar. Quantas vezes mais vou decepcioná-las.

Rachel

Na escola, o sr. B me encurrala em algum ponto entre o auditório e a sala.

— Então agora você faz parte do grupo, certo? — pergunta ele.

Perto da gente tem um quadro de avisos protegido com vidro, cheio de comunicados oficiais da escola, folhetos e pôsteres desenhados à mão. De soslaio, vejo o reflexo. Com as fitas brancas, faz parecer que poderia ser eu, mas a imagem é vigilante e cautelosa, e se movimenta de jeitos desconcertantes. Sei que é ela.

— *Hum*. Faço.

Estou tentando ao máximo ignorá-la, mas a sensação de formigamento na nuca me avisa que sou observada, o que dificulta impedir os olhos de se desviarem na direção dela.

O sr. B nota minha inquietação e de imediato entende a coisa errada.

— Não se preocupe com isso — assegura ele. — Se a professora começar a chamar sua atenção por atraso, pode apenas dizer que eu estava conversando com você.

— Certo.

No reflexo, a garota inclina a cabeça toda para um lado, como se não tivesse ossos, ou como se não se importasse com quebrá-los. Seus lábios estão pintados com uma camada recente de um cor-de-rosa reluzente e marcante. Sinto o suor frio na testa. Essa deve ser a primeira vez em minha carreira acadêmica em que posso jurar que não estou dando a mínima para o fato de chegar atrasada.

— Enfim, acha que está indo bem? O grupo, no caso? As pessoas não parecem participar tanto quanto eu gostaria.

— *Hum.*

Meus lábios estão ressecados e minha mente é um borrão. *A garota*, penso. *A garota, a garota, a garota.*

Para minha sorte, o sr. B não parece precisar que eu participe desta conversa. Ele franze o cenho.

— Queria saber o que mais posso fazer para deixar vocês, sabe como é, mais confortáveis. O que acha? Tem alguma ideia?

Dou de ombros.

— Pra dizer a verdade, não, senhor.

Ele suspira.

— Ah, bem. Então vou só continuar insistindo. Com sorte, pelo menos algumas de vocês vão achar esses recursos úteis.

O sr. B parece tão para baixo que quase sinto alguma empatia por ele. Quase.

Até que miro o quadro de avisos e vejo a garota me encarando com aqueles olhos atormentados, e aí paro totalmente de pensar no sr. B.

Pelo restante do dia, tudo o que faço é relutar. A garota espera por mim em cada superfície reluzente, observando-me. No banheiro, fecho os olhos diante do espelho; na sala de aula, olho direto para a carteira em vez de focar na janela. No intervalo, fujo da cantina e me sento debaixo das árvores de jasmim-manga sozinha, pela primeira vez grata por não ter amigas, porque assim não preciso explicar meu súbito medo de colheres.

Quando me sento no banco de trás do carro e dou um "oi" distraído para pakcik Zakaria, minha cabeça está a toda. Como devo salvar "a gente"? Quem é que ela quer que eu salve? Estou perdendo a cabeça? Como faço isso parar? Meus pensamentos giram e giram e giram, durante todo o trajeto até em casa, enquanto confiro todos os espelhos para ter certeza de que ela não nos segue aqui.

— Rachel.

Ergo o olhar, surpresa. Já estamos em casa e pakcik Zakaria está virado para trás no banco, olhando para mim de testa franzida.

— Rachel okay ke? Kita dah sampai rumah ni. — *Rachel, está tudo bem? A gente já chegou na sua casa.*

— Ah. — Balanço a cabeça. *Acorda, Rachel, acorda.* — Terima kasih, pakcik Zakaria.

Ele aceita meu agradecimento com um aceno de cabeça, mas o rosto ainda é pura preocupação. Pakcik Zakaria tem filhas, lembro delas, filhinhas na escola primária da St. Bernadette, filhinhas que poderiam crescer e se tornarem gritantes como eu.

— Rachel…

— Eu estou bem. Não se preocupe comigo. E não comenta nada com a mamãe. Tudo bem?

Ele hesita.

— Por favor.

— Tudo bem — cede, baixinho. — Tudo bem, Rachel.

* * *

A garota não me segue até em casa, o que não significa que deixo de ficar alerta. Procuro por ela na visão periférica, como se fosse reaparecer a qualquer momento. Ando pela casa prendendo a respiração, como se ela esperasse por mim em todas as curvas, em cada reflexo, em cada sombra. Só que ela não está aqui. Não está mesmo aqui.

— O que está procurando? — pergunta mamãe, a irritação transparente na voz.

Ela veste um traje esportivo impecável que parece nunca ter sido usado para nada além do que caminhar pelos shoppings enquanto beberica um Starbucks. Hoje à noite ela tem uma aula de tai chi no parque com as amigas.

— Não consegue ficar parada. Parece que tem formigas pinicando seu traseiro — repreende mamãe.

— Nada. Nada.

— Não tem lição de casa hoje?

— Não — respondo, pensando na pilha de exercícios de cálculo e de páginas de trabalhos negligenciados a qual ainda preciso fazer, enfiada no fundo da mochila. A mamãe em minha cabeça aperta meu peito com força, aciona minha culpa.
— Quer dizer, tenho.

A mamãe da vida real franze o cenho.

— Qual dos dois? Tem ou não?

— Eu tenho lição de casa.

— Então ao trabalho, Rachel. Por que está vagando pela casa desse jeito?

— Tudo bem — digo.

— Vou sair para jantar depois do tai chi com a tia Helen e a tia Lydia — informa mamãe. — Kak Tini vai servir seu jantar como sempre.

— Tudo bem — repito. — Eu vou só... pegar um pouco de água.

Na cozinha, enquanto fico parada diante do filtro, observando o copo aos poucos se encher até a boca, kak Tini se aproxima e toca meu braço, carinhosa. Minha crise do outro dia não parece tê-la intimidado.

— Rachel, bem? — pergunta, baixinho, como sempre faz. Como pakcik Zakaria fez.

De repente há lágrimas em meus olhos.

— Rachel, bem, je kak Tini.

Então assinto, tentando sorrir para que ela não note as lágrimas.

A voz dela é meiga. Kak Tini sempre foi essa pessoa muito calma e tranquila.

— Se precisar de qualquer coisa, você fala pra mim. Tá?

— Tá bem, kak Tini.

Abro o livro de química e pego a tarefa que era para ter sido entregue três dias antes. No entanto, não faço nada além de fitar um único ponto da mesa no qual as espirais no laminado de madeira parecem olhos e um nariz.

A solução está bem ali. Sei disso. A qualquer momento, eu poderia só colocar em prática, adicionar todos os números em um grupo novo. Poderia falar com elas, perguntar se isso também está acontecendo com alguma. Poderíamos encontrar uma solução juntas. Mesmo que não escutem ou enxerguem as mesmas coisas, talvez o simples ato de falar com pessoas que entendem, que também gritaram, ajude-me a dar um jeito no meu cérebro defeituoso, exorcizar os fantasmas que se infiltraram pelas rachaduras. E faz sentido, certo? Aqui está um grupo de pessoas que compartilham de uma experiência singular, algo jamais compreendido. Não é nisso que se baseiam as amizades? Nas coisas em comum?

Abro o grupo original, o neném do sr. B, e rolo a página. Depois de uma série de mensagens mornas de "oi" e "e aí" e uma rodada de apresentações (Oi, sou a Rachel da Melati 5. Legal conhecer vocês, gente), o chat continuou em grande parte parado, as notificações vindas do próprio sr. B, desesperado para fazer o pessoal participar. Ele faz perguntas, pesa a mão nas reações forçadas para cada mínima resposta, usa emojis além do aceitável e nos diz que tem horários de expediente especiais para qualquer uma do grupo passar por lá sempre que quiser. Eu me pergunto se alguém vai.

Parte de mim entende o silêncio como sinal de que ninguém quer falar, que só querem seguir em frente. Parte de mim entende como um sinal de que, assim como eu, elas querem conversar em um lugar em que não serão observadas como ratos de laboratórios e, depois, delatadas para os pais.

Elas não vão ser suas amigas, sabe?, sibila a voz de mamãe em minha cabeça, cheia de rancor, malvada. Assim como é na vida real, ela não gosta de quando a ignoro. E fica mais cruel quando acontece. *Por mais coisas que vocês tenham em comum, por que elas seriam suas amigas?* Penso em todos os anos que passei sozinha, tentando me aproximar das pessoas e fracassando, sem compreender de fato o que as faz se conectarem daquele jeito, sentindo-me a peça de um quebra-cabeça que foi guardada na caixa errada.

— A questão não é essa — falo em voz alta, rangendo os dentes. — Não se trata de amizade. E sim de descobrir o que está acontecendo, para que eu consiga fazer essa garota parar de me assombrar.

As mentiras estão mais convincentes, observa a voz de mamãe em minha cabeça. *Até ficou melhor em mentir para si mesma.*

Cala a boca, penso. *Cala a boca, cala a boca, cala a boca.* Logo pego o celular de onde está carregando na mesinha de cabeceira. Tomando cuidado, adiciono cada um dos números, sempre confirmando uma segunda vez para não adicionar mais ninguém, qualquer pessoa que talvez não nos entenda.

"Nome do grupo", pede o WhatsApp.

Paro e penso a respeito. Depois, devagar, digito: As Gritantes da St. Bernie.

Clico em "Criar", depois enfio o celular debaixo do travesseiro. Não quero esperar para ver quantas pessoas vão interagir. O que vão falar. E, pelo que parece, não consigo ser corajosa a ponto de ser a primeira a digitar algo.

Típico, caçoa a mamãe em minha cabeça. *Típica Rachel medrosa.*

Fecho os olhos e finjo não a ouvir.

**QUARTA-FEIRA
VINTE DIAS DEPOIS**

Khadijah

Hoje de manhã as garotas foram para um debate de verdade. Eu as vi partir, parada toda sem jeito do lado do carro enquanto elas entravam. Siti reivindicando o banco da frente, claro. Todas as outras se espremeram no de trás, suando debaixo dos blazers azul-marinho. Dessa vez era um debate importante. Classificatório para as finais. A equipe inteira parecia um tanto enjoada por conta do nervosismo. Tirando Siti, que para minha infelicidade ainda parecia belíssima.

"A gente te conta o resultado!", gritou puan Ani, toda animada, da janela aberta. "Nos deseje sorte!"

Levantei a mão em um breve aceno hesitante. Os seguranças abriram os portões para deixá-las sair. Os poucos repórteres otimistas que seguiam ali as cercaram como larvas em carne fresca. Buscavam pais desamparados, um ou dois professores chorando. A decepção quando viram a equipe dentro do carro foi palpável. Eles querem garotas desaparecidas, e não apenas alunas.

Agora mordisco o lábio e me pergunto como foi. Não era o primeiro debate delas desde que a gritaria começou, mas era o primeiro desde que as meninas começaram a desaparecer.

Queria saber como as debatedoras se sentem com isso.

Só que não fico devaneando por muito tempo. Minha mãe acha que tenho prática de debate. Acha que é por isso que vou chegar tarde em casa. Minhas amigas, por outro lado, sabem que não tem nenhuma reunião hoje. Em dias de competição nunca tem. As garotas precisam descansar. Minhas amigas acham que fui para casa.

"Tchau!", gritaram elas, e acenaram em alegria no caminho até o ponto de ônibus.

Acenei em resposta. Tchau, tchau, tchau. Pelo menos por algumas horas, todo mundo vai achar que estou onde eles acham que eu deveria estar, e ninguém vai perceber o erro.

É exatamente o que quero.

Deveria me sentir culpada, culpada por dar um perdido em todo mundo, mas não. Nem por enganar Sumi e Flo, que têm sido um poço de lealdade. Que embarcaram juntas em todos os meus caprichos e planos. Mesmo quando não concordamos em nossas crenças. Mesmo quando pensam que eu só deveria voltar ao "normal".

Antes de sair, passo em frente à sala de música. Dou uma olhadinha pelas janelas. E me encolho um pouco com as explosões de sons discordantes. Aishah está ali, fitando a partitura com ferocidade. Quando está se concentrando, ela sempre faz cara de brava. Minha irmã segura a flauta, comedida e em posição. Sinto uma pontada de culpa. Não quero deixá-la sozinha aqui. Não quero deixá-la à mercê do apetite da St. Bernadette. Porém, preciso de respostas. Faço uma du'a rapidinho. Peço por ajuda ao Todo-Poderoso. Peço à própria escola: *Por favor, só a deixe em paz. Na dela.*

À medida que saio, sinto os passos desacelerarem. Como se a escola me puxasse. Mãos invisíveis implorando para que eu não vá. Implorando para que fique aqui, onde é meu lugar. Onde estou protegida.

Ou então é no que ela quer que eu acredite.

Ranjo os dentes e coloco um pé na frente do outro. Um passo depois outro e mais outro. Até que já estou do outro lado dos portões. Até que estou liberta. Até que, de repente, meus pés ficam mais leves. Até que estou correndo, deixando a St. Bernadette bem para trás, até que não seja nada além de uma sombra ao longe.

Dou uma desacelerada quando estou me aproximando. A mensagem chegou hoje de manhã: Seu bolo está pronto! Nós marcamos um ponto de encontro. O estacionamento de um café onde eu sabia que conseguiria chegar a pé da escola. Estou suando por baixo do hijab branco. Não sei dizer se é pelo calor ou pelo estresse.

Tateio o bolso para confirmar que estou com a carteira, inchada com notas de meu cofrinho. Tiro o celular de onde o escondi, direto das profundezas da mochila. Longe dos olhares curiosos das monitoras e dos professores. A moça disse que costuma pedir um sinal, mas prometi que pagaria o valor cheio na retirada. Sou estudante, expliquei, e o bolo é pra fazer surpresa pra minha mãe. Ela cedeu. Lógico. Ela também foi mãe. Ainda é mãe.

Cheguei, digito com cuidado.

A resposta chega quase de imediato: Eu também! Estacionei na frente do mural.

Olho por todos os lados. O café e o estacionamento estão lotados. O lugar está na moda e todo mundo quer parar o carro no centro da cidade. O mural de que ela está falando cobre uma parede inteira. Um cenário das lojas de Kuala Lumpur como eram antes. Prédios pintados com cores vivas, venezianas de madeira, cartazes pintados à mão para divulgar os produtos. Uma garotinha espia de uma janela aberta no andar de cima, as bochechas pintadas de um vermelho-rosado. Eu a observo e me pergunto se é de verdade. Se sabe que seu corpo está à mostra para o mundo todo ver. Se alguém ao menos pediu autorização.

Um carro azul-escuro está parado em uma vaga, o único com o motor ainda ligado. Só pode ser ela. Dito e feito, a mulher abre a porta do motorista e sai. Legging preta, camiseta rosa comprida. Tênis brancos confortáveis. Do tipo que faz a gente imaginar que está pisando nas nuvens. Do tipo que custa o olho da cara.

— *Oiiiiii!* — Ela acena para mim, e retribuo o gesto. — Me deixa pegar aqui seu bolo!

Ela abre a porta de trás. Puxa uma caixinha branca. Sigo parada e remexo a carteira. Agora está caindo a ficha de que vou precisar falar. Perguntar. Seria tão mais fácil se Sumi e Flo estivessem aqui, mas eu tinha tanta certeza. Queria fazer isso e sabia que elas falariam que era uma péssima ideia.

— Você é a Joanna? — pergunto.

A voz é uma estranha em minha garganta. Algo desconhecido, esperando para me sufocar com minhas palavras.

— A própria — confirma ela. Joanna Lim. Mãe da Julianna. — *Tã-dan!* — Joanna mostra a caixa para mim, fazendo um floreio. Completa: — Pode dar uma olhada, veja se está tudo certinho. Quero ter certeza de que está satisfeita.

Posiciono a caixa em cima do capô do carro. Abro-a com cuidado. O bolo não é muito grande. Cerca de quinze centímetros de diâmetro. Foi o que deu para pagar. Delicadas flores confeitadas sobem pelas laterais do bolo rosé. Em uma escrita verde-claro pomposa em cima, está escrito apenas: *FELIZ*.

— No começo fiquei confusa — conta ela, sorrindo. — Eu tinha certeza de que você havia cometido um erro. Que era para dizer "feliz aniversário" ou "feliz aposentadoria", ou algo assim, sabe?

— É o que desejo pra ela — explico em voz alta. — Pra nós.

— É algo bom para se desejar — comenta Joanna, assentindo. Sem falar nada, entrego o dinheiro e observo enquanto ela o conta.

— Está tudo aqui — constata. Ela me flagra limpando o suor da testa com discrição. Dá para senti-lo se acumulando debaixo do hijab. Então comenta, toda empática: — Coitadinha. Que horas são? Minha nossa, você deve ter precisado correr até aqui só para me encontrar, depois que a aula terminou. Pelo visto queria muito esse bolo!

Assinto. Aqui está. Minha oportunidade.

— Minha escola não fica tão longe — explico. — Eu estudo na St. Bernadette.

Vejo as mãos inquietas dela ficarem imóveis. Sua expressão fica reservada. Os olhos, sombrios.

— Ah, é mesmo? Você tem razão, não fica muito longe.

— Ya. — Assinto, séria. — Só precisei caminhar pela ruela, depois atravessar algumas ruas e aí…

— Conheço bem a St. Bernadette e onde fica, obrigada — interrompe ela, cuja voz ficou toda rígida. Como se forçasse as palavras a saírem.

— Ah, é mesmo? — *Isso aí, Khad. Joga um verde, se faz de boba. Finge que não percebeu todos os sinais que ela deu de que isso a deixa desconfortável.* — Sua filha estuda lá, ou algo assim? Como ela se chama? Vai ver eu a conheço!

Neste momento, a respiração de Joanna Lim fica pesada. Entra pelo nariz, sai pela boca. Conheço a técnica. Já a usei um milhão de vezes.

— Estudava, mas não está mais lá — responde.

Sem ter a intenção, vejo que estou me inclinando para a frente. Tentando me aproximar. Ansiosa para ouvir mais.

— O que aconteceu? — pergunto, baixinho.

Algo brilha nos olhos dela. Joanna endireita a coluna para me fitar.

— O que você quer dizer com "o que aconteceu?" — questiona.

Ah, não. Ah, não, ah, não, ah, não. Percebo tarde demais que fiz tudo errado.

Joanna Lim praticamente rosna.

— Você é uma delas, não é? Uma das pirralhas que ficam sabendo da Julianna e decidem que precisam ir atrás de respostas. Descobrir a verdade por trás da história de fantasma em que vocês a transformaram. — Ela me cutuca no peito e acho que meu desespero vai me asfixiar. — Julianna não é uma lenda urbana. Uma história assustadora que se conta no escuro. Ela é minha filha. Minha *filha.* — Por um momento, o rosto dela se desmancha antes de ela se recompor. — Eu falei para a escola na época, vou dizer para você agora. Nunca mais quero ter nada a ver com a St. Bernadette. Em especial depois do que fizeram. Você trate de voltar e contar para suas amiguinhas.

— O que eles fizeram? O que a St. Bernadette fez?

Não sei por que Joanna responde. Ela não é obrigada. Talvez veja o desespero em meus olhos. Talvez se sinta mal por mim. Talvez queira que eu saiba como está brava. Seja lá qual for o motivo, ela me responde.

— Nada — conta ela, quase cuspindo a palavra. — Absolutamente nada. Nenhuma investigação, nenhuma nota para a imprensa, nada de autorizar que falassem comigo, eu que sou a *mãe* da Julianna, sobre o que aconteceu no dia em que ela desapareceu.

Nada. — Ela abre a porta do carro com tanta força que acho que talvez a arranque do lugar. — E agora é isso o que aquela escola é para mim: nada. — Joanna me dá uma última olhada antes de colocar os óculos de sol, mas o movimento não é tão rápido para impedir que eu veja como seus olhos brilham com as lágrimas. — Aproveite o bolo.

Ela bate a porta do carro e sai da vaga com um cantar de pneus. Como se nenhuma velocidade fosse rápida demais para tirá-la dali.

Fico prostada com a caixa de bolo nas mãos. Tremo tanto que tenho certeza de que estou destruindo o trabalho que Joanna Lim fez.

Por que a escola não quis ajudar nas investigações de Joanna? Uma mãe enlutada e seus questionamentos? A não ser que…

A não ser que soubessem que ninguém gostaria das respostas.

Rachel

Não fico tanto tempo assim longe do celular. Em algum momento a curiosidade leva a melhor e o fisgo de debaixo do travesseiro e observo conforme as outras gritantes aparecem no grupo, uma a uma.

Pairo o dedo acima do botão de enviar, hesitante, incerta. Passei o dia todo pensando neste momento. Fiquei uma eternidade formulando a mensagem, pensando em cada palavra, passando períodos inteiros de aula escrevendo e reescrevendo versões dela em folhas de papel pautado que enfiei no meio das páginas do caderno de estudos morais, versões essas que leio de novo e de novo e de novo.

Oi, gente. Me chamo Rachel Lian e sou da Melati 5. Assim como vocês, sou uma gritante.

Desculpa adicioná-las neste grupo sem pedir permissão, e é claro que vocês têm todo o direito de sair quando quiserem. Mas, desde que gritei, tenho me sentido estranha e solitária, como se ninguém me entendesse. Só que isso não é verdade, né? Porque todo mundo aqui entende. E achei que a gente poderia se ajudar e, quem sabe, deixar de se sentir tão só.

Ficou perfeito, penso. O tom certo, a mensagem certa. Apelando para as emoções delas e para nossos conflitos em comum. Nada ali sugere que tenho qualquer tipo de segunda intenção, que estou aqui para revirar essas garotas até encontrar meu próprio pesadelo pessoal. Porque esse é o motivo de eu fazer isso, certo? É o *x* da questão. Portanto, finjo que não sinto uma pontadinha de empolgação com a ideia de enfim fazer algumas amizades.

Ninguém vai responder, caçoa a voz de mamãe em minha cabeça. *Ninguém vai querer falar com você. E por que falariam?*

Esse pensamento me faz parar. A versão de mamãe em minha cabeça é boa demais nisso, competente demais em trazer à tona minhas partes mais sensíveis, aquilo que mantenho escondido, e depois fazer pressão até causar dor.

Respiro fundo e envio, e espero e espero e espero. O vácuo se estende por tempo demais. A cada segundo que passa sinto que afundo cada vez mais na areia movediça de minha própria ansiedade. *O que elas estão pensando? Ficaram irritadas? Estão rindo de mim? Alguém vai responder?*

Então vejo: o pequeno status de mensagem no topo da aba que informa que alguém está digitando.

Uma notificação.

~NN
O que é isso? Pra que serve esse grupo?

Mordisco a unha do polegar, um costume que não consigo evitar quando estou nervosa. Sei que para algumas pessoas esse talvez seja um assunto controverso. Quem é que gosta de ser adicionado em algum grupo aleatório? Eu poderia ser qualquer pessoa (um revendedor, um hacker, um pedófilo).

> **~Rachel Lian**
> Este grupo é para gritantes. Um grupo particular, um que nossos pais não têm como acessar a menos que escolham compartilhar as coisas daqui com eles.

~NN
Não sei se é uma boa ideia... Minha mãe não gosta quando falo disso.

> **~Rachel Lian**
> Tudo bem. Você pode sair se quiser. Não quero ninguém arrumando encrenca.

Desta vez o silêncio é mais longo, estendendo-se mais e mais. No dedão direito já não tenho mais nenhuma unha para roer, então parto para o da mão esquerda. A mamãe em minha orelha sussurra: *É isso. Elas estão saindo. Não vão voltar. Você vai ficar sozinha de novo, como sempre ficou, como vai ficar para sempre.*

Plin. Mais uma mensagem.

~Selena.Marie
Estou tão feliz por você ter feito isso. Andei me coçando pra falar com vocês, conversar de verdade, só que aquele grupo... só não pareceu certo, sabe?

É como se essa mensagem abrisse uma porta e elas viessem todas correndo, mensagem atrás de mensagem, confissão atrás de confissão. Chegam tão rápido que é quase impossível acompanhar. Preciso ficar rolando a página para cima para me certificar de que não deixo nada passar batido. Meus lábios doem, e me pergunto o motivo até que me dou conta de que é porque não estou acostumada a abrir um sorriso tão grande, por tanto tempo.

~Nik Te Ama
MDS estou tão feliz por este grupo existir.

~jamie khoo
Estou tão feliz por todas vocês entenderem.

~Arissa.Aziz
Vocês também estão com dificuldade pra dormir?

~Bhavani
Vocês também têm pesadelos?

~NN
Você também tem?

~Sheila.Victor
Eu também.

~Liyana Banana
Eu também.

~Ranjeetha P
Eu também.

Talvez, penso, *talvez entender o "salve a gente" comece comigo tentando ao máximo me salvar.* A voz de mamãe em minha cabeça está calada. Meu sorriso é enorme. Digito uma resposta e envio antes mesmo de me dar conta do que estou fazendo.

~Rachel Lian
Eu também.

QUINTA-FEIRA
VINTE E UM DIAS DEPOIS

Khadijah

— Dá pra você parar? — sibila Siti. — Em um minuto vai estar todo mundo olhando pra gente.

Não entra em minha cabeça que a escola decidiu seguir em frente com isso. Em cima do palco tem um banner com os dizeres ST. BERNADETTE: JUNTOS SOMOS MAIS FORTES, em letras garrafais. Uma professora jovem de cujo nome nunca me lembro passa ao redor e orienta as pessoas quanto ao que fazer. Diz que esta vitória (nossa vitória) é um baita estímulo para toda a comunidade escolar. Declarar a St. Bernadette como um espaço de campeãs é "o jeito perfeito de encerrar a comemoração de Dia da Comunidade". Não consigo me fazer acreditar que alguém possa se importar tanto assim com nossa equipe de debate.

Depois de ontem, estou com dificuldade de acreditar que alguém se importa tanto assim com a gente, as garotas, em geral.

Percorri todo o caminho de volta até a escola com o bolo nas mãos. Esqueci dele por completo. Quando enfim me dei conta, joguei-o no lixo. Não conseguia nem pensar em comê-lo sem sentir vontade de vomitar.

"Aonde você foi?", perguntou Aishah, já esperando mak no lugar de sempre.

Não respondi. Não queria contar que estive caçando fantasmas.

Por que a escola não quis ajudar Joanna? Não deixa os professores falarem a respeito das gritantes? De Julianna?

O que é que eles não querem que a gente descubra?

Agora somos conduzidas pelos procedimentos como se fôssemos ovelhas. Enfileiradas do lado de fora do auditório, esperando para ouvir nossos nomes serem chamados. Fizeram com que a gente praticasse a caminhada pelo palco, o cumprimento de mãos com alguma professora substituindo a verdadeira *bam-bam-bam*. O recebimento de um papel em branco enrolado em um pergaminho para fazer parecer nossos certificados. *Por que mesmo estou aqui?*, penso. *Eu nem sequer faço parte da equipe.* A debatedora que não fala.

Neste momento, Felicia se remexe no blazer, desconfortável.

— Não dá — sussurra ela para Siti. — É por isso que estou me mexendo. Porque eles vão ficar olhando.

— Que estranho — balbucia Rania, ajeitando a gravata como se a sufocasse. — Por que mesmo a gente está se dando a esse trabalho? Aquelas garotas já eram. O povo não deveria estar tentando descobrir onde elas estão? Como trazê-las de volta?

Eles não querem isso, penso. Estão se dando a todo esse trabalho para que não tenham que se preocupar com o resto. Com as garotas histéricas, dramáticas e atentadas. Enfio as unhas com força na palma das mãos, deixando marcas de meias-luas perfeitas na pele suada.

— Vocês todas precisam calar a boquinha. — Siti parece inabalável e perfeita, como sempre. — Só fiquem sentadas e aproveitem. A gente deu duro, fez por merecer.

A gente fez mesmo por merecer? E importa? Nós todas continuamos fingindo que importa. Uma por vez, as professoras sobem no palco para falar de como somos maravilhosas. Que trabalho incrível fizemos. Primeiro puan Ani. Depois a sra. Beatrice, que retrata uma imagem reluzente da honra e da glória que trouxemos para a escola. Ela não para de repetir a expressão "nesses tempos difíceis".

No palco, as professoras assentem em aprovação. Até mesmo colocaram o tio lá em cima, que, entre as palmas educadas, checa o relógio com discrição. Ele provavelmente está morrendo de vontade de sair daqui. Lembro do semblante no rosto da mãe de Julianna quando me contou como a escola virou as costas para ela. Nesses tempos difíceis. Para mim, estamos longe de fazer o esforço necessário.

Da plateia, Sumi e Flo acenam à beça em minha direção. Desvio o olhar, concentrando-me à frente. Não contei para elas de minha missão paralela. Que menti para as duas. Isso me deixa irrequieta e nervosa. Acho que é a primeira vez na vida que menti para elas a respeito de algo do tipo. Algo importante.

— A St. Bernadette tem orgulho de vocês — entoa a sra. Beatrice, toda majestosa. Em seguida observa a plateia, que entende a deixa. Aplausos aqui e ali irrompem pelo auditório. — E para demonstrar nossa gratidão por todo o esforço que fizeram, assim como para elevar o espírito de luta pela competição vindoura, a Associação de Pais e Professores, junto de todos nós aqui presentes, temos algumas lembrancinhas de agradecimento.

Outra rodada de aplausos educados. O blazer me pinica. Quero arrancá-lo. Quero rasgar a própria pele. Alguma coisa não está certa aqui, aqui neste blazer, aqui nesta escola, aqui dentro de mim, no meu ser.

A sra. Beatrice cruza o caminho até a lateral do palco e gesticula para que o tio a acompanhe. Ao lado deles há uma mesinha coberta de renda e uma fileira de plaquetas de madeira brilhante. Pelo visto não vamos só ganhar certificados.

— Garotas, quando chamarmos o nome de vocês, por favor, venham até o palco para receber o símbolo de reconhecimento do nosso estimado convidado, datuk Shah — orienta puan Ani no microfone.

No momento é difícil respirar. Passo bastante tempo me certificando de que ninguém presta atenção em mim. De que ninguém olha para mim. E agora todos os olhos estão prestes a se concentrar em mim. Não gosto disso.

— Siti Amira binti Luqman.

Siti atravessa o palco. Os passos confiantes e estaladiços. O rabo de cavalo saltitando de um lado para o outro. Ela aceita a plaqueta e dá um sorriso estonteante para o tio e a sra. Beatrice. É quase como se ela não quisesse sair do palco.

— Felicia Lee.

Minha barriga embrulha de novo.

— Rania binti Ahmad Afif.

Acho que talvez eu vomite.

— Anusyia Anne Raj.

Essa, não. Essa, não, essa, não, essa, não.

— Nur Khadijah binti Rahmat.

Eu me apoio em pernas que parecem de gelatina. É coisa de minha cabeça, ou um burburinho se espalha pela plateia, como uma brisa correndo pelas árvores? A oradora que não fala. Desço o olhar para os pés, tão esquisitos enquanto se mexem pelo palco, e volto a me concentrar no buraco no sapato acima do meu mindinho. Dá para ver a meia escapando por ali. Deveria ter calçado outra coisa.

— Parabéns! — exclama uma voz. Estou aqui, cheguei, consegui, está quase acabando. — Ótimo trabalho.

A mão de alguém segura a minha e a aperta com fervor.

Ergo os olhos.

E fico imóvel.

Atrás do tio e do sorrisão dele, atrás da sra. Beatrice e de seu sorriso sem mostrar os dentes, há uma sombra à espreita. Um espectro sombrio, preto feito carvão, que brota e cresce e pulsa como se respirasse. Como se tivesse vida.

Como se estivesse faminto.

— Khadijah? — Ouço uma voz chamar, mas parece distante demais, como se eu estivesse debaixo d'água, afogando-me, e alguém tentasse me puxar de volta para a superfície usando a voz. — Khadijah?

Só que não consigo me mexer, não mexo nem um dedinho, e alguém, em algum lugar, começa a varrer, varrer e varrer, de modo que este é o único som que escuto.

O espectro flutua, como se esperasse.

Prendo a respiração, como se eu também esperasse.

E aí ele parte para o ataque.

E, antes que eu me dê conta, jogo a cabeça para trás. E começo a gritar.

SEXTA-FEIRA
VINTE E DOIS DIAS DEPOIS

Khadijah

Esse acontecimento é a gota d'água para mak.

Agora tanto Aishah quanto eu estamos presas em casa. E dessa vez mak fica mesmo um tempo longe do trabalho. Para ficar com a gente, segundo ela. Para cuidar de nós. Não importa aonde vamos, ela está lá. Comendo torrada parada no balcão da cozinha. Enfiando a cabeça para dentro do nosso quarto para ver o que estamos aprontando. Fazendo chamadas de Zoom na sala de estar enquanto K-dramas passam sem som na TV. Obrigando a gente a fazer uma caminhada "pela nossa saúde mental".

— Eu não vou arredar o pé — afirma ela, com firmeza. — Não até saber o que está acontecendo naquela escola, e não até que eu tenha certeza absoluta de que vocês duas estão bem.

Finjo me irritar com isso. Finjo não ligar. Mas, à medida que caminhamos pela vizinhança, com as árvores filtrando o sol amarelo-dourado da tarde, eu me dou conta de que a sensação é… boa. Parece como era. Antes de tudo.

No grupo, Flo e Sumi não param de mandar mensagens. Antes de a aula começar. Quando voltam para casa. E elas falam de tudo e de nada. Acabei de acordar e a mancha de baba no meu travesseiro meio que se parece com uma baleia, diz Sumi, às 5h48 da manhã, ou: MDS. Khad, vi o Fariz hoje e ele tava TÃO FOFO!!!!!, conta Flo, às 15h22. Meu celular apita e apita. Elas contam das lições de casa que precisarei fazer. Ou pequenas fofocas da escola. Qualquer coisa que me conecte a elas, à St. Bernadette e à realidade. Se respondo ou não, pouco importa. Elas as mandam mesmo assim.

De noite, quando mak está dormindo, Aishah entra na sala de estar sem fazer barulho. Fala sem esperar uma resposta. Quando diz tudo o que precisa, só se senta do meu lado, segurando minha mão. Um mês antes talvez eu tivesse me afastado, mas não é o que faço hoje.

— Como foi pra você? — indaga ela.

Conto o que lembro do antes (não é muita coisa) e do depois (uma garganta inflamada, um círculo de rostos preocupados ao redor, o bafo de leão da sra. Beatrice na minha cara).

— Então você também não se lembra de nada — constata ela.

Não se trata de uma pergunta.

Penso a respeito.

— Eu lembro de sentir medo — digo, por fim.

— Eu também — concorda Aishah, assentindo.

— Mas não é só isso. — Tento organizar os pensamentos, captar os estilhaços de memória pairando no cérebro antes que voltem a desaparecer. — Não é só que eu estava com medo. É que se tratava de um medo familiar.

Ninguém fala nada. Ouço Aishah exalar bem devagarinho.

— Porque seu corpo lembrou.

Confirmo com a cabeça.

— Imagino que seja isso.

Antes de fazer a pergunta seguinte, ela hesita. Como se soubesse que está arriscando.

— Quando você vai começar a falar com ela de novo?

Não respondo. Em grande parte porque não sei.

— Sabe, talvez você já tenha a punido demais — continua.

E aí se cala. Depois disso, pega no sono na outra ponta do sofá, nossas pernas todas encolhidas para que as duas caibam, os dedos dos pés se tocando debaixo do cobertor.

Meu celular recebe uma notificação. Olho as horas. São 22h37. Deve ser Sumi ou Flo, imagino. De novo.

Só que não é.

É de um novo grupo ao qual fui adicionada. "As Gritantes da St. Bernie", diz no topo.

O que é isso?

Confiro a lista de membros do grupo. É uma série enorme de números que desconheço. Exceto por um deles.

— O que é isso? — pergunto em voz alta.

Aishah se remexe.

— O quê?

Não falo nada. Só enfio a tela na cara dela.

Ela estreita os olhos.

— Ah. Você acabou de ser adicionada?

Assinto.

— Quando você foi adicionada? — questiono.

— Alguns dias atrás. — Ela boceja e se estica feito uma gata. — Uma garota que criou. Pra que a gente pudesse falar sem que os professores bisbilhotassem, ou tanto faz. Dá pra ler as mensagens dela no topo, olha.

Clico na mensagem fixada no grupo.

~Rachel Lian
Oi, gente. Me chamo Rachel Lian e sou da
Melati 5. Assim como vocês, sou uma gritante...

— A galera parece bem legal, mas não mandei muita coisa — prossegue Aishah. — Você sabe como grupos lotados atacam a minha ansiedade.

Isso é atenuar, e muito, a situação. A primeira coisa que Aishah faz em todo grupo ao qual é adicionada é ir às configurações e apertar "silenciar para sempre".

— Eu também não sou muito de participar — murmuro.

Porém, as gritantes estarem todas no mesmo lugar atiça minha curiosidade. E aos poucos a ficha vai caindo de que tê-las todas ali e descobrir suas histórias é a oportunidade perfeita de encontrar o fio condutor que estou procurando. De entender tudo. De salvar Aishah, de salvar todas elas.

Salvar todas nós, suponho. Considerando que agora sou uma delas.

Estou quase digitando alguma coisa quando outra mensagem chega. De um número desconhecido.

— Quem é? — pergunta Aishah, inclinando-se em meu braço, ainda de olho na tela.

Eu a afasto.

~Rachel Lian
Oi. Aqui é a Rachel. Desculpa por te adicionar
no grupo sem antes me apresentar. Ali é só
um lugar pra encontrar pessoas com quem
conversar que passaram pela mesma situação
que a gente. Eu só queria te dizer que pode sair
a qualquer momento, se ficar desconfortável.

— Você vai responder alguma coisa? — questiona Aishah.
— Para de ler minhas mensagens — retruco.

Espero até que ela se enfie debaixo do cobertor de novo, bufando, antes de pensar em uma resposta.

> Não tem problema. Meu nome é
> Khadijah. Estou feliz por fazer parte
> do grupo.

Vou descobrir o que está acontecendo, penso. *Vou salvar a gente. Vou salvar todas nós.*

SÁBADO
VINTE E TRÊS DIAS DEPOIS

Rachel

Essa última gritante faz umas perguntas esquisitas, diretas. Perguntas que todas as outras têm evitado, perguntas que ninguém quer mesmo fazer ou sabe como responder.

Alguém alguma vez já chamou vocês de esquisitas?

Acham que nossas famílias pensam que a gente é esquisita ou defeituosa? Não que eles diriam uma coisa assim na nossa cara, ou espero que não falem, mas sinto muito se aconteceu com vocês.

O que acham que as outras garotas pensam de nós? Acham que têm medo da gente?

Ela conta que se chama Khadijah e que está no primeiro ano do ensino médio. Fico o dia todo pensando nas perguntas dela, dia este que sou obrigada a passar na escola, uma vez que a mamãe me inscreveu para algum tipo de oficina motivacional para alunas do segundo ano.

— Um cursinho para te ajudar a se concentrar no que importa — explicou ela.

Enquanto o palestrante está no palco, passando slides e gesticulando sem parar ao falar, observo os rostos entediados ao redor. *Vocês acham que sou esquisita? Estão com medo de mim?* Do assento no auditório, fito as partes de cima das árvores de jasmim-manga do lado de fora, nem me dando ao trabalho de fingir que me importo com o que o palestrante muitíssimo alvoroçado diz. Alguma coisa... alguém... sussurra em meu ouvido: *Já começou a prestar atenção?* Fico sem reação, sem saber dizer se estou ouvindo coisas, e as flores brancas das árvores de jasmim-manga já não são mais flores. São fitas, fitas brancas, muito bem atadas ao redor de cada galho, flutuando no vento como teias de aranha ou fantasmas. Em um piscar de olhos voltam a ser flores.

A versão de mamãe em minha cabeça dá um sorrisinho. *É claro que são.*

A oficina termina às 12h30; foram quatro horas torturantes de falas, jogos e um seguimento de visualização no qual a gente precisava imaginar nossos pais mortos para que, sei lá, nos fizesse perceber o quanto eles mereciam nossas boas notas neste momento, enquanto ainda estão com vida, acho. Mamãe, a de verdade, não está em casa quando pakcik Zakaria me leva. É provável que ela tenha me contado o porquê, mas esqueci. "Acham que nossas famílias pensam que a gente é defeituosa?" Quando kak Tini serve uma cumbuca de arroz frito para mim, pelando de quente, consigo enfiar cerca de um terço goela abaixo. E, quando ela retira o prato, ignoro sua repreensão amistosa.

Em meio às conversas no grupo, Khadijah nos faz uma nova pergunta.

Gente, como foi com vocês?

Penso em como estou sempre hesitando, esperando o momento certo para tocar no assunto, ainda morrendo de medo de que ninguém vai me responder caso eu não prepare o terreno direito, caso não gostem tanto assim de mim. Khadijah pergunta com tanta facilidade. Como se digitar as palavras não a constrangesse, como se os pensamentos dela não precisassem ser deletados e refraseados e reescritos mais de cem vezes antes que ela os coloque para fora. É fácil assim para todas as outras pessoas?

As respostas pipocam, algumas como frases curtas, outras como parágrafos extensos.

~Sheila.Victor
Eu estava voltando do banheiro...

~NN
Eu estava recebendo um prêmio...

~Mel = ^.^ =
Eu só estava na aula...

~FazDConta
Eu estava no campo jogando netbol...

Tantas histórias, tantos gritos. Digito a minha: Eu estava no auditório de assembleia, prestes a me apresentar no palco, quando aconteceu.

Khadijah responde de imediato: Ei, comigo também foi lá! Xarás de palco!

A surpresa é tanta que tira um sorrisinho de mim. *Xarás de palco*, penso. *Somos xarás de palco*. Então chega outra mensagem, e não é no grupo, mas no privado.

~Khad
Tenho uma pergunta

Confirmo o número e, dito e feito, é Khadijah. O que é que essa garota poderia querer de mim?

~Rachel Lian
O que é?

~Khad
Agora que estamos todas juntas num grupo graças a você, eu estava pensando se a gente não deveria colocar em prática um sistema de companhia.
Sabe. Ficar de olho uma na outra, proteger uma à outra.
Garantir que nenhuma de nós nunca fique sozinha.
Algumas meninas estão falando que talvez queiram voltar pra escola.
Acho que ajudaria. Essa coisa de "a união faz a força" e tal...
Seja lá o que está acontecendo com as gritantes, seja lá o que está nos pegando, ficaria bem mais difícil se a gente ficasse junta.

Não pergunto por que ela diz "seja lá o que está nos levando", em vez de "quem".

~Rachel Lian
Não sei. Não tenho certeza se daria
certo.

~Khad
Vale tentar, né?
E é melhor do que só ficar sentada e com medo.
Sozinha.

~Rachel Lian
De um jeito ou de outro eu estou
sozinha.
Não acho que alguém ia querer ser
minha companhia.

Pestanejo, surpresa pela onda de honestidade. São poucas palavras, mas com certeza é mais do que eu queria revelar para essa completa desconhecida, essa pessoa com quem não tenho nada em comum além de um grito.

A resposta de Khadijah é a cara dela. Sem pensar, sem hesitar.

~Khad
Eu faço companhia pra você.

DOMINGO
VINTE E QUATRO DIAS DEPOIS

Khadijah

O grupo do WhatsApp muda tudo. Gritar fez com que eu me sentisse desgarrada. Como se tivesse sido arrancada do corpo, dos pensamentos, da vida, por um segundo, e aí colocada de volta com as coisas um pouco fora de lugar. Perceber que há pessoas por aí que entendem, que passaram pela mesma situação e compreendem como me sinto, muda tudo. Sim, tenho Sumi e tenho Flo, e ainda assim nenhuma delas entende como é. Nenhuma delas passou por isso.

É claro que algumas pessoas saem do grupo. A própria Aishah. Diz que não suporta nada daquilo. As notificações que não param. A ansiedade de tentar acompanhar um chat gigantesco. Os lembretes diários do que aconteceu com a gente. Ela não tem a menor vontade de falar dos sentimentos de novo e de novo com pessoas que não conhece de verdade.

— Só quero seguir em frente e esquecer isso — desabafa ela.

E o que estou fazendo não é seguir em frente?, me pergunto. Só que não estou nem aí. Pela primeira vez em um bom tempo voltei a ter um lugar para mim. E a sensação é boa. E vou salvar todas elas.

A começar pelo sistema de companhia. As meninas gostaram muito da ideia. Passaram a falar sobre voltar, sobre se sentirem melhor na escola. Sabemos que tiveram gritantes que desapareceram. Nenhuma de nós parece dar a mínima. Quero voltar, dizem as mensagens, uma seguida da outra. Quero voltar pra St. Bernadette.

Fiquei preocupada achando que estava indo longe demais. Afinal de contas, o grupo não era meu para assumir o controle. E aquela garota, a Rachel, de início não se empolgou muito, mas aí disse aquele negócio de ser solitária, e algo brilhou. Eu faço companhia pra você, mandei. Nem foi preciso pensar duas vezes.

Ela é esquisita, a Rachel. Esquisita e travada e afetada, como se só agora estivesse aprendendo a estar cercada de pessoas, mas quem sou eu para julgar? Como é que vou saber por quais traumas ela passou? Como eu, de todo mundo, posso determinar o que é normal e o que não é?

Agora a Rachel vai ser sua companheira, digo para mim mesma. *E você precisa protegê-la. É isso o que companheiras fazem.*

Amanhã vou pra escola, mando para ela. Vou te procurar. Aí, fora das aulas, podemos andar juntas.

~Rachel Lian
Tem certeza de que não tem problema?

Sinto uma pontada de irritação. Essa menina é tão tímida. Tão insegura.

~Khad
Por que teria?

~Rachel Lian
Por nenhum motivo, pelo visto. Até amanhã.

Agora é contar para minha mãe que quero voltar à escola. Quando ela já disse várias vezes que a gente precisa ficar em casa "até que eles resolvam tudo isso".

Suspiro. Tenho certeza de que vai dar certo.

Encontro mak lá fora. Está cavando o solo teimoso com uma pá.

— Vou plantar legumes aqui — conta ela, sem levantar a cabeça. Seu rosto está sujo de suor e areia. — Pimenta, beringela, quiabo, daun kari*. A gente vai poupar uma nota. E acho que seria bacana ver algo crescer sabendo que foi meu trabalho duro que fez isso. Não acha?

Ela não espera que eu responda. Por que deveria? Faz semanas que não respondo, e não é agora que vou começar.

Em vez disso coloco o bilhete na mão dela. Mak o desdobra e lê em voz alta:

— *Quero voltar pra escola.* — Ela levanta a cabeça de súbito e olha para mim. — Sem chance. Não vou deixar vocês saírem de vista, mocinha. Nem você nem sua irmã vão para a escola até que eles descubram o que está acontecendo. — Ela coloca o bilhete de propósito no chão e mais uma vez volta a atenção para a terra, com vigor renovado. — É o único jeito de eu proteger vocês.

Sinto a raiva já conhecida se movendo no peito, o ressentimento antigo. Quem ela pensa que é para falar de proteção? Quem ela pensa que é para decidir o que nos mantém seguras? Da outra vez não protegeu, né? Não até que dei algo em que acreditar, algo que não poderia negar. Não até eu ter pagado o preço.

Puxo o bilhete de onde ela o colocou e enfio de volta nas mãos de mak. Batuco nas palavras.

Ela me pega pelo pulso. O aperto é tão forte, belisca. Tento não me encolher.

— Por quê? — Ela se recusa a me soltar. — Por que você precisa voltar? Não vê como isso é perigoso?

Não explico. Não conto para ela que preciso descobrir o que está acontecendo. Que preciso proteger Aishah. Fazer tudo voltar a ser como antes. Não falo nada, o que a deixa furiosa.

— Quando isso vai parar? — pergunta, tremendo, os olhos cheios de lágrimas. A voz dela falha. — Quando vai começar a falar comigo? A me contar o que está acontecendo nessa sua cabecinha? Quando vai me perdoar?

Minha garganta dói. Sei que se falar agora minhas palavras vão virar lágrimas. Já derramei muitas delas nos últimos meses. Não quero chorar mais. Então só observo minha mãe até que os ombros dela, por fim, param de tremer. Até que ela pare de soluçar.

Das portas abertas, Aishah nos observa. Cautelosa.

— Se ela vai voltar pra escola, então eu também vou — anuncia.

— Façam o que quiserem — responde minha mãe, a voz marcada por lágrimas rançosas.

Ela pega a pá. O ar é preenchido com o som constante de metal na terra.

SEGUNDA-FEIRA
VINTE E CINCO DIAS DEPOIS

Rachel

Acordo de um sono agitado, preenchido de imagens da garota, fitas brancas, folhas secas e gritos.

~Khad
Amanhã vou pra escola. Vou te procurar.

Ela vai procurar por mim, penso. *Ela vai procurar por mim e não estarei sozinha. Não vou mais ficar sozinha.* As faixas invisíveis amarradas ao redor de meu peito afrouxam, e sinto como se enfim conseguisse respirar. Não mais sozinha, não mais. Ela vai procurar por mim.

A versão de mamãe de minha cabeça aponta um dedo venenoso, desenrola uma gavinha de dúvida. *Mas, quando lhe encontrar, ela vai gostar do que vê?*

Cravo a unha na coxa, como se pudesse colocar o veneno para fora à força. *Cala a boca. Cala a boca. Cala a boca.*

Quando chego à escola, fico no corredor perto do palco, de onde posso ver todo mundo entrando pelos portões, e digo para mim mesma que estou fazendo isso para cumprimentá-la assim que ela der as caras. Sei qual é a aparência de Khadijah, pela foto no circulozinho ao lado do nome dela no WhatsApp. Sei como o hijab dela é dobrado sobre as bochechas arredondadas, o modo que um lado de sua boca sobe um pouquinho mais do que o outro quando sorri. Então é bem tranquilo notar quando ela chega, ladeada pelas amigas. (*As amigas de verdade*, diz a mamãe em minha cabeça, cruel.) Observo enquanto ela entra no auditório e observo um pouco mais enquanto elas ficam de bobeira ao lado das portas, esperando a assembleia começar. Khadijah sorri quando as amigas falam, mas seus olhos vagam como se procurassem algo, ou alguém.

Por mim, penso. Ela está procurando por mim. E, mesmo tendo consciência disso, não consigo fazer os pés andarem até lá. *Não é de se estranhar que você não tenha amigas*, diz a voz de mamãe.

O sinal toca e, mais uma vez, chego tarde demais.

O sentimento, a sensação incômoda de que é *tarde demais, tarde demais, tarde demais, antes que seja tarde demais* fica em minha cabeça durante toda a manhã. Não faço nenhuma atividade. Não anoto nada. A esta altura nem tenho certeza se os professores esperam isso de mim. Pararam de olhar em minha direção quando fazem perguntas durante a aula, pararam de esperar que eu levante a mão como fazia antes. Só tento ter um vislumbre de Khadijah. Saio mais vezes para ir ao banheiro do que o normal, só para ver se consigo dar uma espiadinha na sala dela. ("Você está com caganeira, ou o quê?", pergunta Dahlia, e não me importo.) Eu sou stalker e esquisita e estou desmoronando aos poucos e eu não sei por que tenho tanto medo de conhecê-la.

Estou indo até o banheiro de novo, entortando o pescoço na direção da sala de Khadijah, quando vejo a sra. Dev marchando em minha direção.

— Rachel! — chama ela, segurando um papel. — Rachel!

Sei que está prestes a me fazer perguntas que não vou suportar ouvir, para as quais não tenho nenhuma resposta. Viro direto por um corredor, subo um lance de escadas dois degraus por vez, depois dou uma corridinha pelo bloco inteiro do segundo ano. Quando passo, as pessoas se viram para olhar, mas não olho para trás, nem quando escuto a sra. Dev repetir meu nome, a voz dela ficando cada vez mais distante. Meu coração bate muito alto nos ouvidos, e minha respiração está entrecortada, mas não consigo lidar com ela agora. Não dá. Atravesso corredores, subo escadas, passo por entre prédios. Nem sei para onde estou correndo. Só corro.

Quando por fim paro para recuperar o fôlego, com as laterais da barriga doendo, olho ao redor e percebo que estou onde menos queria. Estou parada diante da Casa Brede. Sobre a maçaneta de uma das portas, algo flutua ao vento.

Uma fita branca.

Em algum canto lá dentro, atrás daquelas portas de madeira, alguém começa a varrer, varrer, varrer, e aí esqueço de tudo, de toda a dor, de todo o desespero. Tudo o que vivencio é uma sensação de temor. *Não posso estar aqui. Não posso. Não posso estar aqui.*

Eu me viro para sair, mas meus pés não se mexem. Olho para baixo e me dou conta de que meus pulsos estão atados em fitas brancas tão apertadas que beliscam minha pele, e, em vez de me afastar da Casa Brede, vejo-me sendo puxada para trás devagar. Sei que as portas estão abertas, consigo sentir, mas não consigo me obrigar a virar, não consigo me obrigar a constatar o que me aguarda nas sombras e se está ou não usando batom cor-de-rosa brilhante. Tudo o que consigo fazer é resmungar: "não, não, não, não, não", de novo e de novo enquanto lágrimas escorrem por meu rosto.

Então surge a mão de alguém em meu ombro. É a sra. Dev, e a expressão no rosto dela é uma de ansiedade com só uma pitadinha de pavor.

— Rachel. Você está bem?

Baixo o olhar para os punhos e já não tem fita nenhuma ali.

— Estou bem, sra. Dev — respondo, fazendo o possível para cessar a tremedeira enquanto esfrego as marcas vermelhas nos meus pulsos, no ponto em que estavam as fitas brancas.

Khadijah

— Estou tão feliz por você estar bem! — exclama Flo e me envolve em um abraço de urso assim que saio do carro.

Por cima da cabeça de Flo, Sumi estica a mão para bater na minha em um bate-aqui.

— A gente ficou preocupada com você — conta ela baixinho, e sorrio.

Depois de gritar, é muito boa a sensação de estar aqui neste lugar que me é familiar. Aqui, entre Flo e Sumi. Deixando as duas se bicarem por cima de minha cabeça, como sempre fazem. Quando entramos na escola, tento me ater a esse sentimento. E, conforme avanço, fico de olho em Aishah, que está com as amigas dela. Muito embora eu tenha falado para que ficasse perto de mim. Se ela precisava vir, o mínimo que posso fazer é garantir que fique cercada de pessoas. Em segurança.

A St. Bernadette se encontra com os portões arreganhados. Não como uma boca, mas como braços à espera de um abraço. O sol matinal acaricia as paredes beges calorosas, fazendo-as brilhar. Cada passo que dou por cima dos azulejos bem gastos gera uma cadência reconfortante: *eu voltei, eu voltei, eu voltei.*

— O que deu em você? — pergunta Sumi quando estamos no auditório, esperando pela assembleia.

Para variar, chegamos cedo. Um milagre.

Olho para ela com cara de dúvida.

— Você não para de olhar para os lados, como se procurasse alguém.

Flo pega um espelhinho na mochila. Ela tem mexido no cabelo a cada cinco minutos.

— *Aff*, eu nunca devia ter cortado a franja. É tão difícil de manter.

Dou de ombros.

Flo parece compreender.

— Aishah está bem ali, sabe.

Sumi dá uma apertadinha em meu ombro.

— Enquanto estiver com as amigas, ela está bem. Só fala pra ela não sair andando sozinha.

Assinto. Eu não tenho conversado muito com Sumi e Flo a respeito de Rachel. Acho que deveria, mas não foi o que fiz. Não sei ao certo o que dizer. Claro, contei para elas do grupo. De como tem ajudado muito. Como foi bacana conversar com pessoas que entendem. E as duas murmuraram em concordância. Disseram todas as coisas certas acerca do assunto — como é legal que eu tenha isso, e como é uma excelente ideia permitir que compartilhássemos nossas experiências. Porém, debaixo de tudo isso, tem uma sensação bizarra. Um sentimento que não consigo identificar.

Só que agora não posso pensar nisso. Não dá. Tenho coisas mais importantes para fazer.

Quando o sinal toca, ainda não encontrei Rachel. Por que a gente não fez planos mais concretos? Não é como se pudéssemos trazer o celular para a escola, não é como se pudéssemos mandar para a outra um ponto de encontro. As aulas seguem como sempre. Sumi e Flo seguem como sempre. O mundo segue como sempre. Eu, no entanto, passo pelo dia como se houvesse uma coceirinha logo abaixo da pele que, ao que tudo indica, não consigo alcançar.

Quando o sinal do intervalo toca, vamos para a cantina. Andamos e conversamos. E aí, de algum jeito, derrubo a garrafa d'água, que se afasta rolando, e estalo a língua, irritada, porque nada está saindo como quero.

Aceno para elas irem na frente.

— A gente guarda um lugar pra você — diz Flo, apertando meu braço. — Antes que todas as mesas fiquem ocupadas e a gente precise comer perto do esgoto, ou algo do tipo.

Elas se afastam e vou à caça da garrafa. Só que, enquanto a procuro no chão, meu caminho é tomado por uma sombra.

Tem uma garota parada ali, segurando minha garrafa. Uma garota com tranças grossas e o cabelo penteado em marias-chiquinhas presas com fitas brancas. Uma garota com um rosto pálido, pálido, e olheiras que parecem hematomas. Uma garota que me lembra vagamente alguém. Olho para o crachá dela. RACHEL.

Rachel.

— Oi, Khadijah? — cumprimenta ela, baixinho.

A garota não para de tocar os pulsos. Ela me observa, depois afasta o olhar. Meu nome fica no ar, trêmulo e incerto. Então percebo que a última vez que a vi foi quando ela gritou. Sendo levada para fora do auditório, fitas brancas sendo assopradas atrás dela por conta do vento. O rosto contorcido, suado.

Assinto. Depois estico a mão e a puxo pela manga. Gesticulo para que me siga.

Ela está tão hesitante, tão reticente.

— Tudo bem — diz.

Andamos em silêncio até a cantina. Fico em alerta à procura de Aishah, o corpo tenso. É só quando a vejo que me permito relaxar. Há um exalar sonoro, e Rachel me olha com cara de dúvida, mas não explico. Não falo. Talvez eu devesse ter mencionado essa questão em nossas conversas.

A mesa que Sumi e Flo encontraram fica no canto dos fundos, perto da escada que leva para as salas de música e de arte. Escolheram esta de propósito. Se eu me sentar no lugar certo, ninguém pode me ver nem me ouvir falar. Conforme nos aproximamos, o rosto delas muda de sorrisos escancarados e ansiosos para semblantes confusos.

Sumi ergue a sobrancelha.

— Khad?

— Eu sou a Rachel. — Rachel sorri, bem de leve, tímida. Preocupada. — Khadijah disse que eu poderia andar com vocês. Tem problema?

Ninguém fala nada. Sumi e Flo trocam um olhar, depois me fitam. Sei o que estão pensando. A gente nunca deixou uma pessoa nova entrar no grupo, nunca. Sempre fomos nós três. Khad, Sumi e Flo. Elas vão fazer tantas perguntas. Tantas perguntas.

— Khad falou isso? — pergunta Flo. — A nossa Khad?

— Bom. — Rachel olha para mim. A expressão dela está confusa. — Não com esses termos.

— Pois é — murmura Sumi. — Khad não usa muitos termos hoje em dia.

— Ela não fala — explica Flo a Rachel. — Não agora.

— Ah.

Rachel se balança de um lado ao outro. Está mais perdida do que nunca, dá para notar. Estou suando tanto. Queria não a ter arrastado para esta situação. Queria ter explicado melhor.

— É algum tipo de doença? Ou aconteceu alguma coisa? — pergunta ela.

— Muitas coisas aconteceram. Só que a história não é nossa pra contar. Mas... — responde Sumi. Ela olha para mim e não dá para negar o quanto está irritada. — Mas, se ela disse pra você almoçar com a gente, bem, então...

— Não tenho que ficar — responde Rachel, sem perder tempo. — Eu posso só...

Eu a pego pelo pulso antes que dê as costas para nós. Ranjo os dentes por causa do contato físico. Rachel recua como se fosse tão doloroso para ela quanto é para mim, e a solto.

Flo e Sumi nos encaram e depois se entreolham.

— Senta aí — diz Flo, por fim. — Come com a gente.

— Tem certeza? — questiona Rachel. — Eu posso... posso te mandar mensagem depois, Khadijah. Quando estiver livre.

— Temos certeza — confirma Flo. — Você machucou a mão, ou algo assim? Não para de esfregar.

No automático, Rachel leva as mãos para trás das costas.

— Eu estou bem. Só... não quero me intrometer nem nada.

— Ah, nada disso — retruca Sumi. — Você não está se intrometendo. Nem um pouco.

Até o jeito que ela respira denuncia a raiva que sente.

Rachel deve sentir a tensão. É impossível não sentir.

— Vou só comprar algo pra beber — comunica ela. — Volto já, já.

— Mal posso esperar — diz Sumi.

Observo Rachel se afastar. Está com a coluna bem ereta, não tem um fio de cabelo fora de lugar nas marias-chiquinhas, as fitas estão atadas em laços impecáveis.

Eu me volto para as duas garotas com expressões duras olhando para mim.

— Quer explicar do que se trata tudo isso? — indaga Sumi, os braços cruzados.

Dou de ombros. Estou tentando projetar indiferença, tentando sair dessa com um ar de que não é nada de mais, mas não dá certo.

— Por que você convidaria uma pessoa nova pro nosso grupo sem consultar a gente primeiro? — pergunta Flo, baixinho.

Do bolso, pego o caderno e a caneta. Tomada pela fúria, escrevo. *Não estou a convidando pro grupo, estou convidando pra passar o intervalo com a gente.*

— Dá na mesma. — Sumi me fita, os braços ainda cruzados. — Só é meio esquisito que você não falou nada pra gente.

Ela é uma gritante, como eu, escrevo. *Só que, diferente de mim, ela não tem amigas. Amigas como vocês. Pessoas que podem cuidar dela. E nós, as gritantes, a gente está desaparecendo. Então achei que ter alguém pudesse ser bom pra ela.* Sinto pequenos arrepios de irritação começarem a pinicar minha pele. Elas não perdem tempo em julgar. Não perdem tempo em tirar conclusões precipitadas. Não perdem tempo em priorizar os próprios sentimentos, as próprias feridas, em detrimento dos de qualquer outra pessoa. *A gente pode ter outras amigas, certo?*

Faz-se silêncio.

Flo suspira.

— Claro, Khad. Claro que a gente pode. Não é nada de mais. A gente pode lidar com outra pessoa à mesa, sem problema algum. Não é, Sumi?

Porém, quando Rachel volta a se sentar com um copo de Milo gelado, Sumi não diz nada. Nem uma única palavra.

Rachel

— Oi — cumprimento quando chego com o Milo que nem queria comprar. A tia da cantina encheu o copo de qualquer jeito, e a bebida escorre por um dos lados, deixando minhas mãos pegajosas, desconfortáveis. — Voltei — acrescento, toda constrangida, como se não fosse óbvio.

— Que tudo — balbucia a garota chamada Sumi, bem baixinho, e sinto um aperto no peito.

Estou buscando normalidade, tentando esquecer da provação de antes, tentando lembrar como ser uma pessoa. Eu me sento e abro a lancheira. Kak Tini me mandou sanduíches de ovo. Será que o cheiro vai incomodar alguém? Será que vou fazer uma bagunça e derrubar ovo em cima de mim? À minha frente, Khadijah e Flo comem do mesmo pote de nasi lemak*, e Sumi come um pedaço do famigerado frango frito da cantina, ainda soltando fumaça dentro da pequena embalagem de plástico.

— Não está com muita fome? — pergunto à Khadijah, que me encara. Ah, é. Ela não fala. Aponto para o pote, tomando o cuidado de me ajustar de modo que ela não veja meu pulso. — Estão dividindo esse nasi lemak?

— Ah. — Flo dá risada. — Eu amo nasi lemak, mas comidas picantes *arrasaaaam* minha barriga, daí Khad come as partes pedas* e todo o sambal*, e eu como o restante.

— Ah. — Sorrio, um sorriso pequeniníssimo. Tem algo tão legal nisso, duas amigas comendo do mesmo pote. Não consigo evitar a pontadinha de inveja que sinto em algum canto de minha barriga. — Entendi.

Dou uma mordida no sanduíche de ovo. Queria saber se seria estranho perguntar se mais alguém quer um pouco. É algo que as pessoas fazem? Queria não me sentir tão insegura. Queria não sentir o grude do acontecimento de antes na pele, como se eu estivesse maculada pelas assombrações. Como se todo mundo conseguisse enxergar que tem algo errado comigo, que sou uma aberração, uma esquisita.

— Sumi, por outro lado, não divide nada da comida — continua Flo. — Nem se você pedir com jeitinho. Nem se você estiver morrendo de fome.

— Estou em fase de crescimento. — Sumi dá de ombros e morde o frango mais uma vez. — E você, madame, não está nem perto de morrer de fome.

— Vocês falam como se fossem amigas há muito tempo — comento, mordiscando o pão.

Salve a gente, sussurra uma voz em meu ouvido. *Mordidinhas, Rachel, e não olha para as sombras. Não repara em como elas se mexem de um jeito esquisito.*

— Desde o primário — conta Sumi.

— Há tempo demais — diz Flo quase no mesmo instante.

Sumi larga o frango e apoia o queixo na mão para olhar para mim.

— Mas e você? — pergunta ela. — Há quanto tempo é amiga da Khad?

De repente é como se a atmosfera ao redor mudasse. Abaixo o sanduíche e incito meus dedos a pararem de tremer.

— Só faz um tempinho que a gente anda conversando — respondo em voz baixa.

Khadijah dispara um olhar de aviso para Sumi.

— Que foi, estou sendo legal. Só estou conversando. Conhecendo sua amiga — dispensa Sumi. Ela se volta para mim. — Mas e aí, do que vocês falam?

De súbito minha garganta parece muito seca.

— Só de… coisas. De todos os tipos de coisa.

— Dos gritos? — pergunta ela, cujos olhos são tão aguçados que é como se estivesse tentando enxergar dentro do meu cérebro para ver por si mesma o que penso.

— Aham — murmuro. — Disso.

— Que ótimo. — Flo logo se intromete. — É legal que tenham coisas em comum. E, Rachel, você vai ter que nos perdoar se a gente agir meio estranho. Faz tanto tempo desde que a gente colocou uma pessoa nova no grupo…

— Mas a gente não está colocando nenhuma pessoa nova, certo? — interrompe Sumi, que em seguida toma um gole da garrafa d'água. O líquido deve estar gelado, pois deixa um círculo perfeito de umidade na mesa. — Foi o que Khad disse: "Não estou a convidando pro grupo, estou convidando pra passar o intervalo com a gente".

As frases ditas por último têm uma entonação de zombaria. Eu me pergunto se é de mim que ela está tirando sarro.

Flo franze o cenho para Sumi, e Khadijah parece um pimentão de tão vermelha.

— Rachel, não foi isso o que ela quis dizer — interpela Flor.

— Está tudo bem — digo, não demorando a me levantar, enquanto tateio para fechar a tampa da marmita. — De qualquer modo, está quase na hora do sinal. É melhor eu ir. Monitoria e tal.

Só quero sair daqui.

Mais tarde, já em casa, fico remoendo a interação várias vezes na cabeça. Obviamente não gostei de como fez eu me sentir. Ou de como Khadijah me enfiou em uma situação tão absurda. Não contou para as amigas, não contou para mim que nem sequer fala, mas ao mesmo tempo houve algo estranhamente reconfortante nisso. *As garotas se importam com ela*, diz a voz de mamãe em minha cabeça. *Elas se importam com ela de um jeito que ninguém nunca se importou com você.*

Fala isso como uma ofensa, como um meio de me machucar, mas sorrio, porque ela não está mentindo. Foi bacana estar perto de uma relação tão não transacional, tão claramente pautada em amor, companheirismo e camaradagem. Mesmo os momentos que fizeram com que eu me sentisse mal ou pequena… eu entendia que derivavam de preocupação e ciúme, do tipo de ciúme que só se sente se realmente se importa com a outra pessoa.

Não tenho certeza se alguém algum dia já sentiu ciúme de mim. Eu me imagino me tornando uma delas, parte do grupo. Khadijah… Não, como foi mesmo que as amigas a chamaram? Khad, Sumi, Flo e Rachel. Um quarteto. A gente teria piadas internas e sussurraria conversas que mais ninguém teria permissão para ouvir. A gente trocaria segredos e compraria as brigas umas das outras. Elas me ajudariam a entender o que significa "salve a gente", passariam pomada em meus pulsos feridos. Penso em um único pote de nasi lemak compartilhado entre duas pessoas e reflito acerca de toda a intimidade do gesto.

Meu celular vibra. Khadijah... Khad... deve ter enviado isso assim que voltou para casa.

~Khad
Até que não foi tão ruim, foi.

Não se trata de uma pergunta. *Bem a cara da Khad*, penso, como se já fizesse parte do grupo.

~Rachel Lian
Já tive boas-vindas mais acolhedoras.

~Khad
Onde? Na Antártida?

Solto um arzinho pelo nariz.

~Rachel Lian
Não esquenta a cabeça. Tudo bem.

~Khad
Tem certeza?
Teve algum problema hoje?
Além das minhas amigas

O silêncio é longo, e aí as mensagens começam a chegar uma depois da outra, como se ela enfim tivesse arrumado coragem para colocar tudo para fora.

~Khad
Sei que é a primeira vez que vocês se veem

Eu devia ter comentado do lance de não falar
Sei que é esquisito
Desculpa

Largo o celular e respiro fundo. Não estou acostumada a receber pedidos de desculpa, e não sei ao certo como responder.

Leva um minuto inteiro até eu voltar a pegar o celular e começar a digitar.

> **~Rachel Lian**
> Com esquisitice eu consigo lidar
> Eu mesma tenho algumas, e não sei
> se posso dizer que lido tão bem assim
> com elas

~Khad
Tipo o quê?

Mordisco a pelezinha da unha antes de responder.

> **~Rachel Lian**
> Ando tendo uns pesadelos.

~Khad
Todas nós temos. Você não está sozinha.

> **~Rachel Lian**
> Não acho que alguém esteja tendo do
> mesmo jeito que eu.

Faço uma pausa e olho pela janela por um longo tempo, tentando encontrar as palavras certas, a coragem de digitá-las.

~Rachel Lian

Eu estava na atuação solo. Sabe, pro torneio forense? Eu me inscrevi e comecei a ensaiar. No início era legal virar uma personagem.

Mas ficou bizarro...

~Khad

Em que sentido?

~Rachel Lian

No sentido...

No sentido de que eu não apenas comecei a me comportar como ela.

Eu comecei... a me transformar nela

Ou ela começou se transformar em mim

A assumir o controle

Dizendo coisas que eu jamais diria

Achei que fosse estresse.

Eu tentando dar conta de tudo, sabe?

Falei pra mim que ia desistir da atuação solo, que pararia de dar acesso a ela

Não sei o que fazer.

Ela fica repetindo "salve a gente".

Só quero que ela me deixe em paz.

~Khad

"A gente" quem?

~Rachel Lian
NÃO SEI!

~Khad
Então por que a gente não descobre?

Mordo a língua com força e sinto o gosto de sangue.

~Rachel Lian
E se isso só a deixar com raiva?
Antes era só na escola.
Mas agora ela também me segue em
casa.
E está ficando mais ousada
Eu a vejo por toda parte. Nos sonhos.
No meu reflexo.
Fitas brancas e batom cor-de-rosa

Desta vez a pausa é maior. *Khadijah está digitando...* diz a mensagem no topo do WhatsApp. Depois desaparece. Então volta a aparecer.

~Khad
Qual o significado disso?
Fitas brancas e batom cor-de-rosa?

Fico sem reação.

~Rachel Lian
É o que ela me faz usar.
É do que gosta, eu acho

Fitas brancas no cabelo, e batom cor-
-de-rosa brilhante
Sei que não faz muito sentido, mas
acho que pesadelos não precisam ter
pé nem cabeça

Oi??

Tá aí ainda??

Eu sabia. Sabia que não devia ter aberto a boca.

~Rachel Lian
Aposto que agora você acha que eu
sou louca

~Khad
Não acho que você seja louca
Acho que preciso te mostrar uma coisa

TERÇA-FEIRA
VINTE E SEIS DIAS DEPOIS

Khadijah

Preciso ajudá-la. Preciso ajudar Rachel Lian.

Parte do motivo é porque me vejo nela. Os pesadelos. O fardo de enxergar monstros por toda parte. O olhar atormentado. A nossa mente tem todo um truque especial quando passamos por experiências traumáticas. Ela nos treina para ficarmos atentas a eles. Para reparar quando estiverem espreitando nas sombras. E, ao nos conceder esse poder, a mente acha que está nos protegendo. Não se dá conta do quanto nos é custoso.

Rachel, posso ver, está arcando com este custo agora. Só não sei se ela dá conta. É possível ver as rachaduras que ela tenta esconder, como está se partindo.

E talvez eu seja a única que pode ajudá-la.

Só que essa história tem outra parte, uma maior. A parte que fez com que eu me sobressaltasse na noite passada. Coluna reta, totalmente no estilo Eminem em "Lose Yourself": mãos suadas, joelhos fracos, braços pesados. Não vomitei, mas senti a bile subindo pela garganta. Porque, assim que ela falou aquelas coisas, assim que li a mensagem sobre fitas brancas e batom cor-de-rosa, pensei: *Julianna Chin.*

É isso o que tenho deixado passar? É a St. Bernadette que está caçando as gritantes, ou é Julianna?

O pensamento me deixa ofegante. Preciso me sentar. Esse tempo todo presumi que Julianna ainda estava viva em algum lugar. Que foi levada. Mas e se não for isso? E se ela está morta?

Minha respiração fica rápida e rasa. Meu peito sobe e desce, sobe e desce, ofegante. E se for o fantasma dela, ou o espírito, ou qualquer outro nome para isso? E o que ela quer? Por que está fazendo isso?

Quando vai parar?

Sei que parece que perdi a cabeça. Sei bem. Tento me acalmar. Ser racional.

Mas não consigo tirar Julianna Chin da cabeça.

Preciso falar com Rachel. Preciso mostrar para ela tudo o que sei.

Quando as aulas terminam, Rachel me leva para um lugar secreto. Um canto pacato atrás da biblioteca que nunca nem notei.

Abro a mochila e arranco a cópia do anuário que roubei. Abro na foto da turma de Julianna.

— O que é isso? — pergunta Rachel, o rosto todo confuso.

Aponto para o rosto de Julianna. Para as fitas no cabelo de Rachel.

— Hoje de manhã tentei não colocar — conta ela, rangendo os dentes. — Mas ela me obrigou.

Rachel ainda parece perdida.

Passo para as fotos de *O mágico de Oz*. Ali está ela, no palco, os lábios de um rosa forte, fitas brancas amarradas em laços perfeitos. *É ela!* quero gritar. *É você!*

Rachel toca a imagem. O rosto de Julianna é animado, a boca aberta e o semblante radiante.

— É ela? — sussurra.

Pego o caderno. Escrevo com vigor. *Ela foi uma gritante nove anos atrás. E aí desapareceu.* Aponto direto para Rachel. Direto para o coração dela. E aí escrevo: *E agora acho que ela é você.*

Rachel treme.

— Mas por quê?

Não sei. Acho que a gente precisa descobrir o que ela quer.

— A gente sabe o que ela quer. — Rachel lambe os lábios secos. Depois respira fundo, acalmando-se. Como se tentando se manter forte. — Ela quer que eu "salve a gente", mas não sei do quê.

Rachel volta a olhar para a página. Analisa a imagem como se tentando absorvê-la, gravá-la na memória. Então fala:

— Ela parece tão feliz. Eu entendo, sabe. Era como me sentia também, quando ainda atuava. Antes... de tudo.

Talvez seja por isso que ela te escolheu. Porque você entende.

Rachel fica imóvel, os olhos mais uma vez fixos nas fotos.

— Quem é esse?

Ela aponta para uma figura pairando na extremidade esquerda da foto. Um homem, observando do fundo do palco, de braços cruzados. É Julianna quem está em foco, então ele está borrado e granulado, mas parece vagamente familiar.

— Acho que sei quem é — afirma Rachel, franzindo o cenho. — Acho que é o tio.

O tio? O mesmo tio que nos orienta no debate?

— É ele — reafirma ela, assentindo com veemência. — Com certeza é ele. A gente tem ensaiado junto para o Dia da Comunidade. Não sabia que vem frequentando a escola por tanto tempo, mas acho que ele falou mesmo que tinha uma filha que estudava aqui um tempo atrás. E agora a sobrinha dele também, ou algo assim.

Viro as páginas até chegar às fotos de bastidores. Estive tão ocupada procurando por Julianna que nem sequer o notei. Contudo, ali está o homem, em meio a rostos empolgados e radiantes. O braço ao redor de uma das garotas, fazendo careta para a câmera. Tem uma legenda. *Sasha Alaina Shah, Melati 4, nos bastidores com o pai. A St. Bernadette é muitíssimo grata a datuk Shah por dedicar um tempo para ajudar a turma de teatro este ano!*

Traço as palavras com os dedos. Sasha Alaina Shah.

Sasha A?

Levando em conta nossa última conversa, não sei dizer se Sasha A ainda quer falar comigo, mas preciso tentar. Preciso. Tenho que saber o que aconteceu de verdade.

Khadijah Rahmat
Oiê
Desculpa te incomodar
Sei que você provavelmente continua
chateada comigo

Sasha A
Claro que estou.
O que vc quer

Khadijah Rahmat
Era só uma perguntinha
Você estava no grupo de teatro com a
Julianna?

Sasha A
Meu Deus você realmente não larga esse osso

Ficar obcecada com uma menina desaparecia é
bem insalubre, viu
Vai procurar AJUDA

> **Khadijah Rahmat**
> Por favor
> Será que você pode só responder?
> Prometo que não vou te infernizar de
> novo
> Juro

Sasha A
Você é TÃO esquisita
Mas sim, se quer tanto saber
Meu pai queria muito que eu participasse.
Ele se voluntariou pra instruir o grupo
Ele ama atuar e debater e todas essas coisas
Acho que é por isso que estava ajudando
Porque AINDA está ajudando, mesmo que na
teoria já não seja pai de alguém que estuda lá

> **Khadijah Rahmat**
> Por que você não me contou?

Sasha A
Diferente de você, minha vida NÃO gira em
torno de uma merda que rolou ANOS atrás
Agora vê se deixa eu e a minha família de fora
dessa
Meu Deus
Você tem sorte que não contei pro meu pai de
vc

Khadijah Rahmat
Como assim

Sasha A
Acha que foi fácil superar o desaparecimento de
UMA garota?
Ele já se sentia culpado pela Julianna.
Agora também temos que passar pelo da
Fatihah?

Paro os dedos em cima do teclado. *Culpado?*

Khadijah Rahmat
Por que ele se sentiria culpado?

Sasha A
Foi ele quem fez a gente ficar pros ensaios
A competição estava chegando e a gente ainda
continuava uma merda
Mas a Julianna não estava lá
O que foi estranho, porque em geral ela não se
atrasava pras coisas

Khadijah Rahmat
Mas como que isso seria culpa dele?

Sasha A
Bom, ela não estaria na escola se ele não tivesse
feito a gente ficar, né?
Ele ficou tão irritado, passou móóóóóó tempão
procurando por ela na escola toda

E no fim tudo tinha sido porque ela tinha
feito besteira
Tinha respondido mal a algum professor de novo
Não poderia ensaiar até que terminasse de coletar
lixo e de varrer do lado de fora da Casa Brede
Mas claro que depois ela só... nunca mais voltou

Faço uma pausa. Não consigo continuar digitando. Meus dedos tremem demais.

Varrendo. Julianna estava varrendo no dia em que desapareceu. Penso no som áspero de coisas sendo varridas que têm me perseguido e de repente fico gelada.

Khadijah Rahmat
Que professor?

Sasha A
Não lembro o nome dele, também estou pouco
me lixando
Foi um daqueles professores que tentam ser
diferentões e tenta fazer o apelido pegar, queria
que a gente o chamasse pela inicial.
Tipo um J ou KZ ou algo assim. KZ!
Senhor, seu nome é Kamaruzzaman, quem vc
está querendo enganar
Agora será que pode deixar a gente em paz?
Já chega

Respondo pedindo desculpas. Digo que vou parar, vou mesmo, mas minha mensagem segue sem ser lida. Tenho quase certeza de que fui bloqueada.

Eu me recosto no sofá, com a cabeça a toda. O sr. B. Ela devia estar falando do sr. B. Lembro como ele mudou de atitude quando mencionei Julianna. Como a mãe dela me contou que a escola tinha encerrado qualquer investigação. Como se cercou de todas as formas, protegeu a imagem altiva. Estava disposta a tapar os olhos, a negar a verdade. Estava disposta a sacrificar o que fosse preciso para manter a reputação.

A sacrificar até mesmo a gente.

Rachel

Ainda estou pensando em Julianna, nas garotas desaparecidas, nas fitas brancas, em Khad e nas gritantes e de que jeito a gente pode salvar uma à outra quando entro no quarto e vejo mamãe sentada na cama, chumaços de papel amassados espalhados ao redor dela (páginas de minha apresentação, as atividades e trabalhos com notas C e D que escondi pelo quarto inteiro, como uma rata acumulando comida). Livros, roupas e itens aleatórios estão dispersos por todo o chão. As portas do guarda-roupa e as gavetas da escrivaninha estão abertas.

Por um segundo esqueço de respirar.

— Rachel — diz ela, e nunca ouvi sua voz desse jeito. — Rachel. Me conte o que está acontecendo.

— Como assim?

Foi a coisa mais besta a se dizer em uma situação dessas. Sei a que ela se refere. Está cercada daquilo a que se refere. Contudo, de algum jeito, acho que se eu só ignorar, se fingir que não está acontecendo, o mundo vai se ajustar e se encaixar a essa realidade.

Errado, Rachel. Errado, errado, errado, tudo errado.

— Como assim, o quê? — rebate mamãe, a voz ficando mais alta, com um tom de incredulidade. — Você tem coragem de ficar aí e me perguntar *como assim?* Olhe só para isso! Olhe para tudo isso! — Ela enche a mão de papéis e os arremessa no ar. — Do que pensa que estou falando? O que é isso?

Ela aponta o dedo indignado direto para a página do roteiro, como se quisesse atravessá-lo.

Continuo calada. Ela está fazendo aquilo de novo, aquilo de me perguntar coisas quando já sabe as respostas. Responder não serve de nada além de contribuir para meu sofrimento. Melhor ficar quieta. Melhor esperar e ver onde isso vai dar.

— Teatro, Rachel? Teatro? A gente conversou sobre isso! — Ela se levanta e começa a andar pelo quarto, os braços cruzados com força, como se tentando se controlar. — Teatro de nada serve no futuro. Teatro de nada serve a não ser para distrair você dos seus objetivos.

Seus objetivos, penso. *Os objetivos são seus, não meus.*

— Faz ideia de como foi constrangedor? — pergunta ela, o rosto sério. — Faz ideia de como fiquei malu* quando atendi o telefone hoje e tive que ouvir da sua professora como minha filha está indo mal nos estudos? Uma aluna exemplar, e se comportando desse jeito? Onde é que eu deveria enfiar a cara?

Concentro-me na foto na mesinha de cabeceira, eu e ela depois de meu primeiro recital de piano. Sou toda sorrisos, covinhas e felicidade, sabendo que me saí bem, que a deixei orgulhosa. Tento ignorar como a voz dela treme e vacila.

— Eu já parei — respondo, a voz pequena. — Já desisti.

— Como deveria mesmo. Pelo menos você ainda tem alguma noção. — Ela está tão brava que infla as narinas. —

324

Eu não sei de quem puxou isso, Rachel. As mentiras, a falsidade. Depois de tudo o que fiz por você. — Ela bufa. — Às vezes você é igualzinha ao seu pai, da cabeça aos pés.

Com isso ela sai do quarto, e fico encarando a bagunça e me perguntando como as coisas chegaram a este ponto.

Não sei quanto tempo fico aqui, de joelhos, cercada pelos destroços de minha vida. Não penso em mamãe nem em sua raiva, nem em ser igualzinha a meu pai. Seguro as páginas do roteiro, amassadas e rasgadas, e penso nela, em quem eu era em cima do palco, ousada e transparente e sincera, com o batom cor-de-rosa. Meu coração dói.

Por fim, levanto-me. As sombras já se espalharam pelo espaço. É quase noite. Devagar, saio do quarto. Ouço sons de pancadas e de crepitar vindo da cozinha, onde kak Tini faz o jantar em silêncio, sem o cantarolar contente de sempre. Mamãe está sentada no sofá com as pernas cruzadas, lendo uma revista. Pelo jeito que vira as páginas dá para notar que continua brava.

— Mamãe — chamo, baixinho.

Vira, vira, vira, com tamanha força, de modo tão deliberado, como se pudesse cortar minha pele com cada virar de página.

— Mamãe — repito.

— *Hum.*

Ela está com a boca tensa, como se dizer mais alguma coisa fosse, de algum jeito, deixar tudo ainda pior.

— Mamãe, preciso ir pra escola — digo.

Ela me encara como se os olhos fossem dardos. Talvez esperasse que eu pedisse desculpa? Não sei.

— Deixei um livro lá. Minha apostila de biologia. Preciso terminar a lição de casa. Pra não piorar ainda mais as coisas.

É a garota de batom cor-de-rosa quem move meus lábios, e minha vontade é contar isso para mamãe, mas a garota me segura com força para que eu não possa falar. Apenas observo.

A mamãe fica na dúvida.

— Pakcik Zakaria já foi para casa — anuncia ela, dura.

— Eu sei. — Olho para os dedos dos pés. — A senhora poderia me levar, por favor? — pede a garota de batom cor--de-rosa.

Mamãe solta um suspiro alto e ruidoso.

— Então, além de tudo, agora você também é desatenta. — Ela se levanta e começa a juntar as coisas, pegando a chave do carro do gancho na parede. — Tini, saya keluar sekejap! — *Tini, vou dar uma saída rapidinho.*

— Tudo bem, puan! — responde kak Tini.

No carro, fico sentada com as mãos entrelaçadas em uma tentativa de não ocupar muito espaço, em uma tentativa de não emitir um único barulho. A mamãe dirige curvada para a frente, de olho na estrada. De vez em quando balbucia algo a respeito de "filhas ingratas" e "tudo o que eu sacrifiquei".

Quando chegamos à escola, pakcik Saiful nos observa confuso.

— Esqueci um livro — explico ao sair do carro.

Agora as sombras se espalham ainda mais. O dia já quase foi todo devorado pela noite. Pakcik Saiful olha para mamãe, que está sentada diante do volante com o olhar à frente, como se a minha imagem, a dele ou a da St. Bernadette a enojasse.

— Sem problema — fala ele, dando de ombros. — Mas não demore. A escola já está quase vazia. As aulas terminaram faz uns quinze minutos.

Checo o relógio. São exatamente sete da noite.

— Tudo bem.

Ela quer que eu ande logo, a garota com os lábios cor-de-rosa e as fitas brancas. Consigo sentir sua urgência. Só que caminho pela St. Bernadette sem um pingo de pressa. Deixo os pés irem no próprio tempo. Eu de fato esqueci a apostila de biologia aqui, é verdade, e ela sabe disso. Contudo, algo em meu peito anseia por estar aqui, neste espaço, onde me sinto segura. Onde sinto mesmo que sou uma minúscula parcela de pertencimento.

Minha cabeça dói. *Eu devia ter dormido mais*, penso. A gente devia ter insistido mais, Khad e eu, em tentar desvendar tudo isso.

De algum canto na escola escuto o som de algo sendo varrido. As zeladoras, trabalhando tanto. Nos shoppings, mamãe apontava para os faxineiros e dizia: "Está vendo, garota? Está vendo? Se não trabalhar duro, vai ter o mesmo fim que eles". Isso é ruim? Em vez disso terminei desse jeito, e será que é mesmo uma opção melhor? "Você é igualzinha ao seu pai", disse a mamãe. O que ela quis dizer? O que isso significa?

Faço a curva e, de repente, ele está aqui, um rosto conhecido, uma voz conhecida chamando meu nome.

— Ei, Rachel. Você está bem? Qual o problema? O que está fazendo aqui?

Eu o encaro, sem piscar, sem entender, e, quando ele estica a mão para pegar meu braço, eu me afasto e corro, e corro, e corro, e mais uma vez não sei por que estou correndo ou para onde estou indo, mas o faço mesmo assim, até que meus pés enfim diminuem a velocidade e meus passos se tornam mais deliberados, mais calculados. Estou aqui, aqui na St. Bernadette, o meu lugar, e, mesmo que eu não saiba o que estou fazendo, meus pés sabem.

Varre, varre, varre, varre, varre. Deixo os pés andarem de acordo com o ritmo. É como uma dança. Nunca fui boa em dançar.

Talvez Flo pudesse me ensinar. Talvez Khad e eu pudéssemos aprender juntas. *Khad*, penso. Khad, a possibilidade de fazer minha primeira amiga de verdade. É provável que neste exato momento Khad esteja se perguntando por que não estou respondendo às mensagens. Mamãe falaria: *Você não precisa de amigas para obter sucesso, Rachel*. Mamãe falaria: *Você só pode depender de si mesma*. Será que ela quer dizer que também não posso depender dela? Algo está sumindo com a gente. Mamãe quer que eu desapareça? Ela se importaria caso acontecesse?

Meus pés param. Não fui eu quem mandei. Foi ela quem mandou? A garota? Julianna? Ergo o olhar e não estou na sala de aula, nem perto dela. Estou diante da Casa Brede de novo. Tem uma faxineira ali, curvada com a vassoura, varre, varre, varre, varrendo as folhas que caem das árvores de jasmim--manga. Minha cabeça dói. Se prestar atenção, há sombras se mexendo no enorme vitral. Levanto a mão e aceno. Por que não? Por que não, certo?

A questão é que as sombras parecem acenar de volta. É ela ali? É Julianna? Ou sou eu a Julianna? Ou sou Rachel, Rachel Lian, acenando para a própria morte?

Minha cabeça dói. Eu me deixo cair. Acho que machuco os joelhos. Não sei dizer. Varre, varre, varre, varre, varre. *Estou tão cansada*, penso, *tão cansada de tudo*. O som de algo sendo varrido cresce. Minha cabeça dói. Mamãe falaria: *Levante-se, Rachel, agora mesmo*. Mamãe falaria: *Você não é mais criança. Por que está se comportando feito uma?* Mamãe falaria: *O chão é sujo. Você está deixando o vestido todo imundo. Qual é seu problema?* Mamãe falaria…

Mamãe falaria…

A vassoura para. Ergo o olhar. A responsável pelo barulho está olhando para mim, e é a garota, é Julianna, e não é. Os olhos dela são completamente pretos. De início acho que o rosto dela está coberto de rugas, mas aí percebo que as linhas são rachaduras, abrindo-se pelo rosto todo, linhas fininhas se ramificando sobre a pele bem, bem pálida. Em meio ao branco do cabelo dela vejo fitas, tecidas para dentro e para fora, sendo assopradas pela brisa.

— Estou tão cansada — sussurro.

E em resposta a varredora abre a boca, e em minha cabeça acho que ela vai gritar, mas não é o que acontece. Ela só continua abrindo a boca, mais e mais e mais, até que me engole inteira.

Até que tudo seja escuridão.

~Khad

Ei, vc tá aí?
Acho que descobri algo importante.
Algo gigante que queria te contar
Tipo PRECISO te contar
Você está bem?

Oi?
Espero que esteja descansando, ou
sei lá.
Me manda uma mensagem quando
ler.

Ei, agora eu estou mesmo
preocupada. Dá pra me ligar ou dar
algum sinal de vida? Qualquer coisa?

Rachel?

Rachel?

QUARTA-FEIRA
VINTE E SETE DIAS DEPOIS

Khadijah

Ela sumiu.

Procurei por ela de manhã, morrendo de ansiedade para contar o que descobri, os pontos que liguei. Quero falar de Julianna, do sr. B. Subi a colina rumo à St. Bernadette junto de Sumi e Flo. Rachel não respondeu a nenhuma das mensagens, mas eu tinha certeza de que ela estaria aqui. Ela só poderia estar aqui.

Só que não está. Não está esperando por nós no portão. Não está no auditório de assembleia. Não está atrás do palco com as outras monitoras.

"Posso ajudar?", perguntou Jane, com o tom de voz arrogante, mas a ignorei.

Sumi e Flo sabem exatamente quem estou procurando. E, pela primeira vez, não sinto as duas emanando julgamento. Elas só ajudam. Saem perguntando. Usam as próprias vozes nos lugares em que não posso usar a minha.

— Certeza de que ela está por aqui em algum lugar — diz Flo, entrelaçando o braço ao meu. — Não se preocupa, ela vai aparecer.

— Vai ver ela está doente — sugere Sumi. — Ou talvez hoje ela só não estivesse a fim de vir pra escola. Tem muita coisa rolando.

Faço que sim com a cabeça. Minha barriga está embrulhada de tanta preocupação.

Depois de um tempo chega a hora dos anúncios. A sra. Beatrice vai até o microfone. E aí diz aquilo que nunca desejei ouvir:

— É com profundo pesar que anuncio mais um desaparecimento entre nossas alunas.

O auditório logo explode em sussurros alvoroçados. Sinto o coração parar na garganta. De repente fica difícil respirar.

— Se alguém tiver qualquer informação quanto ao paradeiro de Rachel Lian...

O cômodo gira de repente. A sombra preta vibra em minha visão periférica, como se tirando sarro de mim.

Rachel Lian. Rachel. Levaram Rachel.

Era para eu ter feito companhia para ela.

Era para eu tê-la protegido, mas não o fiz. E agora ela virou uma delas, uma das gritantes desaparecidas. Não a mantive segura. Falhei. E agora ela se foi.

É só quando Sumi me segura que percebo que estou caindo.

— Está tudo bem, Khad — sussurra ela. — Estou contigo. Está tudo bem.

Só que não está tudo bem.

Eles telefonam para minha mãe. Conversam em sussurros abafados do lado de fora da enfermaria sobre algo ter servido de "gatilho" para meu trauma. Antes disso, eu não queria ser uma gritante, mas agora só quero gritar. Sumi e Flo estão sentadas comigo, segurando uma mão cada. Os professores falam para elas voltarem para a aula, mas as duas se recusam. Em algum momento, Aishah surge. E, como não sobrou nenhuma mão para segurar, ela só fica sentada sem falar nada, esperando mak vir e nos levar para casa.

No carro, começo a chorar. E pelo visto não consigo parar. Nem quando chegamos em casa e elas precisam me ajudar a ir para dentro, considerando que as lágrimas tornam tudo um borrão. Mak se aproxima e se senta a meu lado no sofá, acariciando minhas costas em círculos.

— Está tudo bem, sayang — diz ela. — Vai ficar tudo bem.

Ela não me pergunta nada. Enquanto soluço, fico grata por isso. Não tenho respostas, nenhuma resposta para ninguém.

— Obrigada — sussurro, e por algum motivo a mão dela fica imóvel.

Em seguida ela continua, segurando-me só um pouco mais perto do que antes.

— Não há de quê — sussurra em resposta.

Seja como for, o momento parece certo.

Quando a noite cai, encolho-me no sofá como sempre faço. Aishah vem dormir no chão a meu lado e segura minha mão. Ela tenta ficar acordada para que eu seja a primeira a pegar no sono, mas isso nunca deu certo. Mais cedo ou mais tarde, a respiração dela fica mais profunda e uniforme, e seus olhos se fecham.

Já parei de chorar. E, uma vez que as lágrimas secam, tudo o que resta é raiva.

Rachel Lian desapareceu, e nunca senti tanta raiva assim.

A enfermaria fica perto da secretaria. Ouvi-os falando. A mãe de Rachel contou à escola que ela pediu para voltar à St. Bernadette na noite anterior. Ela esperou e esperou dentro do carro, mas a filha nunca voltou. A mãe saiu e rodou a escola com pakcik Saiful. Rachel não estava em lugar nenhum. Nenhum mesmo.

Penso na St. Bernadette, quieta e atenta na colina. Penso nas sombras escuras que reluzem por trás dos arcos.

O que você fez? Ainda não está satisfeita?

Minha raiva me deixa agitada. Enquanto Aishah ronca baixinho, pego o celular. Abro o WhatsApp e rolo a tela no grupo das gritantes. Ignorei as notificações durante os últimos dois dias. Está cheio de mensagens não lidas. As mais recentes são sobre Rachel. Sobre como elas estão com medo, sobre o que está acontecendo e quem poderia estar levando todas essas garotas. Nossas amigas.

~NN
Não tenho ideia do que fazer.

~Amalina Izzati
Vcs estão bem?

~Selena.Marie
Agora fico ansiosa o tempo todo, e parece que ninguém está fazendo nada pra nos ajudar.

~FazDConta
O que a gente faz? Fica em casa? Espera até que tudo isso acabe?

~NN
Como vamos saber que acabou?

~Ranjeetha P
Eles vão trazer as garotas de volta?

Subo a página sem prestar atenção a nada disso, o peito apertado demais para ler qualquer coisa sobre Rachel.

E aí paro. E me concentro.

E aí leio e leio, noite adentro.

QUINTA-FEIRA
VINTE E OITO DIAS DEPOIS

Khadijah

Nem todas as respostas são iguais.

Algumas falam de ir ver o sr. B na sala de aconselhamento. Ou de tê-lo visto antes de terem gritado. Algumas pessoas insistem que nunca nem trombaram com ele pela escola. Algumas não têm lembrança nenhuma, mas algumas comentam sobre a sombra da menina que espreitava nos reflexos. Uma garota com lábios cor-de-rosa e fitas brancas no cabelo. E todas elas falam de duas coisas: uma sombra que respirava e um som que nunca parava, um som que crescia e crescia até que as fez ranger os dentes. Eu achei que fosse perder a sanidade, digitou uma garota. Foi como se aquele barulho fosse me fazer arrancar meu rosto.

O som de algo sendo varrido.

Isso é tudo em que penso durante todo o trajeto até a escola no banco de trás do carro de mak. Ela ofereceu que ficássemos em casa.

— Não vou forçar vocês — disse, gentil. — Mas, se quiserem, podem. Se for fazer vocês se sentirem melhor. Com certeza *me* faria me sentir melhor.

Queria poder conceder esse pequeno alívio a ela, mas preciso encarar isso. "Salve a gente", a garota disse para Rachel. E, se Rachel não está aqui, então sou eu que preciso salvar todas nós.

Se não eu, quem mais?

Julianna desapareceu varrendo. Todas nós ouvimos algo ser varrido antes de gritarmos. Se eu encontrar o barulho, se descobrir de onde está vindo, vou conseguir entender o que aconteceu? Vou achar Rachel? E Fatihah e Lavinia? E a própria Julianna? Ou vou encontrar a sombra, aquela que Fatihah chamou de jinn, jembalang, hantu? Aishah estica o braço e aperta minha mão. Eu observo a mão dela como se tentasse gravar os contornos. Se eu não descobrir o que está acontecendo, será que Aishah também vai desaparecer?

Sumi e Flo estão esperando por nós nos portões da escola. Elas nos recebem com braços abertos e expressões preocupadas.

— Você está bem? — pergunta Sumi, com uma gentileza nada característica. Confirmo com a cabeça. — Foi mal por ser tão… você sabe. — Ela passa a mão nos cachos, toda constrangida. — Esquisita, talvez. Superprotetora. Ciumenta.

Ela mal consegue olhar para mim. Sei como é difícil para Sumi dizer essas palavras. Estendo a mão e ela a segura.

Flo pigarreia.

— As duas podem ir parando por aí — diz. — Se começarem a chorar bem aqui, em público, vou fingir que não conheço vocês.

— Mas o que você vai fazer sem nenhuma amiga? — provoca Sumi, e Flo dá um pescotapa de leve na nuca dela. — Ai!

— Momento péssimo, Sumitra.

— Foi mal, foi mal. — Sumi murcha, envergonhada. — Sei que a gente não devia fazer piada agora. — Ela respira fundo. — Chamem de mecanismo de defesa. Também estou com medo, viu?

Com medo pela Rachel, com medo pela Khad. Com medo por todas nós.

— E está tudo bem — acalenta Flo com suavidade. — Está tudo bem sentir medo. A gente pode sentir medo juntas. — Ela encosta a cabeça em meu ombro. — Você não precisa falar, Khad. Mas, se quiser, vamos te ouvir.

Em resposta encosto a cabeça na dela e inalo o cheiro de seu xampu de maçã.

— Eu amo vocês, gente — digo baixinho.

Basta um segundo para elas me envolverem em um abraço.

Na aula de inglês, levanto a mão.

— Sim, Khadijah? — pergunta puan Ramlah. Em seguida: — Banheiro?

Meus professores se acostumaram a preencher meus vazios. Faço que sim.

— Tudo bem. Vai lá.

Saio pela porta e desço a escada. Tentando agir como se eu de fato fosse ao banheiro. Tentando andar como uma garota que só precisa fazer xixi, mas, assim que estou do lado de fora, minha raiva me leva adiante. Oferece propósito. Aguça minha visão para que eu veja com clareza o que preciso fazer.

Eu a deixo me levar ao longo de todo o caminho até uma porta fechada.

Respiro fundo. Então bato.

— Entre — diz a voz, e obedeço.

Da última vez que vim aqui, eu estava desesperada, sem voz, encurralada e desesperada para escapar. Desta vez olho diretamente para a pessoa que ocupa a sala. E abro a boca para falar:

— Me conta o que aconteceu com Julianna Chin, sra. Beatrice.

Isso a faz levantar a cabeça.

— Como é? — A voz dela é calma, e tranquila, e não deixa escapar nada.

O que só me dá mais raiva.

— Eu sei que a senhora sabe alguma coisa do que aconteceu com ela. Do que está acontecendo com todas as garotas desaparecidas.

Pensei que falar seria mais complicado. Pensei que estaria com mais medo, mas a raiva expulsa as palavras de mim, dá a elas forma, força e profundidade.

— Isso é muito presunçoso da sua parte, Khadijah.

— O que aconteceu com elas?

— O que acontece com qualquer garota que foge? — A sra. Beatrice dá de ombros. — Como é que eu vou saber?

Luto por alguma centelha de calma. Pela habilidade de respirar, de articular. Sei que é fácil ser descredibilizada por conta da emoção. Já vivi isso antes.

— Vocês se negaram a ajudar a mãe da Julianna, a ajudá-la a descobrir como a própria filha desapareceu. Vocês não permitiram que ninguém da escola ao menos conversasse com ela.

— Evitei que uma mulher movida por um luto e uma tristeza descabidos por conta do sumiço da filha assediasse os professores, os funcionários, as alunas — corrige a sra. Beatrice. — Eu a impedi de manchar a reputação da escola, e a dela própria.

— O trabalho de vocês é proteger *a gente*! — explodo. — E não a escola, não sua reputação. A gente!

Ela só me olha, os dedos entrelaçados sob o queixo. Quando enfim fala, suas palavras são duras que nem aço:

— Meu trabalho é me certificar de que as garotas da St. Bernadette tenham sucesso lá fora, no mundo real. E nisso eu sou excelente.

— Não existe sucesso pra garotas desaparecidas.

— E que triste é para elas e os familiares — rebate a sra. Beatrice, tranquila. — Mas, como diretora, meu papel é assegurar o bem-estar de todas as garotas que permanecem aqui. E é o que temos feito.

Agora estou tremendo. Possessa para que ela entenda. Possessa para causar uma rachadura no verniz perfeito e polido que encobre seja lá quem essa mulher é por baixo.

— Mas os desaparecimentos não são algo que dá pra deixar de lado e esquecer que existe! — Acerto a mesa dela com o punho. — Julianna é uma pessoa. Rachel é uma pessoa. Todas essas garotas são! Elas são amadas, lembradas, queridas e estimadas. — Esfrego a testa, que lateja, e entorto o hijab. — A gente não deveria pagar pela reputação da St. Bernadette com nosso corpo! A gente vale mais do que isso. Muito mais.

A sra. Beatrice se levanta. Afasta a cadeira. Apoia as mãos em cantos opostos da mesa.

— Só vou dizer isso uma vez, e espero que você preste atenção — anuncia ela, tão baixo que preciso me curvar para a frente para ouvi-la. — O corpo de uma garota já é uma mercadoria. Isso não tem nada a ver comigo nem com a St. Bernadette. É só a verdade. Você pode não enxergar agora, mas assim que sair da bolha na qual vive, do mundo no qual está segura e protegida, vai ver, e aí vai entender. Esse é o sistema no qual estamos enraizadas. Tudo o que podemos fazer, e por aqui fazemos bem, é tornar nossas garotas superlativos. As melhores, mais brilhantes, mais inteligentes, as mais esplêndidas. Nós polimos vocês de modo que seus corpos tenham valor. De modo que tenham poder. Quanto vocês valem? É bem aqui nesta escola que determinamos que vocês têm valor. — Ela endireita a postura. Dá uma ajustada no paletó do terninho lilás para suavizar os amassados. — Não existe nenhuma garota igual a uma aluna da St. Bernadette. Estudar aqui é sua armadura, seu cartão de visita, sua moeda de troca. E farei o que for preciso para proteger isso. — Ela me fita, os olhos duros. Depois se senta e volta a atenção ao trabalho mais uma vez. — Fazia muito tempo que não te ouvíamos falar, Khadijah. Espero que este não seja o tipo de conversa com o qual você pretende gastar suas preciosas palavras daqui em diante.

Reconheço quando estou sendo dispensada. E não tem mais nada que eu possa fazer além de dar meia-volta e sair.

Saio do prédio e fico parada ali por um bom tempo. Fecho os olhos. Respiro fundo algumas vezes. Tento acalmar a inquietação na barriga. Tento não deixar a raiva tomar conta de mim. A raiva me é tão familiar. Sei bem demais como ela pode me queimar caso eu permita.

E aí meu corpo inteiro fica imóvel.

Porque ouço, bem ali, bem fraquinho.

Varre, varre, varre.

Dou meia-volta. De onde está vindo? De onde o som está vindo? Começo a correr, indo atrás do ruído que perdura fraco em minha audição. Fora de alcance. Aqui? Ou aqui? Quanto mais chego perto, mais desesperada fico e mais alto o som se torna.

Está me chamando. Quer que eu o encontre.

Deve haver alguma conexão, penso, fervorosa, enquanto vasculho cada canto da escola. Algo que associe o barulho de vassoura arrastando o chão ao sr. B, às gritantes. À Rachel. Ainda deve ter algum jeito de salvá-la. De salvar todas nós.

— Quem está varrendo? — pergunto em voz alta. — Quem é você?

Não há resposta. Garotas e professores olham para mim de canto de olho quando passo correndo. Sinto meus olhos selvagens; meus movimentos, frenéticos, seguindo o som que sei que mais ninguém ouve, porque desta vez é destinado a mim. Apenas a mim.

Quando meus pés enfim param, sei antes mesmo de levantar o olhar aonde foi que me trouxeram.

À Casa Brede.

E no vitral lá em cima, uma sombra se move, como se soubesse que estou aqui. Como se esperasse por mim este tempo todo.

Agora o barulho da vassoura está mais alto, tão alto que faz minha cabeça doer. Vejo a sombra com clareza. Está se esticando da Casa Brede até mim, primeiro em tufos e gavinhas, depois em grossas ondas tremulantes como fumaça. Varre, varre, varre, varre. Minha cabeça dói tanto. Só que, embora a sombra dificulte enxergar; embora a dor faça meus olhos lacrimejarem até que tudo seja um borrão; mesmo nesses momentos, mesmo agora, sei que devo enfrentar a fera. Dou um passo tortuoso seguido do outro até as portas duplas da Casa Brede.

Quando encosto nas maçanetas, minhas mãos queimam, como se o objeto estivesse gravando seu formato em minha pele.

Varre, varre, varre, varre, varre. A escuridão rodopia por toda parte, como um tornado. A esta altura a dor é tão intensa que fica difícil respirar.

Usando toda a força, abro as portas.

Do lado de dentro, a varredora aguarda com a vassoura de galhos, a escuridão a circundando como uma auréola. É o rosto de Julianna, redondo e de lábios cor-de-rosa, com fitas brancas no cabelo. Depois é o meu, a versão de mim que eu era antes do incidente, sorridente e de cara lavada e hesitante. Em seguida, é uma velha com um labirinto de rugas. Ela olha direto para mim, e luto para respirar. Os olhos não são nada além de preto, com nenhum resquício de branco à vista.

Ela mostra os dentes para mim, todos amarelados e quebrados, e não sei, não sei dizer se é uma careta ou um sorriso, ou qual dos dois quero que seja. A vassoura dela não se mexe, mas o som de algo sendo varrido é mais alto do que nunca, e não tenho a menor ideia de como explicar, mas o barulho faz meu cérebro coçar, faz doer, tudo dói, e mordo o lábio com tanta força que sinto gosto de sangue, porque sei que se não fizer isso tudo o que sairá de mim será um grito. E não... não quero...

— Eu não quero mais gritar! — brado para ser ouvida por cima do som de algo sendo varrido, e da escuridão e da dor dilacerando minha cabeça como se fossem adagas. — E também não quero mais ficar em silêncio. Não quero que todo mundo decida o que acontece com a gente, com a nossa voz, com o nosso corpo. Que nos digam como usá-los. Por favor, só devolva minhas amigas. Me devolva pra mim mesma.

Minha garganta está dolorida e minha voz, rouca, e tudo dói e, e, e

E a mulher varrendo só me fita com aqueles olhos escuros feitos breu.

Então ela sorri.

E avança.

E a escuridão me engole por inteiro.

Khadijah

Abro os olhos e vejo a escuridão.

A inabilidade de enxergar qualquer coisa dispara meu instinto de sobrevivência. Meu coração começa a martelar e martelar, como se lutando para sair do peito. Preciso respirar algumas vezes para me controlar. *Não surta, Khad. Calma. Você consegue resolver isso.*

Analiso o corpo, passando por uma seção por vez, à procura de qualquer dano. A dor na cabeça diminuiu para um leve incômodo, mas mais nada parece doer ou estar quebrado.

— Que alívio — digo para o silêncio.

Silêncio.

Levanto-me com tudo. Não tem mais nenhuma vassoura varrendo.

Onde estou?

Agora meus olhos estão se ajustando. Não é um breu completo aqui, percebo. Tem algumas lamparinas a querosene, que emitem uma luz fraca e quente. Estou deitada em alguma espécie de plataforma elevada (talvez uma mesa?), em um cômodo extenso e estreito. Por todos os lados vejo contornos,

contornos que de início não consigo distinguir, mas que aos poucos entram em foco à medida que meus olhos se acostumam com a pouca claridade.

Quando me dou conta do que são, quase quero vomitar.

As garotas estão por todos os lados.

As garotas desaparecidas (Fatihah, Lavinia) com olhos vidrados e sorrisos gentis no rosto, todas me encarando. E bem aos meus pés, de mãos entrelaçadas, está Rachel.

— Rachel? — sussurro.

O tremor em minha voz me trai. Quero pegá-la pela mão e dar no pé, mas nem mesmo sei onde estou e do que eu estaria fugindo.

— Oi, Khadijah — diz ela baixinho.

— Oi, Khadijah — ecoam as outras garotas.

— Estou tão feliz que você esteja aqui — comenta Rachel, e sei que é sincero, sei que é, mas tem algo estranho, semelhante a um sonho, no jeito que ela fala.

No jeito que todas elas falam.

— E onde fica "aqui"? — pergunto.

— Nos túneis, é claro — responde ela, sorrindo.

Pisco. *Nos túneis? Os túneis existem mesmo?*

Movo as pernas para o lado, para sair da mesa, e pego as mãos de Rachel. Procuro no rosto dela algum sinal de... qualquer coisa, para dizer a verdade. Dor ou sofrimento. Algo que me dê algum tipo de dica do que está acontecendo, do que ela passou. Só encontro aquele sorriso, sereno e calmo.

Estremeço.

— Rachel, o que está acontecendo? — pergunto a ela. — Você está bem? Todo mundo aqui está bem?

Analiso o rosto delas, mas só me encaram, serenas, caladas. As garotas que estávamos procurando, por quem rezamos e por quem tememos. Elas estão aqui. Estão mesmo aqui.

— O que aconteceu? — insisto.

O sorriso de Rachel fica ainda maior.

— O que aconteceu é que nós fomos salvas, Khadijah. O que aconteceu é que ela nos manteve seguras. Protegidas, como sempre fez.

Eu a observo.

— Quem? Quem está protegendo a gente?

— Você não vê? Não entende? — Rachel aperta minha mão. — Fecha os olhos, Khadijah. Consegue sentir?

Não sei ao certo o que esperar, mas faço como ela pede.

Ao redor, as garotas sussurram:

— Sinta, Khadijah. Sinta.

Elas soam como a brisa atravessando as folhas das árvores de jasmim-manga.

— O que você sente? — pergunta Rachel, baixinho.

Eu me concentro, tentando ao máximo entender, tentando sentir o que ela quer que eu sinta.

E aí sinto. Estou aquecida e aconchegada, como se estivesse em um casulo. Estou sonolenta e tão contente quanto um gato em uma parte iluminada pelo sol. Estou… estou…

Estou segura.

Abro os olhos.

— O que é isso? — sussurro. — O que está acontecendo?

— Ela nos mantém a salvo — explica Fatihah, os olhos brilhando na pouca claridade. — Não entende?

Olho para as garotas ao redor, para suas expressões intensas, e depois para além das paredes do cômodo. Pela primeira vez noto que pulsam de leve. Como se estivessem vivas.

Volto a olhar para Rachel e finalmente começo a compreender.

— O que está nos protegendo… Seria a…

— A própria St. Bernadette. — O semblante de Rachel é o de uma mãe orgulhosa quando o bebê dá os primeiros passos sozinho. — Agora entende, não é?

Faço que não com a cabeça, que ainda tem um singelo resquício de dor brotando, e me sento na mesa.

— Não sei bem se entendo.

Rachel se senta a meu lado e segura minha mão. As outras garotas apenas observam. O sorriso nunca saindo do rosto delas.

— A escola sente quando uma de nós está em perigo — explica Rachel. — No início, ela tentou nos ajudar fazendo a gente gritar quando ele começou a rondar. A soar o alarme. Só que, quando não funcionou, quando o lobo continuou atravessando os portões, a escola precisou tirar algumas de nós da jogada. Aquelas que ela sabia que corriam mais perigo que as outras. Aquelas em que o lobo estava de olho. E aqui estamos.

— O lobo? — Faço uma careta de dúvida. — Quem é o lobo?

A atmosfera onírica muda. Pela primeira vez, todas parecem incertas. Quando o silêncio é rompido, é Fatihah quem fala. Sua voz é dura, agressiva.

— Ele é o vilão. De quem a escola está protegendo a gente. — Depois, em um sussurro: — Ele é um homem mau, muito mau.

— Então a gente precisa contar pra alguém! — Eu me viro, tentando olhar para cada uma delas. Tentando fazê-las enxergar. Só que agora elas estão agitadas, os olhos inquietos, recusando-se a fazer contato visual. — A gente precisa impedir que ele volte a fazer isso. A gente precisa proteger as outras garotas.

— Por quê? — rebate Fatihah. — Ninguém protegeu a gente. Ninguém nem nos ouviu.

— Vocês não podem ficar aqui pra sempre!

347

— A gente pode ficar o tempo que a St. Bernadette deixar — argumenta ela, e pela primeira vez a vejo, vejo de verdade, essa versão dela. Aqui ela é diferente. Mais calma. Mais resoluta. Mais dura. — Lá fora, as pessoas não acreditam nas nossas histórias nem nas nossas dores. Falam que a gente está imaginando coisa. Que a gente arruma encrenca. Que somos... histéricas. — A boca dela se curva quando diz a palavra, como se tivesse um gosto azedo na boca. — Eles preferiram acreditar em jinn, ou em jembalang, ou em hantu. Em vez de... em vez de...

Ela morde o lábio.

— Você consegue, Fatihah — incentiva Rachel, gentil.

— Em vez dos monstros da vida real — completa Fatihah, por fim.

— Como assim? Que monstros da vida real? — pergunto.

As garotas assumem um ar sombrio e trocam olhares. Fatihah mira o chão como se fosse chorar.

Rachel suspira.

— É ele. O perigo do qual a gente está sendo protegida. O lobo dentro das paredes.

— O sr. B? — indago.

É difícil afastar o tremor da voz.

— O sr. B? — Rachel arqueia a sobrancelha. — Não. Ele, não. É aquele homem.

— Quem? — pergunto. — Quem?

Rachel estende a mão e acaricia minha bochecha com delicadeza. Muita delicadeza.

— Datuk Shah — esclarece em voz baixa. — O tio. É o tio.

O cômodo rodopia um pouco. A atmosfera onírica desaparece por completo. As garotas me observam, os olhos arregalados e sérios. O tio, tão envolvido, tão dedicado, tão interessado. O tio, tão disposto a nos orientar e nos levar à vitória. O tio, tão complacente com aquele sorriso, com aquela voz grave.

— Isso — confirma Fatihah, não muito alto. — Ele. O cara da Associação de Pais e Professores, o instrutor de debate, o datuk com bons contatos. — Ela hesita. — O tio. O *meu* tio.

E por um breve momento as sombras parecem se aproximar, como se para impedir qualquer coisa de chegar até a gente.

— Ele não é um homem bom — relata Fatihah, ainda em voz baixa, o rosto agora coberto pelas sombras. — Ele me toca, sabe. Quando não tem ninguém por perto. Ele chega bem pertinho. Coloca as mãos em partes que... a mão de ninguém deveria estar.

As garotas estendem as próprias mãos para ela, como se pudessem apagar da memória corporal dela os toques que nunca desejou receber. Fecho os olhos, tentando me proteger da dor na voz de Fatihah, do modo que atravessa minhas lembranças. Enquanto ela fala, sinto tudo de novo, o peso intenso sobre meu corpo, o hálito úmido em meu ouvido, o cheiro de cigarro. As mãos dele em partes que a mão de ninguém deveria estar.

— Julianna? — sussurro.

O rosto delas fica sombrio. Como se em acordo, como se tivessem planejado isso, elas se viram.

E a vejo.

Ela não passa de um esqueleto. Os ossos limpos. A pele roída pela natureza e o tempo. Não tem nenhuma fita branca, nenhum lábio a ser pintado com o tão estimado batom cor-de-rosa brilhante. Contudo, ao redor do pescoço dela, há um pequeno coração de prata. Assim como nas fotos nos jornais.

Julianna Chin, que esteve aqui esse tempo todo, nos túneis que ninguém nunca descobriu. Ninguém além de um único homem.

— Foi ele — revela Rachel, a voz úmida de lágrimas. — Ele a encontrou varrendo perto da Casa Brede. A filha tinha contado para todas as histórias e rumores a respeito dos túneis. Ele descobriu onde ficavam. Trouxe Julianna aqui. Aí fez o que queria e depois a deixou para morrer.

— Como? Como você sabe? — sussurro.

Lavinia coloca a mão em meu ombro. Sua expressão é sinistra.

— Ela contou para a gente.

— A Julianna? — sussurro.

— A St. Bernadette — esclarece Lavinia. — Não sei explicar como. Eu realmente não entendo, mas ela nos mostrou. Acho que não queria que a gente sentisse medo, mas entendesse que ela queria ajudar.

— Acho que ela só queria ter certeza de que a Julianna fosse encontrada — opina Rachel. — E acho que foi doloroso para ela que Julianna tenha precisado esperar por tanto tempo. Que uma das garotas dela tenha sido abusada e abandonada.

O cômodo não para de girar. Não consigo evitar. Dou meia-volta e vomito. As garotas desviam o olhar, como se para dar espaço para minha tristeza.

— Foi por isso que a St. Bernadette fez o que fez — continua Rachel, a voz agora quase um sussurro. — Porque nos levou. Porque os avisos eram sempre os mesmos. Aquelas primeiras gritantes… Nós éramos os canários dela.

— Canários?

— No passado, os mineiros traziam canários junto de si para as minas de carvão. Canários são sensíveis. Quando o ar ficava minimamente tóxico, os pássaros despencavam direto dos poleiros, e os mineiros sabiam do perigo, sabiam que precisavam sair e se salvar. — Rachel gesticula para as garotas. — Nós…

e as outras gritantes… éramos mais sensíveis, mais fáceis para ela pegar, para ela fazer gritar.

— E as folhas? — questiono. — A vassoura varrendo?

— Ela queria que a gente fizesse a conexão com a Julianna — explica Lavinia, a voz um sopro. — Queria que alguém lembrasse.

— Depois disso, se afastou. Depois da Julianna. — Fatihah engole em seco com força antes de continuar: — Pak Su. O tio. Seja lá como o chamam. Ele era mais novo, impulsivo. Acho que ficou preocupado com a possibilidade de ser pego, mas eles nunca descobriram de fato que foi ele. Acho que quando eu apareci, quando apresentei uma oportunidade, ele pensou que estivesse seguro, que poderia se safar de qualquer coisa. Ficou mais ousado. — As palavras torcem a boca dela em um sorriso de escárnio. — Tentei contar pros meus pais — continua ela. — Claro que tentei. É preciso contar pros pais, certo? É o que dizem. Conte pros seus pais. Então contei. E eles… eles riram. Disseram que eu estava exausta. Imaginando coisas. Na minha escola antiga, eu queria falar com a orientadora. Eles descobriram e me transferiram pra cá. Disseram que eu… eu estava tendo uma crise. "Seu pak Su fez tanto por nós", falaram. "Ele é rico. Bem-sucedido. Esse homem poderoso com o carro poderoso. Ele mexeu os pauzinhos pra que você pudesse vir pra cá. Pra essa escola incrível. Por que precisa ser tão ingrata? Você está imaginando coisas. Entendeu errado. Ou então é uma mentirosa." — Quanto mais agitada ela fica, mas rápidas e curtas ficam as frases, como um piano no modo staccato. — Minha mãe, ele é o irmãozinho dela. Ninguém consegue convencê-la de que ele é mau, mas ele é. É um homem maligno. — Fatihah para de falar. O peito sobe e desce, sobe e desce, ofegante. — Eu quero ficar aqui.

Podem me chamar de covarde. Não estou nem aí. Eu quero ficar. Só me deixem ficar.

Levo um bom tempo para sair do meu inferno de lembranças, mas, quando o faço, desço da mesa e coloco um braço ao redor dos ombros de Fatihah.

— Escuta aqui — digo a ela. — Escuta. Eu sei pelo que está passando, tudo bem? Eu estou bem aqui do seu lado. Também aconteceu comigo. Nós estamos no mesmo barco, você e eu. — Fatihah arregala os olhos e continuo: — Só que eu tive sorte. Quando contei o que aconteceu, as pessoas me ouviram. Acreditaram em mim. Eu sinto muito mesmo que não tenham acreditado em você. Eu sinto muito mesmo que as pessoas que deveriam te proteger falharam na tarefa, mas isso foi erro deles, não seu. — Respiro fundo, trêmula. — Fizeram uma coisa terrível com você, mas é só isso. Algo que foi feito com você. E não por sua causa. Nada disso é culpa sua, está me ouvindo? Nada. Nem sua nem minha. — Faço uma pausa, à procura das palavras certas. — Mas vou te dizer uma coisa e quero que preste atenção, tudo bem? Está me ouvindo?

Ela faz que sim. Eu me curvo para conseguir vê-la, vê-la por completo.

— Você não é covarde — digo, com firmeza. — Você passou por uma situação horrível, pela qual nenhuma criança jamais deveria passar. E está aqui. Ainda de pé. Sobrevivendo em meio a tudo isso. Tem ideia de quanta força isso exige? Não é incrível? — Então chego mais perto e sussurro só para ela: — Você não é covarde, Fatihah. Você é um milagre. Todas nós que sobrevivemos somos.

Quando me afasto, o rosto dela está marcado por lágrimas. Só que ela sorri.

— Obrigada — sussurra em resposta.

— Não há de quê. — Fico de pé e suspiro. — A St. Bernadette tentou avisar a gente, e depois tentou nos manter escondidas pra que nenhum perigo chegasse até nós. Só que não quero ficar escondida. Porque faz parecer que sou eu quem fez algo errado, e não fiz nada. Nenhuma de nós fez.

Lavinia passa o peso de um pé para o outro. Fatihah apruma os ombros. Rachel mordisca o lábio. Os sorrisos gentis, os semblantes vazios… desapareceram. É como se elas estivessem acordando, todas as três.

— Vocês não precisam vir comigo — digo, sem alarde. — Se quiserem, podem ficar aqui, tudo bem? É seu corpo, seu ser, sua escolha. E ninguém pode dizer se é a escolha certa ou errada, porque mais ninguém tem o direito de decidir isso por vocês. Só que eu escolho ir lá fora e encarar a situação. Voltar a usar minha voz. — Sinto lágrimas arderem em meus olhos, prontas para escorrer. — Há muito tempo não faço isso. E espero que algumas de vocês possam me ajudar, porque sei que vai ser difícil. Mas, se não conseguirem, está tudo bem. De verdade. Eu vou fazer de um jeito ou de outro. Vou fazer isso por nós. Por todas nós.

Alguém bufa, e é tão alto e tão inesperado nesse momento de tantas emoções que me viro com tudo, para ver Rachel, de braços cruzados e um sorrisinho irônico no rosto.

— Você acabou de… bufar pra mim?

— Ya. — Ela sorri. — Eu agradeço o discurso dramático e tudo o mais, mas você achou mesmo que a gente ia te deixar fazer isso sozinha? Mangkuk*.

Deixo uma risada incrédula escapar. É mais forte do que eu.

— Como é que é?

— Está tudo bem se nem todas nós quisermos sair daqui — diz ela. — Com essa parte eu concordo, mas vou estar do seu lado.

Você não precisa enfrentar nada sozinha. Ninguém deveria passar por isso.

— Eu também vou. — Lavinia cruza os braços e assente com firmeza. — Aquele negócio de a união faz a força.

Só Fatihah segue em silêncio.

Ao redor as paredes continuam a pulsar de leve, como se a própria St. Bernadette nos ouvisse.

Solto o ar pela boca.

— Tudo bem, então — falo. — Tudo bem. Se querem vir comigo, vamos lá. Fatihah pode ficar aqui, a gente…

— Eu vou junto.

Fatihah se endireita e olha para nós. Ainda há algumas marcas nas bochechas dela, das lágrimas que escorreram apenas alguns momentos antes. Ela as seca com a manga do baju kurung. Em seu rosto há uma determinação que não vi antes.

— Eu vou junto — repete, desta vez mais alto.

Sorrio.

— Tudo bem. Vamos lá.

Estendo a mão e ela a aceita. E juntas saímos dos túneis, adentramos o mundo acima. A St. Bernadette abre a porta e saímos unidas para enfrentar o lobo.

Khadijah

Ficamos diante da Casa Brede, as garotas e eu, piscando perante a explosão repentina de luz solar. Por trás do amontoado de árvores e da encosta que nos separa do restante da St. Bernadette, ouço sons de buscas desesperadas.

Estão procurando por mim, percebo. A última das gritantes. A última das garotas a desaparecer.

Eu deveria dizer onde estou. Gritar que estamos aqui, todas nós, sãs e salvas.

Só que não falo. Nenhuma de nós fala.

Estamos esperando. Sabemos que a St. Bernadette vai trazê-lo até nós.

E, por fim, ele chega.

Eu estava apostando nisso. Sabia que ele viria. A esta altura faz horas que desapareci, e ele já viria para a escola por causa da prática de debate de qualquer jeito. Faria sentido para ele se juntar às buscas, agir como o cara bonzinho. Preocupado e sério, o bom e velho tio, que está sempre aqui para apoiar as garotas.

A meu lado, Fatihah se enrijece e seguro a mão dela.

A St. Bernadette tentou nos dar uma voz quando a gente não podia usar a nossa. Ela tentou nos avisar, tentou avisar todo mundo. Contudo, só os gritos não bastarão.

Vou ter que falar.

— Fatihah! — O tio anda direto até ela, até nós todas, de braços tão abertos quanto o sorriso. — Meninas! Alhamdulillah*! Os pais de vocês vão ficar tão contentes! A gente andou tão preocupado...

Fatihah dá um passo para longe dele e nós a rodeamos com uma aura protetora.

O sorriso do tio vacila.

— Fatihah! É pak Su. Vou te levar para casa. Seus pais têm sofrido tanto...

Engulo em seco com força. E encontro minha voz.

— E quanto ao sofrimento dela? — pergunto.

Ele faz cara de quem não entendeu.

— O sofrimento dela?

— Você sabe. — Eu me forço a encará-lo direto nos olhos, o coração retumbando. — De tudo o que aconteceu com ela. De tudo o que você fez com ela. Com Julianna. Tudo o que você faria com a gente.

— Julianna? Quem é essa? — O olhar dele endurece. — E o que exatamente minha sobrinha disse que fiz com ela?

Olho para Fatihah, mas ela está de cabeça baixa, tremendo. Não posso obrigá-la a falar. Não posso fazer isso com a garota.

— Você sabe — digo a ele de novo. — Você sabe o que fez.

Toda a compostura do tio se transforma. De repente ele está solene e empático e acolhedor e balança a cabeça de um lado para outro, triste.

— Ela claramente passou por algum tipo de trauma — justifica e, de algum modo, a voz dele é capaz de exprimir uma preocupação sincera. — Todas vocês passaram. Deveríamos levá-las para casa em segurança, para os seus pais. Vocês não passam de menininhas, afinal de contas.

Ele é tão bom nisso, tão bom em manipular o mundo com as palavras, e minha vontade é de vomitar. Quero botar tudo para fora sabendo que isso funciona. Funciona mesmo. Porque óbvio que funciona. Um homem charmoso, sofisticado e influente contra um monte de adolescentes histéricas. Em quem as pessoas acreditariam?

"Vocês não passam de menininhas, afinal de contas."

Passamos por tudo isso, e é assim que acaba?

É a isso que fomos reduzidas?

— Eu passei *mesmo* por algum tipo de trauma.

Todo mundo para e observa, inclusive eu. Porque não sou eu falando.

É Fatihah, em toda sua raiva e glória incandescentes.

— Eu passei por algum tipo de trauma, mas não é o que você pensa. É o trauma do que você fez comigo. Meu próprio tio! É o trauma de ter você andando por esta escola, e eu com a noção do que você fez, o que poderia fazer com as outras garotas. Sabendo que meu silêncio estava as colocando em perigo. Me odiando, mas sem saber o que fazer quando ninguém me dava ouvidos. — Agora ela fala rápido, quase cuspindo as palavras, tão ansiosa para colocá-las para fora que é como se apenas estivessem esperando o momento de sair. — Mas já chega. Estou cansada de ficar calada, de me esconder. Eu não tenho vergonha. — Ela inclina a cabeça para trás em desafio. — Eu não tenho vergonha, entendeu? Não fiz nada de errado. A única pessoa aqui que deveria sentir qualquer vergonha ou culpa é você.

Faz-se silêncio.

O tio ri, alto e farto, uma risada orquestrada para acabar com a tensão e fazer as pessoas ficarem do lado dele.

— Fatihah, sayang, você não sabe do que está falando — diz ele, sempre o tio carinhoso, os olhos brilhando como se dissessem: *Vamos, gente, vamos só entrar na brincadeira da menina.* — Você está muito cansada e muito estressada. Eu vou ter uma conversinha com seus pais. Nós vamos encontrar um bom psiquiatra, conseguir a ajuda de que você precisa. Fazer você melhorar.

— Eu não preciso de psiquiatra nenhum — brada Fatihah, o peito subindo e descendo, subindo e descendo, subindo e descendo. — Preciso que você fique longe de mim, da minha família e desta escola. Eu preciso de você atrás das grades para que nunca mais chegue perto de outra menina. É disso que preciso.

Estou tão orgulhosa dela que talvez meu coração exploda de verdade.

O tio sorri para Fatihah, solícito, simpático.

— Fatihah. Calma. Você está ficando muito histérica.

Histérica.

Aquele homem usou a mesma palavra. Meu padrasto:

"Dá um jeito na sua filha. Ela está histérica. Perdeu o juízo. Não sabe o que está falando. É uma mentirosa."

Estou de saco cheio de ficar calada.

— É isso o que eles dizem pra garantir que ninguém nos dê ouvidos — argumento. — Nós, *as menininhas*. Homens como você usam todos os truques que têm para se certificarem de que ninguém vai acreditar na gente, mas não estou nem aí para o que você diz, ou no que as pessoas acreditam. Tanto faz. O importante é o que eu sei ser verdade. O que nós — gesticulo para as garotas atrás de mim — sabemos ser verdade.

— E o que é? — indaga ele.

Na luz dourada do fim da tarde, o sorriso dele quase parece um rosnado.

— Que a St. Bernadette nos protege e nós protegemos umas às outras.

Ele ri.

— E que perigo patético é esse que vocês acreditam correr? Seu bando de pirralhas privilegiadas, inventando lorotas, tentando manchar minha reputação. Como se fossem conseguir. — Agora os olhos dele não cintilam. Incendeiam. — Responde, ô bruxinha. Do que tanto estão tentando se proteger?

— Do lobo dentro das paredes — digo, a voz baixa.

E, como se fôssemos uma só, as gritantes se separam e a velha que varre, cujo rosto está contorcido em algo deturpado e nodoso e monstruoso e indescritível, salta do meio de nós e envolve o tio nos braços, e, bem na nossa frente, um tornado de escuridão rodopia, tão preto como tinta que quase tapa o sol, e o som de vassoura varrendo e vento uivando é tão alto que faz a gente tapar os ouvidos com as mãos, mas não basta para bloquear um dos sons, o único som que todas nós ouvimos, em alto e bom tom e cheio de pavor e medo.

O som do último grito.

Em seguida, em um piscar de olhos, a escuridão desaparece. E onde datuk Shah esteve não há nada além de vazio.

De algum lugar ali perto, ouço um gritinho repentino.

— São elas! Elas estão aqui, bem aqui, vejam, são elas!

E de repente, por todos os lados, vem gente correndo até nós. As garotas desaparecidas que de algum jeito reapareceram, todas de uma vez, juntas, bem aqui no terreno da St. Bernadette.

Sumi e Flo são as primeiras a chegarem até mim. Flo soluça enquanto me abraça.

— Você só saiu da sala e nunca mais voltou — diz ela, encostada em meu ombro. — Faz horas que a gente está rodando a escola te procurando.

— Eu juro que devo ter procurado ao redor e dentro da Casa Brede, tipo, umas dez vezes — relata Sumi, abraçando-me tão forte que acho que talvez me sufoque. — Onde vocês estavam, cacete?

Quando elas me soltam, é só para dar a chance para minha irmã, e para minha mãe, que me envolve nos braços dela e repete vezes e mais vezes:

— Alhamdulillah, Alhamdulillah, graças a Deus você está bem.

Quero falar, contar tudo a elas. Tenho tanto a dizer para as duas. Para todo mundo. Para compensar o tempo que perdemos.

Só que, no fim, vai ser preciso esperar. A multidão se separa e professoras começam a aparecer: puan Ramlah e a sra. Dev, todas cacarejando ao redor como mães corujas preocupadas e perguntando: "Onde estavam?". E: "O que aconteceu?". E: "Vocês estão bem?".

Os professores por fim fazem todas nós nos mexermos, voltarmos para as respectivas casas, e passam-se horas até que alguém pense em perguntar a respeito de datuk Shah, de seu paradeiro e por que ele não está atendendo ao celular, e quem o viu por último.

Ninguém pergunta nada para nós, lógico. Nós, as pobres garotas traumatizadas. Nós, que reaparecemos. E por semanas depois do ocorrido todas nós tomamos muito, muito cuidado mesmo de não olhar para a Casa Brede, para o vitral no piso superior, onde sombras se mexem o tempo todo, como se alguém estivesse preso lá dentro.

No fim das contas, porém, ninguém nunca nem entra na Casa Brede. Então acho que a gente nunca vai descobrir o que é que está lá dentro.

Poxa vida.

GLOSSÁRIO DE PALAVRAS E EXPRESSÕES EM MALAIO OU ESTRANGEIRAS

Adik: irmão ou irmã mais novo(a).

Aiyo: expressão de surpresa, frustração ou espanto. Similar a interjeições como "ai, meu Deus", "ai ai!".

Alhamdulillah: "Graças a Deus".

Anggerik: orquídea.

Appa: pai.

Ayah: outro termo para pai.

Ayam goreng: frango frito.

Ayat Kursi: 255º versículo do Alcorão, o "Versículo do Trono".

Baba: pai.

Bahasa Melayu: "Bahasa" significa "língua" ou "idioma", enquanto "Melayu" significa "malaio". É o equivalente malaio das aulas de Língua Portuguesa que temos no currículo educacional brasileiro.

Baju kurung: roupa tradicional feminina da Malásia. Um conjunto de blusa e saia longas.

Batik baju kurung: Baju kurung feito com o tecido batik, que é tingido com padrões tradicionais malaios.

Besar panjang: expressão usada para demonstrar insatisfação com algo ou alguém, geralmente se refere a comportamentos juvenis.

Bomoh: feiticeiro.

Cempaka: magnólia-amarela.

Cheongsam: vestido típico chinês.

Cik: senhorita. É um pronome de tratamento de conotação formal e respeitosa para se referir a mulheres jovens ou não casadas.

Cikgu: professor ou professora. É um pronome de tratamento mais informal e ainda assim respeitoso.

Daun kari: árvore do curry.

Datuk: título honorário malaio, similar ao "sir" inglês. Também pode significar "tio" ou "avô", com uma conotação de respeito.

Du'a: nome dado a um tipo de oração islâmica.

Encik: senhor, usado com uma conotação formal.

Gila: "louco" ou "doido" em malaio, mas o significado pode mudar dependendo do tom e do contexto, adquirindo conotações positivas ou negativas.

Hantu: espécie de fantasma ou espírito do folclore e cultura popular malaia.

Isyak: nome dado à oração da noite no Islã. Trata-se de uma das cinco orações diárias obrigatórias da religião.

Jembalang: duendes.

Jinn: "gênios", seres sobrenaturais nem bons nem maus que existem em um outro plano.

Kak: forma carinhosa e respeitosa de se referir a uma irmã mais velha ou mulher mais velha.

Kan: partícula para confirmar ou reforçar algo, similar a "né?" e "certo?".

Karipap: salgadinho típico da Malásia, de massa estufada recheada com curry.

Kenanga: árvore ilangue-ilangue.

Kesimpulannya: "em resumo" ou "concluindo".

Kuih keria: bolinho de batata-doce frito com cobertura de açúcar caramelizado. Pode ser considerado o donut da cozinha asiática.

Lah: partícula muito usada para dar ênfase ou suavizar uma frase, como o nosso "né".

Lor: partícula usada para suavizar ou expressar resignação. Não possui uma tradução exata, mas é bastante utilizada em diálogos informais.

Macam tu: "tipo assim".

Mak: mãe.

Malu: envergonhada.

Mangkuk: "sua besta", "sua tola" ou similares.

Melati: jasmim.

Nasi lemak: prato típico da Malásia feito com arroz de coco, sambal, amendoim, anchovas e ovo cozido.

Orkid: outro termo para orquídea. É uma adaptação ortográfica da palavra inglesa *orchid*.

Pak: tio. Também é uma forma respeitosa de se referir a um homem mais velho.

Pakcik: usado para se referir a um tio ou a um senhor mais velho. Possui uma conotação respeitosa mas informal. Similar a "seu João", por exemplo.

Pedas: picante ou apimentado.

Pinafore: vestido que lembra uma jardineira.

Ponteng: frequentemente usado para se referir a alunos que costumam matar aula.

Puan: senhora, usado com uma conotação formal.

Rendang de carne: prato tradicional de carne cozida lentamente com leite de coco e especiarias, típico da Malásia.

Salam: espécie de cumprimento. Pode significar paz ou ser uma forma abreviada da expressão "Assalamu'alaikum" (Que a paz esteja com você).

Sambal: pasta de pimenta usada como condimento.

Sayang: querida ou querido, ou ainda amorzinho. É um termo carinhoso usado entre casais, pais e filhos, entre outros.

Sekejap: "só um momento".

Surah: nome dado a cada capítulo do Alcorão (por exemplo: Surah Al-Fatihah).

Surau: edifício de assembleia islâmica usado para adoração e instrução religiosa.

Takkan: "nunca", "impossível".

Umi: forma mais carinhosa de se referir à mãe. Mais comumente usada entre pessoas da religião islâmica.

Ustaz: professor de ensino religioso.

Ya: sim.

Agradecimentos

Como sempre, obrigada à Victoria Marini, pela crença inabalável em minhas ideias, mesmo naquelas (em especial naquelas) que mando do nada por mensagens, em horários nada convencionais do dia ou da noite. Culpo a diferença de fuso horário.

Obrigada à única e inigualável Deeba Zargarpur, tanto editora quanto amiga, e igualmente brilhante em ambas as esferas, por me guiar ao longo de mais outro projeto complicado, até que eu compreendesse o que de fato tentava dizer.

Toda minha gratidão à equipe da Salaam Reads/Simon & Schuster: Dainese Santos, Sarah Creech, Kaitlyn San Miguel, Sara Berko, Emily Ritter, Nicole Valdez, Karina Itzel, Kendra Levin, Justin Chanda e Anne Zafian.

É raro encontrar um malaio que a) não tenha a própria história envolvendo fantasmas e b) que não esteja disposto a contá-la de bom grado ao menor dos incentivos. Agradeço e odeio em mesma medida as noites passadas em claro por causa de meus amigos contando para mim, cheios de felicidade, as histórias dos assombramentos que eles mesmos testemunharam.

A maioria das pessoas vai ler este livro como uma história de terror. Algumas talvez leiam pelo que é: uma carta de amor para os meus dias na escola missionária. Obrigada, CBN.

E, por fim: este último parágrafo é seu. Obrigada por sempre adentrar nas sombras e me tirar de lá. Amo você, Umar.

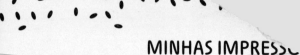

MINHAS IMPRESSÕES

Início da leitura: ___ / ___ / ___

Término da leitura: ___ / ___ / ___

Citação (ou página) **favorita:**

Personagem favorito: _____

Nota: ☆☆☆☆☆ ♡

O que achei do livro?

Este livro, impresso pela Lisgrafica em 2025 para a Editora Pitaya, fez o editorial refletir sobre como quase nunca os fantasmas são os verdadeiros vilões das histórias de terror.
O papel do miolo é o pólen natural 70g/m² e o da capa é o cartão 250g/m².